或许在别处
ELSEWHERE, PERHAPS

AMOS OZ

〔以〕阿摩司·奥兹 著

姚永彩 译

人民文学出版社
PEOPLE'S LITERATURE PUBLISHING HOUSE

著作权合同登记号　图字 01-2018-5425

Amos Oz
ELSEWHERE PERHAPS
Copyright © 1966，Amos Oz
All rights reserved

图书在版编目(CIP)数据

或许在别处/(以)阿摩司·奥兹著;姚永彩译.
—北京:人民文学出版社,2019
ISBN 978-7-02-014827-1

Ⅰ.①或…　Ⅱ.①阿…　②姚…　Ⅲ.①长篇小说-以
色列-现代　Ⅳ.①I382.45

中国版本图书馆 CIP 数据核字(2019)第 003561 号

责任编辑　朱卫净　何炜宏　邰莉莉
装帧设计　钱　珺

出版发行　**人民文学出版社**
社　　址　北京市朝内大街 166 号
邮　　编　100705
网　　址　**www.rw-cn.com**

印　　刷　莱芜市圣龙印务有限责任公司
经　　销　全国新华书店等

字　　数　220 千字
开　　本　890×1240 毫米　1/32
印　　张　10.5
版　　次　2019 年 9 月北京第 1 版
印　　次　2019 年 9 月第 1 次印刷

书　　号　978-7-02-014827-1
定　　价　49.00 元

如有印装质量问题,请与本社图书销售中心调换。电话:010-65233595

目录

纪念我的母亲

别以为麦茨塔特·拉姆是个缩影。它只是想反映一个遥远的王国，在海边，或别处。

第一部

面对渔民

第一章

男童校舍

第一章
一个迷人的、井井有条的村庄

展现在你面前的就是麦茨塔特·拉姆基布兹①：

这里的房屋建筑非常对称地排列在绿色山谷的一端。重重叠叠的树叶并没有破坏村子那严整的线条，而只是使之柔和并增加其沉重感。

房屋都刷得粉白，大部分屋顶是亮丽的红色。这一色调与那完全挡住东边景色的山脉形成了强烈的对比。基布兹正是坐落在这些山的脚下。那是些光秃秃的石山，中间被弯弯曲曲的峡谷分割开来。随着太阳的移动，群山将它们自己的影子缓缓投向谷地，似乎在玩着什么游戏，以解除它们的孤独。

山坡低处的平地是我们的土地与敌人土地的边界。

这条边界在地图上用粗粗的绿线显著地标出，但实地观察却看不出，因为边界同郁郁葱葱的山谷与凄凉光秃的山脉之间的自然分界线并不一致。以色列的土地跨过山谷，从山坡向荒凉的高地伸展。因此眼与心——或者更准确地说，地质与政治——便发生了矛盾。基布兹本身离国境线大约两英里。如果我们想要更精确地测出两者之间的距离的话，那么在这条分界线两侧恐怕无法避免一场流血冲突了。

因此这风景很富于对比，这种反差不仅存在于外表与真实之间，同时也存在于外表与外表之间。这儿可以用"矛盾"这个词来描绘。在缀

---

① 基布兹是以色列的聚居区，也是一种合作性质的集体农场。

着几何图形似的块块整洁的农田的山谷与满目荒芜苍凉的高山之间似乎存在着某种敌意，就连麦茨塔特·拉姆基布兹那对称的建筑物也似乎是对其上方山脉那片零乱的景象的一种否定。

这风景中所固有的对比在麦茨塔特·拉姆自己的诗人的作品中当然发挥着显著的作用。有时这种对比在真正的象征形式中得以体现，如果我们读鲁文·哈里希的诗就会很清楚地知道。此刻，让我们先借用诗人最喜爱的对比方式并将它用之于他没有写到的事物上。

例如，试想一下我们的村庄与典型的村庄之间的强烈对比，后者在城市居民中常引起怀乡的情绪。如果你习惯于古老的村庄的景象，那里北方式的屋顶高高地向上耸起，如果在你的心目中你把"村庄"这个词与双轮马车上高高地堆着的干草和车的两侧插着的草耙联系在一起，如果你怀念久经风雨的尖塔教堂四周的那些拥挤的茅屋，如果你要寻找身着艳丽服装、头戴宽檐帽的快乐农民、如画的鸽房、在粪堆里乱挖乱抓的母鸡和一群群凶狠的瘦狗，如果你期待村庄有森林环绕，有蜿蜒的、肮脏的小径，有用篱墙隔开的农田，有运河倒映着低低的云朵，还有包着头的旅行者前往小旅店住宿——如果这便是你心目中村庄的景象，那么我们的村庄一定会吓你一跳，正是这一点才迫使我们使用了"矛盾"这个词。我们的村庄是在乐观主义的精神中建立的。

这里的住房是绝对相同的，正如基布兹的思想观念所要求的那样；这种观念在全世界所有村庄中是独一无二的。鲁文·哈里希的著名诗句表达了这一思想的实质：

　　　　面对必然走向毁灭的腐朽世界

　　　　和死亡的淫荡舞蹈，

面对贪婪的痴迷，

面对烂醉的疯狂，

我们要用我们的血燃起火把。

　　我们说过，房屋都粉刷得明亮光洁，而且排列得整整齐齐。它们的窗户都面向西北，因为建筑师们想让房屋适应这儿的气候。这儿见不到多少聚集成团或分散成网的建筑群，也见不到有封闭隐秘庭院的一排排住宅。因为基布兹没有家庭住房，也不可能有不同行业的单独住处；贫民没被驱逐到郊区，中心区也不保留给富翁。直直的线条，清晰的外形，端端正正地划定的混凝土小道和长方形草地是精力旺盛地看待世界的产物。我们说我们的村庄是以乐观的精神建立起来的，就是这个意思。

　　如果谁由此得出肤浅的推断，说我们的村庄是刻板的，而且缺乏魅力和美，那只不过暴露了他自己的偏见。建设基布兹的目的不是为了满足城市居民情感上的需求。我们的村庄并不缺少魅力和美，只是它的美是精力旺盛且蓬勃有力的，而它的魅力则传达着某种启示。是的，是这样的。

　　将我们基布兹与大路连接起来的是一条狭窄的小路，而且年久失修，但是它却像飞箭一样笔直。要到达我们这儿，你必须在大路上有绿白两色路标指示的地方转弯，绕过路面上的洼陷，爬上离基布兹大门不远的一座令人愉悦的小山。（这是一座绿色的、耕作过的小山，决不能把它看作是那些高山的一个指头，在猛地插入山谷的心脏后又无力地垂了下来，因为它与那些吓人的山峰毫无共同之处。）让我们停一会儿，把那美得惊人的风光刻印在我们的记忆中，这儿的风景就像彩色的风景画，或是明信片上印着的图片。我们从小山顶上可以俯视基布兹，那景色即便不能使你心中的火焰燃烧起来，也是令人赏心悦目的。开着的铁门，下斜的篱墙，还有近处一间停放拖拉机的棚屋。农具东一个西一个令人愉快地散放在地上。按计划刚建成的房屋里挤满了牲畜——小鸡、牲口和羊。铺设的小道通向四面八方。种着柏树的林荫道勾勒出整个基布兹外形的轮廓。再过去是餐厅，四周围着经过精心照料的花坛。这是一座杰出的现代建筑，它柔和的线条淡化了它的体积。正如你将发现的那样，它的内部与它的外观是协调一致的，表现出雅致而不造作的优美。

　　餐厅过去是两排彼此分开的住房，一边是老成员的住处，另一边住着年轻人。这些房子被树荫遮盖，周围有葱翠的草地，其中点缀着色彩鲜艳的花坛，它们充分享有清凉的绿意。这里总能听到松针发出的柔和的沙沙声。朝南的高大的粮仓和朝北的高大的娱乐厅一改普通住宅的低矮，使基布兹增添了一些高度。也许它们能在某种程度上弥补那缺失的教堂尖塔，因为不管你承不承认，教堂尖塔正是你所描绘的典型村庄不可缺少的特征。

　　朝东，在你所站高处看到的最远的角落，是一些简陋的小屋。它们为训练班、劳动营、部队以及短期来分担我们困难的任何人提供临时住所。它们给整个画面增添了一种拓荒者的风格，即边界新拓地居民临危不惧的果敢气概。那包围着基布兹四周的下斜的篱墙也有同样的作用。让我们在这儿停一下，好让你有时间发出赞叹。

　　现在让我们看看基布兹四周的庄稼地。这景色真是暖人心窝。翠绿色的饲料田，黑色的果园，小麦田以金色的闪光与阳光相呼应，香蕉园表现出热带过于旺盛的生命力，葡萄园向上一直伸展到多岩石的高地，葡萄藤不是凌乱地蔓延而是整齐地攀在架子上。葡萄园喜人地稍微侵入高山区，这是由这一区末端的轻微曲线标示出来的。我们将克制自己，不再引用鲁文·哈里希的另一首诗，但是目睹那耕作过的平原与冷酷的高地，茂盛的山谷与威严的山脉，下面充满信心的乐观主义与上面难以控制的、怒目而视的神态之间的强烈对比，我们无法隐藏我们微微的骄傲。

　　请拍完你最后的照片。时间短促。现在让我们回到小汽车里并完成最后一段旅程。

第二章
一位卓越的人

从逻辑上说，鲁文·哈里希本该痛恨那些来观光的人。那破坏了他幸福生活的人便是一个观光客。这事发生在几年前。当伊娃丢下她的丈夫和孩子嫁给一个旅游者时，诺佳是十二岁，而盖大约是三岁。那旅客是她的一个亲戚，是个名叫艾萨克·汉伯格的堂兄弟。这是件卑鄙的事情。丑恶的本能冲动表现出来，引出烦恼和破坏。现在伊娃同她后来的那个丈夫住在慕尼黑。他们在那儿与另一个优秀的犹太人合伙开了个夜总会，这个尖刻狡猾的单身汉名叫泽卡赖亚·伯杰，全名泽卡赖亚·西格弗里德·伯杰。如果我们在插叙这事件和它的主人公时难以控制我们的良心所感到的愤怒，我们得请读者宽恕。

从逻辑上说，鲁文·哈里希本该憎恨那些观光者，而且该痛恨他们。他们的存在使他想起自己的灾祸。使我们惊异的是，鲁文认为自己担当陪观光者参观整个基布兹这一经常性工作是合适的。每周两三次他用自己的空闲时间来干这件事。我们已习惯见到又高又瘦的他带领一队身着五颜六色服装的观光者在农场转悠的情景。他用友好、亲切的声音向他们解释集体主义思想的基本原则。他不想轻易地说服别人，但也不回避原则问题。他从不试图满足客人们对异国情调的追求。他坚定的直率容不得妥协和转弯抹角。青年时代的他充满了强烈的热情，以后它演变成一种不同的热情，一种清醒的热情，这热情没有自负却有无比纯洁的严格自律。他是一个懂得痛苦并决心改造世界的人，但是他知道不能把复杂的生活简化为单纯的公式。

　　一个人经历过痛苦而热望改造社会并努力消除世上的痛苦，这是一件好事。而有些受过苦的人则憎恨世界。他们以破坏性的诅咒来消磨生命。按照我们的人生观，我们反对仇恨和诅咒。只是由于某种心理反常才使人舍弃光明而选择黑暗。而心理反常是与心地公正对立的，正如白天与黑夜是对立的一样，这一点就像白昼一样清楚。

　　最初我们对鲁文·哈里希致力于接待观光客的工作感到诧异。这事似乎有点儿奇怪和不合逻辑。饶舌者想要说明是什么本能在起作用。比如，有人说人有时要使自己回忆痛苦，要把刀子捅在伤口上。有人说隐藏内疚感的方式是各不相同的。甚至还有一种不道德的设想，它遭到我们断然的反对，说是他想引诱一个年轻的女观光者，用适当的报复来消除他的耻辱。此外还有些其他的解释。

　　谁要是反对这类闲言碎语，那就暴露了他对我们的集体生活缺乏了解。闲话在我们这里起着重要而可敬的作用，并以它自己的方式为改造我们的社会作出贡献。为了证实这一论断，让我们回忆我们曾听见鲁文·哈里希自己说过的一句话：秘密在于自我净化。秘密在于不分昼夜平心静气地和毫不留情地相互批评。这儿每个人都批评，也都被批评，没有一个缺点能长期逃避批评。这儿没有秘密的角落。你生命的每一分钟都受到批评，因此我们每个人都不得不对自己的本性开战。要自我净化。我们相互清洗就像河流清洗石子一样。我们的本性也不例外。本性是什么？它不过是被剥夺了自由选择的盲目自私的本能。而按鲁文·哈里希的意见，人与动物的区别就在于能不能自由选择。

　　鲁文谈到批评时说，闲话是批评的别名。我们通过闲话而克服我们天生的本能，逐渐变成较好的人。闲话在我们的生活中起着强有力的作用，因为它使我们的生活像晒干的天井一样被暴露出来。我们的基布兹有一个寡妇，名叫弗鲁玛·罗米诺夫，她沉浸于对别人的评头论足之中。她的批评很严厉，但并不冷酷。我们之中那些害怕她挖苦的语言的人不得不改正他们的缺点。而我们也评论那寡妇。我们指责她过分尖刻，而且对于她实现基布兹理想的承诺表示怀疑。因此弗鲁玛·罗米诺夫反过来也不得不克服她的本性，克制自己不讲过于恶意中伤的话。这样，我就以具体事例说明河里的石子是怎么回事。讲别人的闲话通常被认为是不受欢迎的活动，但是在我们这儿，连说闲话也被用来为改造世界发挥作用。

伊娃嫁给了她的堂兄弟艾萨克·汉伯格之后，便与她新任丈夫定居在慕尼黑并帮助他做生意。通过曲折的途径传来的消息说，在她身上显露出意想不到的才能。我们可靠的消息来源（不久将向你们揭示）还说，她敏锐的鉴赏力给伯杰和汉伯格的夜总会带来了不同寻常的情趣。顾客们为获得一种令他们着迷的罕见的娱乐而拥向这里。为顾全面子我们不想详细描写此事。

伊娃以前一直精力旺盛而又讲求实际，她还具有卓越的想象力，它老是想以某种艺术形式把自己表现出来。一位忠实的妻子身上的这些品质对聪明能干的丈夫是一种兴奋剂，而且伊娃·汉伯格甚至在少女时就长得优雅秀丽。

许久以前，伊娃就常用倾斜的字体抄写鲁文早年的诗歌，她常用一本粘贴簿收集基布兹运动的剪报。她又用雅致的铅笔画修饰这粘贴簿。她所做的一切都注入了暖人的美。尽管她有过不忠的行为，我们仍然不能忘记她主持我们基布兹的古典音乐小组会议时所表现的专注和良好的鉴赏力。后来她却被魔鬼迷住了心窍。

　　鲁文·哈里希以非凡的自我克制承受了那次打击。我们从不怀疑他内心仍潜藏着他在危机时刻所表现出的豁达大度。他一刻也没疏忽小学教师的工作。他被压抑的绝望没有流露出一丁点仇恨。他的悲伤赐给他某种闪光的敏感。在这儿的基布兹他被同情的光环所环绕。

　　对他的没有母亲的孩子，他表现出周到而有节制的关怀。人们常见他穿着蓝色衬衫和破旧的咔叽布裤子在傍晚时走在基布兹的小道上，一边跟着诺佳，另一边跟着盖，还不时弯下腰去听清楚孩子们讲的每个字，即使是最无聊的闲谈。女孩的眼睛像父亲，大而翠绿；男孩的像母亲，黑而热情。两个孩子都有着丰富的内心世界。鲁文与他们接近时很注意不粗暴地对待他们的思想和感情。他兼施父亲的权威和母亲的关怀与爱。对孩子的爱激发了鲁文，他开始写一些儿童诗歌。它们不是稚气的成年人的，而是懂事的孩子们的诗。诗中没有很多的嘲笑而只有适度的幽默和令人愉悦的音乐般的节奏。基布兹运动出版社有一个极好的主意，它要用漂亮的版本出版他的儿童诗歌集。这本书用伊娃很久前的绘画作为插图。这些画原本不是为儿童诗集画的，因此与内容并不协调。但是画与诗之间却存在某种和谐。这是一个难以解开的谜。当然，这和谐也可以解释为伊娃和鲁文仍然基本上如此这般等等，也许还有其他的解释，或者根本没有解释。

　　不管怎样，鲁文的诗歌不是给孩子们的滑稽消遣。他的儿童诗，像他所有的诗一样，用简单的语言和感人的意象表达了对世界诗意的评述。

　　现在我们将揭露一个小小的秘密。在鲁文·哈里希与他离婚的妻子之间，在伊娃·汉伯格与她抛弃的孩子之间一直奇怪地保持着间接的联系。艾萨克·汉伯格的生意合伙人与我们基布兹的一个成员，卡车司机埃兹拉·伯杰有书信往来。偶尔，伊娃·汉伯格会在他的信的空白处用她的斜斜的字体加上几行话，譬如：

> 已经早晨四点钟了，我们穿过森林做了一次很长的旅行，刚回到家。这儿的风景与你们那儿不同。气味也不同。你们那儿热得厉害吗？这儿凉快但稍有些潮湿，因为拂晓吹的是东北风。你能不能寄给我，比如说，我女儿刺绣的一块餐巾？求你了。伊娃。

说闲话者认为在这些片言断语中隐藏着脉脉温情。我们的意见是，对它们可以有不同的理解，可以说有温情，也可以说是冷冷的漠不关心或介乎两者之间。有些人坚决认为伊娃有一天会回到她的家和基布兹的怀抱，而且已有了明显的迹象，而另一方面却有人听弗鲁玛·罗米诺夫讲，伊娃最好永远也别回来。我们以前老认为弗鲁玛这样讲是出于恶意。现在，再想一想，我们觉得也许不是那么回事。

鲁文·哈里希，我们说过，对他的孩子倍加疼爱。他既当老子又当娘。有时，你走进他的房间，就会发现他在忙着用木头和钉子给盖做一个玩具拖拉机，或在一些料子上画美丽的图案让诺佳去刺绣。

对思想问题他也热情倍增。那些不为孩子们写的严肃诗歌强调高山与定居点之间的反差。的确，这些诗并不锋芒毕露，却表现出人们掌握自己命运的信心，而且它们决非用诗写成的标语。如果我们没有先入之见地看待它们，我们就会从中发现悲伤、希望和对人类的爱。如果谁嘲笑它们，就暴露了他自己的缺陷。

> 混浊的急流涌向幽暗：
> 那惊呆的、可怜的、软弱的人，
> 能否举手从太阳那儿夺过火把
> 并笑看自己烧焦的指头？

> 他是否有力量筑起巨大的堤坝
> 去挡住急流并驯服洪水，
> 使之屈从自己
> 并为自己的生活抹上绿荫？

鲁文·哈里希全身心投入教学工作，这使他受到学生们喜爱。甚至他对接待观光者这一工作的奉献，终究（撇开那些饶舌者恶意的暗示不谈）是他忠诚于理想的确切表现。

他严谨的诗歌、他亲切的谈话和真挚的同情，这一切使他受到我们的喜爱。鲁文·哈里希是我们最卓越的人之一，他是个有学问的人，同时也是个农民，他经受过痛苦却因此使生活更丰富。但是他具有某种纯朴，这实际上是一种自律的原则。让那些无所事事、缺乏信仰的人嘲笑他吧；我们将以嘲笑回报他们。让他们那些没出息的小心眼把他嘲笑个够吧。嘲笑他这一行为将受到指责并暴露嘲笑者的可恶，这家伙最终将陷入他恶作剧的泥潭而无人理睬。就连对待死亡（由于某种原因，自送走观光客后，鲁文·哈里希已深入地思考过这个问题），这类人也比诗人更痛苦。他们将赤手空拳面对死亡，而他将在世上留下他微小的痕迹。

假如不是由于寂寞。

寂寞是令人痛苦的。每天晚上，从布朗卡·伯杰的房间回来后，鲁文孤独地站立在房间的中央，又高又瘦的个子，像个年轻人一样，脸上带着惊讶的、受辱的表情，注视着前方。他的房间空荡荡、冷清清：一张床、一个衣柜、一张绿色桌子、一摞练习本、一盏灯、盖的玩具盒……伊娃留下的浅蓝色的图画更增添了凄凉的气氛。他慢慢地脱着衣服，泡点茶，吃几块饼干。它们干巴巴的没什么味道。如果他不太疲劳，便削一个水果，不知其味地吃起来，然后洗脸，用一块粗毛巾擦干，这毛巾他又忘了送洗衣房。上床。空寂无声。一盏墙灯没安牢，总有哪个晚上由于地心引力会砸在他的头上。报纸。最后一版。关于交通问题的副刊。亲爱的公民们。夜间广播稍稍传入房里。明天星期几？他熄灯。一只蚊子。他拧开灯。蚊子不见了。明天星期二。蚊子。最后，消沉、不安的睡眠。他受到噩梦折磨。即便有着正确原则的纯洁的人也无法控制自己的梦。

到现在为止我们只强调了鲁文·哈里希的优点。我们也应该说说他的缺点才是。的确，不如此就会忽视批评的权利，而正如我们说过的，恪尽批评义务是我们成功的秘诀。但是礼貌和对鲁文·哈里希的同情使我们仅限于提一提一件具体事情，而且尽可能简要而非直接地。

人在壮年时期不能长期没有女人。鲁文·哈里希在其他许多方面很特别，但对这条惯例却不例外。

在他与基布兹学校的同事布朗卡·伯杰之间已有相当时间存在一种柏拉图式的爱情。布朗卡也是基布兹的一位老成员，她出生在俄罗斯与波兰边界上一个叫做科韦耳①的小镇上。她大约四十五岁，因而比鲁文年轻几岁。如果不了解她的优良的品格，我们会说她是平凡的。值得赞扬的是，我们必须说她是个敏感的女人，很偏重理智。可惜两位教师的友谊没能保持纯洁不变。在洪水（也就是说伊娃离家出走这一剧变）之后大约十个月，我们听到这样的闲话：布朗卡·伯杰摸到了鲁文·哈里希的床上。我们必须强调我们决不赞成这件不道德的事，因为布朗卡有个丈夫，叫埃兹拉·伯杰，是基布兹的卡车司机。埃兹拉是耶路撒冷著名的内赫米亚·伯杰博士的弟弟。而且鲁文·哈里希所爱的对象是两个儿子的妈妈，长子已婚而且快为人父了，而小儿子与诺佳·哈里希同龄。关于鲁文的缺点，我们就说到这儿。

我们似乎已顺便提到了伯杰三兄弟的名字。我们本不该这样介绍他们。既然已偶然这样做了，那就让我们来个简单的介绍吧。三兄弟中最小的一个，泽卡赖亚·西格弗里德·伯杰，是慕尼黑汉伯格夫妇的合伙人。埃兹拉·伯杰，五十岁左右，是托墨和奥伦·盖瓦的父亲，一个不忠的妻子那受骗的丈夫。内赫米亚·伯杰博士，最年长也是最著名的一位，是有相当声誉的学者，住在耶路撒冷。如果我们没有记错的话，他是研究犹太社会主义史的。他已就这个问题发表过许多论文，而且不久将把他零散的研究收集成册，其中将包括犹太社会主义的全部史料，从伟大的改革者们先知们的时代直到在复兴的以色列建立基布兹。

三兄弟就这样走着不同的道路。他们已与他们的本源及彼此分离开来。然而他们三人都经历了困难和痛苦。相信最后的审判的人们认为就

———————————

① 在今乌克兰境内。

连受苦也是上帝的启示，因为没有痛苦就没有幸福，没有困难也就没有赎罪和快乐。另一方面，我们这些渴望改造世界的人不相信这种审判。我们的目的是从世界上根除痛苦，并代之以爱心和博爱。

第三章
斯特拉·马里斯

鲁文·哈里希并不追逐无结果的激情。只有行动才能给他那被冰冷的手指触摸过的心带来温暖。

他早上六点钟醒来，洗漱后穿衣，拿起办公包，走到餐厅。我们许多的成员以厌烦的倦容开始一天的生活，鲁文却以微笑迎接新的一天。他在早餐桌上一面切一片番茄或一块萝卜，一面与人轻松地谈话。他告诉尼娜·戈德林关于组织地区管弦乐队的事，与会计伊扎克·弗里德里克讨论葡萄的价格，或与弗鲁玛·罗米诺夫商量教育委员会的下次会议能尽早安排在哪天晚上。星期一门德尔·莫拉格要离开，他将去海法为木工车间提取一批木材。他一定会在那儿他姐妹家过夜。星期四怎么样？芒德克·佐哈尔不会反对。那么，就星期四。顺便问一句，奇特朗怎么样了？我知道他们要在午餐时去医院看他，我也很想去，但是昨晚来了个电话，说预计中午有一批斯堪的纳维亚观光客要来。嘿，格里沙，理发师今天或明天要来了。也许你已决定留长发，像"垮掉的一代"那样。我不喜欢软番茄。格里沙，请看看你背后的桌子上有没有一只好的番茄？

七点半他到学校去等铃声。今天我要把练习本发还给你们。你们有的作文让人爱读。另一方面，有的人仍然不知道逗号应点在哪里，这是完全不能容忍的。

现在，让我们努力找出西蒙尼[①]的《纪念碑》的中心思想。诗人想说什么？自我牺牲。对。但是自我牺牲是什么？这就是问题。

十二点学校放学。匆忙地吃过午饭。观光客将于一点半到达。我名叫鲁文。鲁文·哈里希。欢迎到麦茨塔特·拉姆基布兹来。好吧，现在我们可以非常自由地谈话。

游客两点一刻离去。这批人没什么特别的，只是一位荷兰老上校说了句奇怪的话。当那非犹太人敢于说（强调他的了不起的军事经验）高山将落在我们头顶上，把我们砸碎时，我想不出如何回答。他要找到一句话，让它牢牢扎入对方的思想并使之传给子孙后代。多么可笑的傲慢。我知道我当时应该说：山不会落在我们头顶上，因为你的专家见解只适用于别处。我们这里遵循另一种万有引力定律。至于死，当然我们最终都会死，但是有的人虽生犹死。区别虽小，却是决定性的。

可惜鲁文·哈里希不善于迅速回击，他需要时间来思考一个聪明的回答。必须承认，他工作勤劳，是值得赞扬的。在送走游客之后，他回到自己空荡荡的房间，脱去衣服，冲了个凉爽的淋浴，穿上干净的衣服，便坐下来改学生的作业。他的工作毫不马虎。红铅笔无情地对付孩子们的书写，狠狠地抓住拼写错误，在空白处写上评语，语调坚定而谨慎，不让年幼的心气馁。他并不耻于与学生的观点进行认真的辩论。就因为他们年仅十或十一岁，便以武断的、命令的言词来压制他们的意见是不对的。鲁文习惯于说，错误并非成年人的专利。他的笔从不会没有特殊原因而划上红线。因此我们说他的工作不是机械的。

他的思想敏捷，如平日一样。他锐利的绿色目光也同样敏捷。这儿

---

① 大卫·西蒙尼（1891—1956），犹太诗人。

有一个引人入胜的题目，比如：德国裔孩子的作业与俄罗斯孩子的作业的差异。它可以为精细的研究提供资料。前者细心地用平衡词组表达思想，他们的写作干净而整洁，后者让他们的想象乱跑；前者流于枯燥无味，后者则绝对混乱。

当然这只是粗略的概括。我们决不能由此仓促地推断出像"俄罗斯人"这种很成问题的观念。赫茨尔·戈德林就喜欢使用这个词，他是负责维护植物和花园的。毕竟这两种孩子都是在这儿出生的。交给我们教育的孩子不同于陶工手中的泥块。真正的艺术家会发现大块石头中隐藏的形式，他不需强迫他的材料这样或那样，而只需把那隐藏的形式释放出来。教育不是炼金术。它是一种微妙的化学。不是从虚无中创造，而是从某种东西中创造。如果你不考虑遗传的影响，你就会碰壁。但是如果把遗传看成一切就更糟。那会引向虚无主义。那位荷兰军官想知道我是否渴望冒险。但是有什么比教育更冒险呢？即使只是个父亲，一个带着孩子的男人。但是他说他没有孩子。正因为如此他才谈到死。一棵光秃的树！

这些思想为他今晚与布朗卡的谈话提供了粗略的草稿。

从两点半到三点，埃兹拉·伯杰装车准备跑一趟长途。每天两次，早上六点和下午三点，他运着十吨重的一箱箱葡萄到特拉维夫去。此时正是早葡萄开始成熟的时候。自葡萄开始成熟以来，埃兹拉就承担了双份工作，这使他从早上六点钟忙到将近半夜。

在别处，如果有人干两班活，那是因为他缺钱。对于我们来说，情况不一样。为什么埃兹拉决定承担两位司机的工作呢？这个问题不能从物质利益的角度来回答。如果我们相信说闲话者（这本小说的合作者）的话，那么埃兹拉的过分勤劳便是由于他的妻子与诗人兼教师的鲁文·哈里希之间的关系。我们从弗鲁玛·罗米诺夫那里听到的这个解释无疑是正确的，自然它的阐述有点过于简单化。

不管怎么说，埃兹拉强健的身体可以轻易地应付额外的劳作。他身体结实，长着粗毛，肚子稍大，四肢粗壮。在他肌肉发达的双肩与头发渐渐稀疏的黑脑袋之间几乎看不见颈项。一张粗俗的、厚墩墩的脸被一顶灰色的帽子遮掩了一半，另一半茫然地凝视着世界。他的外貌既不吸引人也不令人反感。引人注目的是他左手小指上戴的一枚粗大的金戒指。卡车司机通常戴着这种饰品，但是按我们的意见，它不适合作为基布兹成员的司机。

埃兹拉·伯杰不属于我们基布兹的知识界。他的地位是在谦虚、直率的行动者中间。不要急急忙忙地下结论说基布兹存在截然不同的两种类型的人。不，埃兹拉·伯杰本人就会反驳这一草率的意见。他已不年轻了（他的小儿子已比他高），但他仍依恋着理念世界。的确，他读书不多，对基布兹运动的经典著作也知之不详，然而他却喜爱《圣经》，而且在星期六，他休息的那天，他阅读《圣经》，而且他读了他那学者哥哥的所有文章。我们不要因为他不经常参加辩论而急于批评他。他在青年时代早期已形成了他那清晰、明确和随随便便的观点。这也是他正直品格的一部分，一些外表上嘲笑他的人却暗暗地羡慕他。

埃兹拉的讲话有特别的魅力。他的话中因为引用了谚语、格言而别具一格。正因为这样，你永远弄不清楚他是在严肃地谈话呢，还是假装严肃。他是一个孤僻的人。他装出的严肃是他与我们之间的障碍。他有时令人感到奇怪：人们开玩笑时他不笑，而不该笑时他却笑了。

像埃兹拉·伯杰这样的人是不会因为女人的不忠而垮掉的。的确，他感到痛苦，但是他的痛苦是有节制的。弗鲁玛说那是因为他粗俗。我们认为他的节制中有某种高贵的东西，如果能把节制和自我克制称之为高贵的话。

　　首先，他把一根粗绳子拴在卡车侧面的底部，然后熟练地把它绕在一个托架上。他后退三步，举起手臂把盘好的绳子扔过车顶，然后绕到卡车的另一侧，这时绳子的一端正在那里等着他。他拿起绳子，用全力拉紧它，直到木质的车身发出降服的吱吱声。绳子拉紧后，他再把它绕在铁钩上，然后把这程序重复三次，直到卡车的两侧被捆上三圈绳子。最后，埃兹拉在两只大手上吐点唾沫，搓了搓，然后好似生气又不像生气地往地上吐了一口，便拿出一支烟来夹在唇上。他用一个金的打火机点上火，这打火机是他兄弟（他在慕尼黑的弟弟泽卡赖亚·西格弗里德，不是住在耶路撒冷的哥哥内赫米亚）给他的礼物。在吐过几口痰后，他把脚放在车侧的踏脚板上，用他的膝盖当书桌，填写货物签条。

　　再以后呢？到厨房去拿咖啡和三明治。埃兹拉开车要开到午夜之后。我们有一条谚语：埃兹拉没有咖啡就像汽车没有燃料一样。这谚语可能陈腐，但它却说出了一个不能否认的真理。厨房管事尼娜·戈德林把滚热的咖啡倒入埃兹拉的黄色热水瓶时，他正穿着厚厚的橡胶底鞋子蹑手蹑脚地走到尼娜的身后。他把双手放在她的肩上并用低沉的声音说道：

　　"你的咖啡就像一种镇痛剂，尼娜。"

　　尼娜·戈德林被他粗鲁的触摸和粗嗓音吓了一跳。一滴滚烫的咖啡掉在她的手臂上。她发出大声的惊叫。

　　"我吓着你了。"他说，直陈而并非提问。

　　"你……你让我大吃一惊，埃兹拉。但这不是我要说的。我要说的是某件要紧的事。你让我忘了是什么事。啊，是的，现在我想起来了。最近几天你神色一直不好。我几次想告诉你。你眼睛充血，还在夜间开车。对于司机来说，缺少睡眠是很危险的，特别是像你这么一个人……"

"像我这样的人，尼娜，是不会转着方向盘睡觉的。永远不会。有上帝相助，人们说他给予疲劳者力量。我思考我的问题，或喝一点你煮的咖啡，或者我睡着了，而我的车子像一匹能嗅到自己的马厩的马奔驰回家。我可以闭着眼睛行完最后一段路程。"

"你就记住我和你讲的话吧，埃兹拉。我说这是危险的，而且……"

"《圣经》上怎么说的？'上帝喜欢傻瓜。'按照这一条我可以平安地摆脱任何麻烦。如果我是个傻瓜，就不会出事，如果出了事，那就证明我不是个傻瓜。他们会把我的名字刻在拉米戈尔斯基的后面——他是我的朋友，你知道——而哈里斯曼 ① 会给我写挽歌，亲爱的与世长辞的朋友们，等等。什么时候了？我的表老是慢——三点了吗？"

"是的，过了五分钟。"尼娜·戈德林说，"嘿，闻一闻这咖啡。味很浓，嗯？别太相信这些谚语。咒语和誓言没什么用。要当心。"

"你是个好女人，尼娜。你能想到别人，说明你心地善良，像人们说的那样，但是你没必要为我担心。"

"不，有必要。一个男人活着不能没有人为他操心呀。"

这话还没说出口，好心的尼娜就为之感到后悔。它们可能不很得体。天知道他会由此引出什么样的结论。

埃兹拉·伯杰把热水瓶、三明治和三角形乳酪放在他旁边的空座位上，然后把头伸出车窗，敏捷地把车子开出装货棚并开上大路。她是个

---

① 鲁文·哈里希的另一个名字。

好女人，尼娜·戈德林，只是矮矮胖胖的像只鹅。对于赫茨尔·戈德林来说是美味佳肴。正如哲学家们说的那样，世界上存在着某种规律，某种逻辑：聪明不与仁慈同行，仁慈与行善走不到一起。否则，有的人就会各方面都完美，而另一些人则会正如人们所说的那样一无是处。那就是漂亮女人为什么庸俗的原因。喏，那小妞有一天会成为一个漂亮的女人。但是事物还有它的另一方面。她是诗人的女儿。"呀，小姐，我能为你做什么？"

诺佳·哈里希是个十六岁的姑娘，又高又瘦的，像个小伙子。细长的腿，狭窄的臀，苗条的大腿一半掩盖在一件宽大的男式衬衫下。她厚厚的秀发倾泻而下，披到她的双肩和背的上半部。她的体形轮廓清晰而且瘦骨嶙峋，这使她稍稍显露的女性迹象带有未曾驯服的气质。她的脸很小，消失在瀑布似的头发中。诺佳的头发呈暗黑色。它为她的双颊和前额镶上一道边，就像一圈柔和的阴影围着烛光一样。她的眉毛清秀，就像在圣母马利亚的古老画像上看到的那样。她的眼睛太大，以致破坏了必要的和谐，而且其中隐约闪现着绿光。鲁文·哈里希的眼睛安装在伊娃美丽的脸蛋上。埃兹拉从车窗俯视着她，而且好似刚被告知某种秘密一样点了点头。过了一刻，他把目光转向挡风玻璃并突然发出一声"呃"。

"去特拉维夫吗，埃兹拉？"

"特拉维夫。"他回答说，仍然没有看她。

"你回来晚吗？"

"怎么？"

"你有空帮我个忙吗？"

埃兹拉把肘放在方向盘上，并把下巴抵在肩上。他向她投以疲惫、微显逗乐、不带同情的一瞥。诺佳的小嘴绽开了温暖的、讨好的微笑。她不能确定埃兹拉是否十分了解她的问题。她跳上踏脚板，把她的身体紧靠在那灼热的铁门上，并对着那男人的脸送去了一个哄人的微笑。

"你能帮我个忙吗？"

"幸运宠爱女性。你需要什么？"

"你能不能做一个可爱的人并给我在特拉维夫买些绣花线？一卷绿松石色的。"

"绿松石是什么？"

这并不是埃兹拉想要说的，但至少这一次他让自己不假思索就讲话了。他的目光又避开她，像个愚蠢的小学生一样。

"它是一种颜色。绿松石是介乎蓝色和绿色之间的漂亮颜色。我要告诉你在哪里可以买到它。他们八点钟关门。你把这线带着当样品。这就是绿松石色。"

诺佳的脚并不安静。它们没有移动位置而在踏脚板上表演了一种扭动的舞蹈。埃兹拉能感觉出她的身体紧靠在外面的车门上。我以前见过这姑娘多少回了，但现在这是怎么了？诺佳认为他的沉默是表示拒绝。她想用恳求来争取他改变主意。

"埃兹拉，做个可爱的人吧。"

她的声音拖得长长的且变成了一种耳语。因为埃兹拉·伯杰是两个儿子的父亲，而且他们都比这小东西大，因此他允许自己把粗糙的手放在她的头上抚摸她的头发。通常他不喜欢装成小大人的姑娘，但这一次他却感到某种喜爱。他拿开她头上的手，用拇指和食指扶住她的下巴，并开心地、一本正经地宣布：

"好吧，小姐。你的愿望就是给我的命令。是绿松石色的？"

那姑娘反过来把两个黑黑的指头放在他多毛的、汗津津的手上并说："你真可爱。"

考虑到他们年龄的差距和那女孩子的声调，我们可以原谅她的这句话。但是至少这一次我们无法探测埃兹拉思想的深处。他为什么要突然松开离合器踏板？只因为诺佳极端敏捷才使她及时跳离那开动的卡车。他那异乎寻常的匆忙又怎么解释？他已消失在尘雾之中。一路平安。别忘了我的绿松石色丝线。当然他不会忘记。他蜷缩地坐在车子里，紧紧地握住方向盘，想着女人。首先想那姑娘。然后想到伊娃。想布朗卡。最后他的思想又回到诺佳。这么小小的下巴。你的父亲会发疯的，小绿松石，如果……

基布兹在阳光下昏迷了。混凝土的小道灼热难当，烤焦的赤脚从小道上跳到路边的草上。轻轻地一跳，扭动的舞蹈。晒黑的额头冒出小小的汗珠。诺佳无声地唱着一首柔和的歌，那歌曲使她的目光阴暗：

> 石榴花香飘去又飘来，
> 从死海到杰里科①。

她在扭曲而粗糙的角豆树的树荫下停下来，一只手放在树皮上，另一只手举在眼睛上方挡住阳光，并抬头望着山岭，飘动的薄雾已缓解了它吓人的气势。潮湿的暑热袭击雾气，于是山石静静地、一动不动地浮现出来。弯弯曲曲的山沟里留下片片阴影，似乎那些高山正以某种奇异

---

① 杰里科是死海北部的巴勒斯坦城市。

的游戏来取悦自己。

一台吱吱嘎嘎作响的喷灌机在草地的边缘旋转。诺佳为了好玩而在喷水中跑来跑去。或许因为她瘦弱的身体，或是因为她紧闭的小嘴，或她黑色的头发，这姑娘就是在嬉戏时也有点什么令人感到悲伤。她现在在耀眼的阳光下，独自一人在草坪上。她的长腿前后跳着，向喷射的水流挑战。她没有目的，没有笑容，带着好似专注的神情戏耍着。空中飘来模糊不清的声音。如果你不嫌麻烦地把它们细加区分，你会分辨出远处一辆拖拉机的轰鸣、一头母牛的哞哞声、女人们的争辩和流水的哗哗声。但是诸多声音汇合成一个单一的分辨不清的齐奏。至于那姑娘，我们从她的目光可以判断，她已完完全全陷入沉思。

我不想与他开玩笑。我想让他注意我。他真会不知道绿松石色吗？那是介乎蓝与绿之间的一种颜色。一种很特别的颜色，甚至可以说是有点儿艳丽。他谈话老使用谚语。我说："你能帮我个忙吗？"而他说："幸运宠爱女性。"我不明白他说这话是什么意思。他只管抛出这些谚语而不正儿八经地回答问题。我以为他只对我用谚语讲话，可是他对大家都这样。"你的愿望就是给我的命令。"他讲这话时不很严肃。他摸我的头发时也不很严肃。他摸我的头发好像是无意的，但却是有意的。这种事女人是能够感觉出来的。但是在他身上有我喜欢的某种东西。他老是看来好像大声说着一件事，而内心深处却想着十分不同的另一件事。不管怎么样，我请他给我买线并不是想借此让他停下与他谈话。我真的急需线用。但是，我想他会谈几句的。他长得不高也不那么好看。爸爸的布朗卡的男人。但是他很强壮。你看得出。比爸爸强壮。我想起关于他的一件事。赫茨尔·戈德林看不到我绕着他的湿草地跑，这是一件大好事。他不喊叫，只挥手叫你走开，但是他会用十分仇视的目光望着你。四点钟了。该去爸爸的房间了。有时我希望生一场大病，那么爸爸就得日夜照看我，或者有时我想象他病了而我得日夜照料他，而且我老哭，以致大家都知道我很爱他。如果你很难过，你的心就会破碎。但是你只在书本上见过破碎的心，那是不可信的。

　　诺佳赤着脚，踮着脚尖，敏捷地走进父亲的房间。她在门厅里就暗暗地窥探着房间。鲁文·哈里希没有看见她。他看看手表，把练习本从桌上拿下来，放进他的提包里，而后摇摆着头，好像跟自己争辩似的。姑娘看见他面孔轮廓鲜明的侧面。他还没有看见她。她像个受惊的小动物那样轻盈敏捷地跑到他的身后，跳到他的背上，吻他的颈背。他惊讶地跳起来，转过身来用他苍白的双手抓住攻击者的双肩。

　　"小猫，"他口吃地说，"你什么时候才不再像小偷那样爬进屋里？这是个坏习惯，诺佳，我可不是开玩笑。"

　　"你吓着了。"姑娘热情地说，直述而不是发问。

　　"我没吓着，我只是……"

　　"有一点受惊。你在干什么？写诗吗？我有没有把你的灵感吓跑呀？别着急，爸爸，她还会回来的。"

　　"谁，伊——"

　　"灵感呀——瞧，我已抓住了她的头发。"她的手快速而迷人地移动，在空中画个半圆，圈住一个假想的捕获物。"灵感有头发吗，爸爸？"

　　"亲爱的斯特拉，"鲁文·哈里希说，并在他女儿前额靠近发根的地方吻了一下，"我心爱的小斯特拉。"诺佳挣脱父亲的拥抱，扭动臀部跳起她常跳的摇摆舞。

　　"我有没有告诉你表演的事？没有？我们班将为收获节①表演一个节目。离上演还有十六天。连续的舞蹈加上朗诵。我用舞蹈表演葡萄。你知道，它是七种水果中的一种。抽象的动作。而且……"

　　"斯特拉。"她父亲又说，并伸出手来要摸她的头发。姑娘觉察出他的姿势便摆动肩膀溜走了。她已在往水壶里灌水。

　　斯特拉。伊娃常常用这名字叫她的女儿。它并非一般的名字。伊娃的母亲名叫斯特拉。诺佳出生后，伊娃为纪念她可怜的亲爱的妈妈，想给她起名斯特拉。鲁文争辩说他老远地来到巴勒斯坦并不是想给孩子们起个非犹太人的名字。他建议用斯特拉这个名字的希伯来语译音"科查娃"。伊娃以音调不悦耳为由反对说，"科查娃·哈里希"这个名字喉音重，太难听。伊娃的反对是决定性的，正像引起那紧嘬着薄薄的嘴唇、长着娇美的黑眼睛的女人反对的任何事的结局一样。鲁文同意了"诺佳"这名字，它是伊娃的音乐敏感与他明确的原则之间的妥协。诺佳是一颗星的名字，而且它也暗示了可怜的亲爱的外婆斯特拉的名字。

　　外婆斯特拉是在她丈夫、银行家理查·汉伯格（伊娃的父亲，艾萨克的叔父）去世后几个月在科隆的一个高雅的郊区死去的，两年后她的唯一的女儿参加了拓荒者的行列并且没有得到她的祝福便来到巴勒斯坦，在那儿她得不到母亲的祝福而嫁给了一个纯朴的男人。他被公认为是出生在德国，实际上他却是遥远的波多利亚②村庄的一个纯朴的屠夫的儿子。

　　似乎是幸运的眷顾，外婆斯特拉死在旧时的好日子结束之前，而没

---

① 犹太人的节日，每年在犹太教历息汪月（公历五至六月间）的六、七日举行。
② 即波多利斯克，在乌克兰境内。

有惨死在集中营里。官方的命令已下达，宣布取消她在科隆小贸易银行领取的寡妇养老金，外婆斯特拉因感到羞辱而死去。现在诺佳隔了一代，保留着对她的记忆。要说这姑娘长得像外婆斯特拉，那是欠真诚的。理查·汉伯格的外孙女像个简朴的农村姑娘，整天大部分时间都赤着脚到处跑。另一方面，诺佳可能继承了伊娃那轻微的固执，而这一点伊娃转过来又是从诺佳外婆斯特拉那里继承来的。

在快乐的时候，伊娃常深情地叫她女儿"斯特拉"，有时叫她"斯特拉·马里斯"。对后面的附加部分从来没有解释。如果我们相信弗鲁玛·罗米诺夫的话，那么它反映了伊娃对木炭海景画的偏爱：雾蒙蒙的海平线上一只白帆孤舟，波浪轻轻地荡漾，流水拍打着绿岸，这一切都带有一点儿老式的、微微令人发腻的情调。这些画有的已收入鲁文·哈里希的儿童诗歌集中，即使它们与主题并不相符。但是我们似乎扯远了，我们只是想解释"斯特拉·马里斯"这个名字。

壶里的水已经开了。诺佳给父亲冲了咖啡，给自己泡了茶，给小弟弟盖冲了可可。我们不想说她心不在焉，但是当她工作时她的眼睛似乎并没看着她的手。它们似乎收缩起来，就好像不是向外看而是向内看着她的内心。我想他特别费力地试图不要看我。我为什么为此感到特别开心呢？

鲁文坐在咖啡桌旁，他的手向前伸展着。他正望着他的女儿。他不快乐。她是个小姑娘而又不是小姑娘。她至今没有提到布朗卡。真的该由我和她进行一次严肃的谈话。假设她哪一天走过来问我一个问题，我怎么回答呢？比如说如果她今天就问，我怎么说呢？现在。此刻。怎么说？

盖·哈里希开门进来，忘了道声好。鲁文指责了他。

"好吧，你们好。但是我不喝可可。"

像平常一样他一下子就倒在地毯上，而且既不停顿，也没有开场白就谈起一件令人心烦的事。它的要点是：

"今天下午，在地理课后，布朗卡向我们说明阿拉伯人的行为。她的想法多天真！就像个小女孩。她认为他们向犹太人开枪并非是有意的，或者类似这样的说法。她说他们根本不恨我们，他们只是些可怜的人，是他们在大马士革的部长叫他们打的，我们一定不要恨他们，因为他们也是像我们一样的工人和农民。那么我们该恨谁呢，嗯？而且她说他们就要与我们讲和了。呸！我要说的是：把不真实的情况告诉第三班的孩子们是毫无教育意义的。事实是我们向他们而不是向大马士革的人开火。然后他们就蜷缩起来不作声了。不把叙利亚人全部消灭我们就没有和平——对吗，爸爸？"

"看看你的脸多脏，"诺佳说，"立刻到洗脸盆那儿去，我要给你洗一洗。"

"安静。你没看见我正忙着跟父亲谈话吗？"

"好了，你就跟我谈并听听我的话吧。"诺佳严厉地命令说。

"诺佳，成年人谈话时女人不应该干涉。"

盖·哈里希长得好看，但与他姐姐的样子不同。小绿松石的头发是黑的，而盖却长着金发，与他肤色很相称。一抹淡黄色的头发随意地披垂在他高高的前额上。他的面貌像他父亲一样坚强而瘦削，但他黑色的眼睛热情而有生气。父子两人同坐书桌旁是多美的一幅画啊。诺佳拿开食物并刷洗盘子，一面故意像个永远干不完家务活的主妇那样叹着气，这时两个男的便在集邮簿上贴着邮票。邮票是按主题排列的，运动、花卉、太空、动物，而且令人遗憾的是，还有战争。鲁文利用这种业余嗜好培养儿子的整洁和纪律意识。同时诺佳做完了家务，拿起一支小的八孔竖笛。她吹奏的曲调长而优美，像她在孔上移动的手指一样。她蜷曲着身子坐在扶手椅里，膝盖缩起来顶着下巴，背弯曲着，眼睫毛低垂，心中充满着图像。清晨日出前就出去，在鱼池前徘徊、观望。溜进老马厩，那儿多年没养马了，但它粗糙的墙壁仍存留着腐朽的干草味。在马厩里大声喊叫。听着回声。走出来。在微风中歌唱。冬天的暴雨之夜，当雨哭雷笑之际，躺在床上不能入睡。乘船远游。在遥远的某处成了一个妇人。

有一次，一个秋日的这个时候，我到爸爸的沐浴室来冲澡。我脱去了发臭的工作服（我刚在牛奶场工作来着）。我拧开龙头，却没有水。我只好去公共浴室。但是我不想再穿上脏衣服。在浴室的衣橱里我找到一件蓝色的睡衣，纽扣在背后。是妈妈的。一定是她没带走的。我穿上它，拿上手巾、肥皂和我的发夹就往浴室去了。我淋浴后，在回家的路上，突然埃兹拉·伯杰在小道上向我走来。那一次他也侧过头去不看我。但是在他转过头去之前，他盯了我一眼。但是盯的不是脸。如果拉米不是那样，我早告诉他了。那样的事我决不告诉他，他会对我产生错误的看法。而且他还会去告诉那个老恶婆弗鲁玛。有一次他告诉我他的妈妈说我像我母亲，因为苹果落地后离树不会太远。我当时真想去扇弗鲁玛的脸。但后来我想一想就认识到，如果我生气，那就表示我感到受辱，而事实上这话根本不是侮辱。

后来，当微微的西风轻拂着树顶并使燥热缓解后，哈里希一家人便走到外面的花园草地。鲁文·哈里希用这段时间来阅读报纸。盖认真地浇着玫瑰花。诺佳背向父亲，正做着她精致而美丽的刺绣。假若她突然转过头来提个问题，鲁文该如何回答呢？她的长腿在身下交叠，头发从左肩向下瀑布般地倾泻在胸前，可爱的手指在布上迅速地移动。一幅精致优美的图画。让我们把它珍藏在心中。如果有好的结局，它将证实爱比恨更强大。如果是坏的结局，我们将用魔法召唤出令人欣慰的图像，让它给我们慰藉，并减轻我们的痛苦。任何事情都可能发生。诺佳的少女的容貌和她那妇人的举止，这是一种令人烦恼的混合体。一只邪恶的眼睛，一只呆滞的、贪婪的眼睛将死死盯住我们富有魅力的小鹿。有一个关于提篮的小女孩走过大森林的可怕的故事。连盖也长大了，不把这些德国儿童故事放在眼里。另一方面，鲁文·哈里希会告诉你，如果你睁大眼睛阅读格林兄弟的童话故事，你就会懂得德国人是怎样变成一群嗜血的豺狼的。他说得对。但是我们的眼睛却看着绿松石，看着斯特拉·马里斯，而且我们为她担心。

第四章
布朗卡听到枪声

约旦河歌唱并拍打着岸边，
我们的山谷充满着劳动的声音和希望，
闪烁着力量与美景的灿烂火光，
岩石的山坡被绿色的火舌舐光。

鲁文·哈里希的一首著名诗歌的这几行诗，每个孩子都熟悉。它们
被配上音乐让人歌唱。在基布兹运动的代表大会上和先锋青年的会议上，
我们常常见到人们引用这诗的一行或两行作为口号，用编成辫子的柏树
枝条甚至用火光拼写出来：**力量与美景的灿烂火光，**或**岩石的山坡被绿
色的火舌舐光。**这不仅是修辞学上的借喻，而且是鼓舞人心的现实。如
果这些话遇到冷嘲热讽的微笑，它们会把嘲笑的箭直接射回到嘲笑者。
现在当刺目的炫光退去，当夜的最早的征兆在我们的心中唤起甜蜜的梦
时，一片灿烂的美景展现在我们面前。正午阳光无情地打击这照料得很
好的山谷。现在，在夜间，更有利于我们看清这里的景色。

麦茨塔特·拉姆基布兹偎依在靠近约旦河河床的一片狭长的山谷里。
这山谷是地球表面上最长的大峡谷的一小片土地。这大峡谷从叙利亚北
部开始，下经沙漠峡谷并跨过宽阔的平原，把黎巴嫩山与东黎巴嫩山分
开，然后在黎巴嫩与叙利亚边境上，在巴利亚斯镇附近变成阿尤恩山谷。
在这里，一些溪流汇聚起来形成了可爱的约旦河，它像瀑布似的轻轻流

入以色列东北角的土地，一片无比美丽的土地，点缀着一座座基布兹、村庄和小镇的白色房屋。约旦河再向南流，西面是加利利小山丘，东面是豪兰、戈兰和巴显等荒凉的山脉。河水优美地注入加利利海，亦即太巴列湖，又称基内雷特湖，它是镶嵌在这块土地上的蓝宝石。我们就在这片地区定居并创建了我们的基布兹。

从太巴列湖约旦河继续向前流，拍打着阴暗的莫阿布山脉的底部，最后精疲力竭地投入死海的怀抱，从那儿它再也未能脱身，除非化成滚烫的蒸汽。但是，那巨大的大峡谷，现在没有了河流，继续向南，沿着阿拉瓦山谷，从那里升起艾多姆山脉，它呈现红色，像一个人被谁用魔法杀死在血泊中，但日落时就换成了紫色。在红海岸边的新城埃拉特附近，这远古的大裂缝又化成一长条孤独的海湾，两边与沙漠毗邻，在水与它干渴的敌人之间没有绿色的草木介入。这海湾是红海斜伸的手臂，它本身就是巨大的峡谷的延伸，它细长的形状就是明证。红海过去，断层继续伸展，穿过东非的热带森林，再继续向前，越过赤道。就好像有某种阴森的力量试图用巨大的铁斧一下子把地球劈成两半，但在完成这一动作前却改变了主意，只是留下了这一带有野性美的伤痕。

这巨大的裂谷行进途中遇到变化各异的天气和景色，但是其全长的大部分都与多山的沙漠毗邻，因此它既炎热又潮湿。我们就住在它最深最温暖的地点之一。它的地质结构几乎使我们可以称它为峡谷。有千年之久这地方完全是一片荒野，直到我们的定居者搭起帐篷并用最新的农业技术使沙漠焕发青春。的确，在我们到来之前是有几个阿拉伯农民在这儿居住游牧，但他们很可怜，很原始，穿着黑色的长袍，很容易成为变化不定的气候、自然灾害、洪水、干旱和疟疾的牺牲品。他们没有留下多少痕迹，只有一些零散的废墟。他们的遗体也逐渐消失，并年复一年地与尘土混合在一起，本来从尘土中来，又回到尘土中去。他们的居民已逃到山中，他们从那里向我们投来没有根据、没有意义的仇恨。我们没有伤害他们。我们带来犁，而他们用刀迎接我们，但是他们的刀又弹回他们自己身上。

在仅仅一代人的时间里，我们已进行了一场强有力的、壮丽的革命，但是我们为我们的土地付出了沉重的血的代价，我们为我们的第一个牺牲者艾伦·拉米戈尔斯基立的纪念碑就是明证。他离开位于波兰一俄罗斯边境的科韦耳的家庭，却被密谋的敌人在这里杀害。在讲到我们的基布兹的时候常常要提到他的名字。但是成功的秘诀并不在于创建者们的英雄主义。远非如此。秘诀在于，用我们的鲁文·哈里希同志的话说，道德上的洁净。因此我现在请你和我们一起站在这可爱的餐厅的入口处并看一看聚集在这儿的男男女女们的面孔。

他们已用冷水淋浴洗去了尘土和汗液，穿着朴素干净的衣服，三五成群地聚在一起，准备共进晚餐。年老的男子大多不好看。他们晒黑的面孔由于岁月的敲打已经布满皱纹，但他们整个容貌仍然健康有力。他们开朗而坚强。有的人身体粗壮，像埃兹拉·伯杰；另一些人，像鲁文·哈里希一样，高而瘦。有些人，如木匠门德尔·莫拉格和香蕉工人伊斯雷尔·奇特朗，有一头引人注目的灰发。另一些人，像区议会的芒德克·佐哈尔，或机修工波多尔斯基，都多少有些秃顶了。他们都散发着一种安全感和满足感。你在他们之中几乎找不出典型的农民面孔，那种由于沉重的劳动而造成的愚钝、闭塞的外貌。相反，他们的脸和步态都给人以才智敏锐的印象。当他们走近时，我们能听见他们用充满信心的声音进行着友好的争论，并用生动的手势来加强语调。

现在让我们看看他们的伴侣，年长的妇女们：埃丝特·艾萨罗夫，
人们仍然叫她少女时的名字埃丝特·克利格，虽然她已有七个孩子了；
哈西亚·拉米戈尔斯基，基布兹的书记兹维·拉米戈尔斯基（已故艾
伦·拉米戈尔斯基的兄弟）的妻子；布朗卡·伯杰，格尔德·佐哈尔，
厨师尼娜·戈德林和其他人。她们的容貌令人难过，即使只是一瞬间。
由于思想观念上的原因，基布兹不容许女成员用化妆品来保护她们的容
貌。你丝毫也见不到染发、胭脂、染过的睫毛或口红。但是虽然没有美
容的人造辅助物，她们的面部具有纯朴的、天然的外貌。不过第一眼看
上去，这些女人的模样有些粗糙。整体看来她们很像男人：她们充满自
制力的多皱的面容，她们嘴周围的坚定的纹路，她们毫不娇美的黑皮肤，
她们那灰色的或白色的或稀疏的头发。她们有的胖墩墩，有的清瘦，有
的瘦骨嶙峋。她们的步态，也像年纪大的男人们的步态一样，表达出发
自内心的安全感和信心。不要错以为她们有的人样子残酷，如那边那个
颇令人生厌的女人，其实那并非残酷，而是真正缘于苦行主义。你指出
的那一位是名叫弗鲁玛·罗米诺夫的寡妇，她负责幼儿学校的工作。她
的儿子约什·里蒙是名年轻的军官，在苏伊士战役中被杀，他的名字被
刻在拉米戈尔斯基的纪念碑上。陌生人，我劝你将来要克制自己，不要
仓促地误把受苦和苦行主义说成是残酷。弗鲁玛的活着的儿子拉米·里
蒙还有几周就该应征服兵役了。让我们祈祷他将安全健康地回来，因为
他是她剩下的唯一的孩子，没有了他，她的生活就没有了意义。

现在年轻人来了。看吧，他们不是为我们增光的人吗？看他们多么
高，姑娘们也与小伙子们一样。他们都很体面。任何可能存在的例外只
不过更加证明了这一论断。他们都天生具有我们在他们父母身上见到的
那些正面品质，而没有那种僵硬。他们的步子敏捷，行动优雅而柔软。

他们从孩童时代便参加体力劳动，经受阳光和新鲜空气的滋润，经过长途艰苦的旅行而变得坚韧，还经过了体育和运动的锻炼。他们全都晒成了红褐色，长着金发。他们的吵闹声散发着愉悦的气氛。虽然他们有的人可能患有一个毛病：有太多的富于诗意的抱负，但他们懂得怎样加以规范。让我们随着他们进入餐厅，别让他们走出我们的视线。不管怎么说，我们这么长时间一直站在这门旁边，仔细观察每个从这儿进去吃晚饭的人，已开始引起人们注意。如果我们再待下去，我们的意图就会成为人们闲谈的话题了。

餐厅里灯光明亮，空气温暖而潮湿，充满了嘈杂和忙碌：刀叉的铿锵声，谈话的低语声，食品车的吱吱声，盆和盘子在对面开间的水池里发出的碰撞声。餐桌上罩着色彩鲜艳的塑料桌布。墙上装饰着风景画，表现劳动的象征性绘画，还有基布兹运动的创建者们的肖像。每张餐桌上有一大盘松脆的黄面包，一盘堆得高高的水果，有五颜六色的容器装着盐、胡椒粉、油、柠檬汁和芥末，有一碗碗的牛油、乳酪和家庭制造的果酱，还有一只闪亮的不锈钢茶壶。桌子中间有一只装废物和剩余物的大碗，在它旁边是一只果酱罐子，里面装着水，并插上了漂亮的花朵和绿色植物。

赫伯特·西格尔是一个矮小而结实的男人，戴着相当老式的钢边眼镜，他属于德国人一伙。（基布兹有两伙人，从德国来的和从俄罗斯—波兰边境地区来的，这一地区过去属于波兰而现在属于俄罗斯。）西格尔负责基布兹的教育工作。然而这一工作只占用他的空余时间。他从事了二十七年的职业是奶牛养殖业。他是一个具有特殊才能和广阔视野的人，他把晚上的时间用来阅读马克思、黑格尔、蒲鲁东、杜林、拉萨尔、圣西门和罗莎·卢森堡的著作。你只能在基布兹才能找到这样的农民。赫伯特·西格尔在青年时代，在他停止写作之前，曾发表过大量的文章。如果他当初投身于公共服务事业，他早在基布兹运动中大放光彩了。他没有这样做，部分是因为他的观点比运动的观点稍微左些，部分是由于他是个有坚定原则而轻视名誉的人。于是作为替代，他在伊娃离开后就完全投身于古典音乐小组的管理工作。他本人演奏小提琴，当然只是业余性质的，如果命运给了他一个好妻子而不是让他独身，那么我们会说他设法使他的生活保持了完美的平衡。这平衡在他从容不迫的用餐方式上明显地表现了出来，多少年的体力劳动都没有改变他那刻板的席间举止。他腼腆的、一闪即逝的微笑把我们完全迷住了。在我们必须面对痛苦或窘迫之时，我们可以信赖赫伯特·西格尔，他会出自真诚的、默默的、没有心计的友情前来帮助我们。他处理事情明智、敏锐而得体，这一点在基布兹内受到普遍的承认和赞赏。

　　赫伯特一边吃，一边与邻座上的格里沙·艾萨罗夫进行谈话。格里沙负责管理我们的鱼池，他有男女小孩七个，他们按年龄分别被安排在不同的儿童住房里。第二次世界大战期间他参加了犹太支队，并在西部沙漠和意大利取得了许多突出的战绩，这些事他谈起来总是津津有味。

　　格里沙的席间举止实在吓人，而且，更糟的是，他与赫伯特·西格尔的谈话转到了作物轮种等一些深奥问题上，它们的确超出了他的理解能力。因此，让我们把注意转向餐桌旁的年轻人，转向托墨·盖瓦和他妩媚动人的伴侣艾纳芙。

　　托墨·盖瓦是埃兹拉和布朗卡·伯杰的长子。我们没有因为姓氏的改变而受骗，因为布朗卡那中间合拢的两道浓眉也同样装饰着她儿子的面孔。托墨的脸并不特别瘦。他鼻子大大的，厚嘴唇，下巴宽大而健壮，耳朵和鼻孔里都伸出黑毛。我们是在他吃晚餐时见到他的。如果我们能看着他工作，在干草地里半裸着身子，在阳光下汗珠闪烁；如果我们见到他跳舞，不顾地心引力而猛烈地旋转，浓眉下的黑眼睛闪耀着虎虎生气；如果我们能在篮球场上看见他在众多对手之中轻盈地佯攻和闪避，把球准确无误地投入篮中——那么我们就会了解姑娘们眼中的他。几个月前托墨决定跟他的一位爱慕者结婚，这使我们大吃一惊。艾纳芙是一个文静俊俏的姑娘，她的美已今非昔比：那微微突出的腹部已扭曲了她身体平整的线条，而加重了她蹒跚的步态。

托墨穿的是夜礼服，但衣服并不干净。他蓝色的衬衫上有泥土和汽油的污点。可能他刚去田间把灌溉龙头打开或关上，或是清洗一台堵塞的喷灌机。他并不优雅，但他的举止友善而可爱。他给艾纳芙切一片面包，并探身把少量腌鲱鱼或奶酪递给桌子对面的她，还不时偷偷地对她微笑。艾纳芙也给以同样的回报，并急切地为他准备了一份美味的色拉。

现在让我们用各自选定的冷的或热的饮料把我们的晚餐冲下肚去，并与餐桌上的其他人道别。我们在公告栏前停留片刻，上面贴着布告和勤务表。我们越过会计伊扎克·弗里德里克的肩膀看看报纸的大标题，然后离开餐厅。我们可以坐在草地边上的绿凳子上放松一下，对着落日沉思一番。

暮色使景色柔和并为散布在基布兹周围的物体增添了妩媚。轻淡的阴影在房屋间移动，使树木显得凝重，而且使这地方实用性建筑的锐利轮廓显得柔和。草地看上去不是那么方方正正，就连混凝土的小道，由于阴影诡谲地相互交错，也不像平日那么直挺。牧草地和花园在四周伸展，它们津津有味地品尝清新的微风，并报之以轻轻的叹息和难以觉察的迷人的战栗。

如果我们抬头看那东面的高山，就会发现，它们仍沐浴在阳光中。耀眼的阳光从我们所在的地方离开后占领了山顶并盘踞在那里。结果，山顶看上去比实际上更远，好似又拔到了新的高度。天空已失去白天的色彩而呈现黄灰色，然后变成一种清晰得惊人的蓝色。

空气中充满着各种微弱的声音。寂静降落在我们村庄，宛若一支壮观的沙漠旅行队正无声地从我们这里穿过，我们无法正确地说出这旅行队的名字，但我们却在我们充满悲哀希望和无以名状的渴求的喉咙中感觉到它的存在。

多么可惜，傍晚的阳光在我们这里消失得这么快。太阳突然落下。东面的山已经变黑。它们抛开我们消失了，隐没在黑幕的后面。山巅上仍保留着模糊跳动的黄紫色光亮，而它也变得愈来愈微弱了。

现在大块大块的阴影降落在山坡上。它们遵循某种奇怪的地心引力规律悄无声息地降落下来。高山想用雪崩般的阴影活埋我们。有一瞬间落日的最后余晖碰上某种金属物体，于是闪现出山坡上敌人阵地威胁性存在的迹象。在敌人的营地出现了黄色和绿色的小小亮光。一种敌对的、威吓的、令人恐惧的存在。那就是我们村庄的周边这时之所以都亮起了高功率的白炽灯的原因。那就是高高水塔上的探照灯之所以开始扫过周围田野的原因。它似乎举棋不定地探索着，以饥饿的、颤抖的明亮光芒向山坡挑战。对面亮起了另一盏探照灯，并向下朝我们大家投射过来，像要用一根邪恶的闪亮的指头来抓我们。这猜疑的、不友好的对话继续着，但彼此交换的并不是语言。

最终，你知道，每个人都会死，好人和坏人一样。那些为正义而工作的人和那些毁掉一切的恶人，还有那些完全堕落的人，也一样。每个人都一样。他们停止呼吸，死去，分解，三四天后发出可怕的臭味。别因为我说的只是老生常谈而生气。我是个士兵。有时我会讲些粗俗的话，但事后我对自己也很生气。真的。

这番话是那位荷兰上校旅游时对鲁文讲的，而他讲的是真话。这是无可否认的。生活的事实。但是生活的事实也可能是不公平、不愉快的。而人们必须憎恨不公平和不愉快，并始终向它们开战。

鲁文·哈里希同儿子盖一起来到儿童住房。在熄灯之前，他为使孩子开心而朗诵了他的几首诗。然后父子进行交谈，谈了一会儿邮票和观光客，武器和农具，锦标赛和玫瑰花。一个吻，一只强壮的手轻轻抚摸一团金发，晚安，晚安。

诺佳晚上很忙。八点钟她得参加排练配有朗诵的系列舞蹈，舞蹈是为庆祝收获节准备的。诺佳的舞蹈是表现葡萄的，它是七种水果的一种。九点钟，青年杂志的编委会开会。诺佳负责《各抒己见》栏目。

再后来，年轻人热闹地聚集在基布兹的他们的那一部分。有的聚在收音机周围收听最新的流行歌曲。另一些人躺在草地上唱歌，编造他们自己低级的抒情诗。最后，再晚一些，在十点、十一点之间，诺佳有一次她盼望的令人激动的活动。

诺佳的父亲抄近道走过草地。园丁赫茨尔·戈德林在阳台上看见了，低声对他的妻子尼娜说：

"难怪孩子们会那样。看他们的老师在草地上走。没教养，我得说。教育并不只是要讲得好听。它是一种生活方式。尼娜，在这儿他们是些野蛮人。"

"你太夸张了。"他妻子难过地说。

"我没有夸张。"赫茨尔凶狠地低声说。

鲁文在角豆树的阴影里停了一会儿，把衬衫塞进裤子里，又以年轻人的劲头跳了几下，跳上了埃兹拉·伯杰家的阳台。埃兹拉这时候正开着他满载货物的车在黑暗弯曲的道路上行驶。他再早也不会在午夜之前回来。布朗卡独自一人在房间里。鲁文向她致意并微微一笑。像平时一样，他的声音深沉而有节制。布朗卡也回以微笑，但没说什么。她抬头望他，见他黑黑的脸上带着倦容。她穿着无袖灰色晨衣坐在扶手椅里。她盘腿坐着，更加突出了大腿的笨重。房间的陈设简单，像我们所有的房间一样：一张带轮子的床放在另一张高些的床下面，这是为了节省空间。带深灰色条纹的浅灰色床罩。床头是五斗橱，橱上是一台旧收音机。一张棕色桌子上罩着蓝色塑料桌布。一只花盆里养着喜竹芋，它沿着竹架向上爬，几乎已爬到天花板了。一块浅绿色地毯，古老而破旧。一张空扶手椅，布朗卡坐着的扶手椅，用与扶手椅相配的织物蒙上面子的三张凳子。一张凡·高的画：一棵神秘的柏树，风暴袭来时的天空，两个细小的人沿着小道行走。一个书架上有几本书、一本词典、一些影集、一些教科书和一些杂志，上面登着内赫米亚·伯杰的文章。另一个书架上摆着小的盆栽植物和廉价的饰品。桌子上摆着有金色图案的咖啡杯，还有一碟布朗卡烘烤的甜饼干。

鲁文舒展身体躺在床上，那儿扣放着一本打开的书：《幼年儿童的智力发展》。

"累了？"

"是呀。"

"我见你今天下午陪着游客，在存衣房附近。你为什么必须干这事呢？芒德克或兹维·拉米戈尔斯基可以带他们参观。你可以躺下休息而用不着在下午那么热的时候到处跑。"

"这事我们已讨论过了，布朗卡。别谈它吧。埃兹拉呢？"

"跟往常一样。半夜。一点。"

"咖啡呢？"

"马上。水已开了五分钟了。我懒得站起来。"

"懒骨头。"

"像所有的老奶奶一样。"

"你为什么老是不断地说那个词，布朗卡？"

"我相信艾纳芙快要生个女儿啦。"

"你是说你希望她生一个。"

"我是说我能感觉到。我相信这种直觉。"

"埃兹拉也想要一个孙女吗？"

"埃兹拉。埃兹拉希望谁也别招惹他。他总是很累。"

"他最近说什么没有？"

"没有。他什么也没说。他？从不。"

"他是个奇怪的人。"

"奇怪？我也许会想出另一个形容词。随它去吧。现在喝咖啡吧，趁它还热。放过糖了。你得一步步去了解埃兹拉，但是那得花时间。吃块饼干吧。"

咖啡。饼干。几颗葡萄一起吞下。太甜了。她放的糖太多，似乎把你当成了孩子。间歇性的对话，勉强的微笑。手指无意地摸着饼干碟的四周。听听新闻。今晚会不会有枪声？我想他们在策划着什么。我想暂时不会发生什么事，有两个原因。第一……

"你织的什么？一件毛线衫？给奥伦的？"

"给婴儿织的毛线鞋。"

"艾纳芙应对她的腿采取点措施。我听说他们想出了一些新的体操……"

"你知道，托墨结婚后变了许多。"

"至于诺佳，我不知道说什么好。她好像在尽力压制某种不满。她是个小姑娘，又不是小姑娘。她总是守口如瓶。她以前在我面前从没这么沉默过。而且这些天来她似乎对什么也不感兴趣。"

"正是青春期的早期。奥伦也是一样。奥伦不肯姓伯杰，他改姓盖瓦。据说他在逾越节家宴①那天晚上组织了一些人捣乱。每天我都听到对他的抱怨。"

"埃兹拉呢？"

"他不会不安的。他不管这事。反正他从不多讲话。"

"明晚有什么音乐？莫扎特？"

"巴赫。"

---

① 犹太教宗教仪式，于逾越节第一天举行家宴。

"西格尔很喜欢巴赫。我不喜欢他的音乐。太严肃。我知道这看法不受欢迎,但这是真话。莫扎特是另一回事。但是巴赫,真的……"

"顺便说一句,今天从德国寄来一封信。泽卡赖亚寄来的。"

"他说什么?"

"没什么特别的事。还是通常的话。西格弗里德·伯杰和艾萨克·汉伯格要在法兰克福开个分号,他们还想去柏林呢。他们在扩展。"

"诅咒他们两个。"

"你恨他们,是吗?"

"我恨那些堕落的犹太人。他们使他们自己和我们大家都跟着堕落。你肯让我看看信吗?"

"现在不,鲁文。为什么现在呢?过一会吧。以后。"

"有吗?"

"有。和往常一样。几行字。她什么也没说。顺便说一句,内赫米亚今天也来了一封信。"

"从耶路撒冷?今天?"

"是呀。完全是巧合。同一天收到弟兄两个的信。"

"他有什么要说的?"

"等一会我把他的信也给你看。他可能要来待一两周。"

"我们会……"

"别担心,老兄,他不会干涉的。不过,我不认为他会来。每年他都预先说要来多待些时候,到头来他或者不来,或者,如果来了,过了两天就走了。他这人就这样。"

"这些日子他在干什么?"

"和往常一样。研究。我不知道确切研究什么。"

"研究？"

"是的。你还要些咖啡吗？"

"过一会。过一会。关掉收音机。是斯特拉文斯基的曲子吗？我不喜欢。太激烈了。"

布朗卡想到她的身体时怀着厌恶的感情。她放下手中织的毛线，让两手放在大腿上。她几乎可以隔着衣料摸到肿胀的血管和腿上丑陋的黑毛和红疹。他们说美丽的女人觉得老年最难以忍受。我从没美过。我总是粗大的。我从不曾有过像艾纳芙那样的苗条身材。但是几年以前我不像这样想到我的身体；现在我想到它，而且不喜欢它。它好像是别的什么人的身体。一个陌生人的身体。夜间，当我睡不着而埃兹拉还没回来时，我有时感到有个从没见过的丑陋的女人睡在我的床上。我能嗅出她身体的气味。她出汗。她散发出一种难闻的臭味。她身体不好。她发出的气味也不健康。她身子里有什么毛病。有一种令人厌恶的潮湿。有些事我不能讲给埃兹拉听。即使在当初。真怪，他面对我时感到局促不安。我们在一起的时候他不喜欢看我，也不喜欢我看他。他不大大方方地看人。好像他只是尽义务而没有热情。不，不是这样。他很热情，但他思想不集中。他心不在焉。鲁文很文雅。他很当心，好像是对付什么易碎的东西。女人也需要力量，而且是猛烈的力量。他们两人都不猛烈。不完全投入。不能坚持到最后。总好像有什么保留，有什么没参与进来。对于女人来说，这是可怕的侮辱。父亲有个巨大的身躯。用不着碰他，你就可以感觉到他很强壮而热情。当他将要吻着你道晚安时，你能感到他的重量。即使他老了也一样。也许因为他即使在六十岁时胡子也没有变白，而那时候德国人来了。他几乎从不打我，而我却总感到他就要打我，要活活地剥去我的皮。

"鲁文。"

"嗯。什么？"

"我的父亲。我刚才正想着他。他是个装订工人。他一直是基布兹运动我们那个分部的会计。他希望我到这里来，但他也希望我成为一名钢琴家。一个人多少年把他年老时的女儿叫做'Katzele'①，小猫，而后突然间她成了个老妇人，母亲，祖母。她变胖了而且不喜欢她的身体；她不认得自己的身体；她晚上梦见小猫，而她的身体起了皱纹，干瘪而腐朽了。这真可怕。"

"布朗卡，你为什么总是老调重弹？为什么……"

我冲的咖啡总是没味道，我从没学会怎么烧可口的咖啡。他从不说什么。他是那么文雅。但是我也不很爱他，因为有些事我不能对他说，也不能对别人说，这些都是很重要的事，而再过几年我就要死去并被埋葬了。比亚利克②说："他们说爱情存在，但是什么是爱情？"爱情是崇高的字眼，但是必须对它提出质问。爱情是当你能开诚布公无所不谈之时。当你没有长红疹之时。另一方面，你怎能在四十四岁，确切地说，四十五岁时做个侈谈爱情的浪漫傻瓜呢？

"咖啡没味道，鲁文。不要不好意思讲真话。你一定要一直对我坦白。那就是你之所以不肯再喝一杯的原因，不是吗？"

"你说什么呀，布朗卡？这咖啡好极了。真的。的确如此。"

---

① 德语，意为小猫。
② 海姆·比亚利克（1873—1934），生于俄国的犹太诗人，一九二四年定居巴勒斯坦。

"再吃点葡萄。它们稍微有点酸，我就喜欢这味道。因此我不喜欢软软的熟水果或蔬菜。黏湿的香蕉使我作呕。你教你们班什么课文？"

"西蒙尼的《田园诗》。我批阅了他们今天的作文。有一些写得很好。你知道，这使我想起德国孩子们与俄国孩子们是多么不同。唯一的解释是……"

他受到噩梦折磨。即使有正确原则的纯洁的人也无法控制自己的梦。布朗卡·伯杰和鲁文·哈里希都是成年人。他们之间多少年来就存在纯洁的友情，一种有坚固理论基础的友情。即使鲁文·哈里希来自德国而布朗卡来自科韦耳，但两人却被共同的世界观联合在一起。他们对待教育的态度相同，而且同样地爱好自然和人类。这样一种友谊不可能突然变成强烈的性爱。如果说他们并不完全屈从对方，那么应当看到，以无可非议的婚约结合在一起的较为年轻的夫妻也不能总是无保留地完全把自己交给对方。鲁文与布朗卡之间的爱是克制而有节制的，而且肉体的因素不是主要的。

早先伊娃在鲁文和布朗卡的友情中也占有一定地位。她通常以她那活跃的小小微笑为他们的谈话作出了小小的（但是显著而可觉察的）贡献。她以温柔的亲密感丰富了他们的谈话。

在伊娃离开后，因为她离开，布朗卡便自然而然地感到她有责任照料好他的生活。起初，她花很长时间待在鲁文的房间，以防他感到孤独。她接过诸如为他烫衬衫、补袜子、誊清诗稿这些烦人的琐碎工作。

她做这些好心的工作埃兹拉既不鼓励她，也不劝阻她。他只静静地陷入孤独之中。如果谁走近他，投来幸灾乐祸的目光或隐约地暗示什么，他便用含糊其词的谚语和《圣经》里的诗句来回答。谣传也告诉他两人的关系起了变化。埃兹拉·伯杰不像头脑发热的年轻人那样大吵大闹。他加倍地投身于工作，承担了两个司机的任务。我们以为他心地单纯，缺乏想象力，因此没让妒忌占上风，并不是他抑制了自己的感情。然而人是血肉之躯，而血肉并非没药①和乳香，而是如古圣人说的"一滴发臭的流体"。

伊娃离去大约十个月后，布朗卡回应了鲁文饥饿的需要。鲁文并没追求布朗卡，也没设法引诱她。那是很难想象的。布朗卡自己知道他的需要而主动地表示愿意。并非欲念使他们投向对方的怀抱（不管好色的怀疑论者如何讲），而是出于纯粹的同情。我们这样说不是想为他们辩解。私通是无法辩解的。我们这样说完全是为了求得你们的同情。

鲁文从长沙发上站起来，倚在布朗卡椅子的扶手上。他把手放在她的手上并对她讲起那上校奇怪的谈话。

"突然，当别的旅客已回到他们的公共汽车上时，他示意让我走近他，似乎要告诉我什么秘密。他是个中年人，但身体结实，几乎像个运动员。他长着胡子，叼着雪茄，而且拿着一根极好的手杖。如果你懂我的意思，他看起来就像一位诚实的正享用颇丰的退休金的公民。我走过去。他用奇怪的目光注视我并问我是否有孩子。然后他劝我离开这儿，或者至少把孩子们送走。为什么？因为从军事的观点看，我们在这儿没有活下去的希望。因此他声称，'高山将落在你们头顶上。'他没有忘了

---

① 可提取香水或香料的材料。

说出他的职业地位，他的军衔和他的作战经验。根据逻辑，高山将落在我们头顶上。肯定无疑。我告诉他，我们遵循的是不同的地心引力规律。也许他明白了。显然，我告诉你这些，不是为了吹嘘，而是想告诉你在我喜爱的业余活动中发生的一些愉快的事情。"

"不错，"布朗卡说，"你对他的回答很好。但是我要说的是你担任的工作太多。你身体不好。你并不那么健壮，而且……如果你每天下午休息一个小时……"

鲁文·哈里希笑而不答。只是他的手指轻轻地抚摸着布朗卡的有皱纹的手。他们静静地坐了一会儿。布朗卡把头靠在他的肩上。他吻她。从很远的地方传来一声枪声，回声响彻四周，然后与蟋蟀唧唧的叫声、林中风的沙沙声和夜间不断变化而又永远不会真正改变的嘈杂声混为一体。

让我们的目光避开他们做爱的场面。它并没有什么特别之处。它没有话语，没有声音，没有狂热。轻轻的抚摸，简短的前奏，紧张的沉默，低哼声，轻松的沉默。

夜既不轻松也不沉静。不是我们的夜。远处小冷藏室的马达像心搏一样在黑暗中有节奏地跳动。它与养鸡房里发出的模糊的、沮丧的咕哝声混杂在一起。不时传来牛的沉重的哞哞叫，好像快窒息时的呻吟。蟋蟀不停地唧唧叫，有的轻柔地、持续地、沉闷地叫着，有的发出惊人的尖声，叫了几声又突然消失。从东面敌人的阵地传来机械沙哑的震颤声，还有喊叫声，也许是人的，也许是夜鸟的。一只黑背豺的怪异的嚎叫震天响，引起四周各种声音大混战，好似一石激起千层浪，我们这脆而不坚的房屋就像遭到巨大声浪的拍击。忧愁、喜悦和嘲笑并成了一声长长的哀诉，一曲悲伤的挽歌。鲁文犹豫地触及布朗卡的脸并发现它浸着泪。他用手去摸电灯开关。她止住他。你吓我一跳。这没什么，你不懂。你不说我怎么会懂呢。我不说你就不懂，那太可怕了。什么事可怕，布朗卡，我对你怎么啦，你为什么这样。你没怎么，只是我希望有个孙女儿，是的，孙女儿，这正是我所要的东西。我真想到父亲的坟前去祈求一个女儿，只是现在没有坟地好去。你真奇怪，布朗卡，我能做什么来改变这一现实呢。也许还不太晚，给我一个女儿。如果你能给我个女儿，我就嫁给你，请你，请你，我还能，只是我……

探照灯的光闯入房间。它像玩魔术似的在墙上描绘出扭曲的形状。突然它又移向别处。女人静静地擦着脸。男人发出尴尬的咳声。他想让事情回到平稳的道路上，但却不知该做什么。最后布朗卡穿上她弄皱了的睡衣并打开电灯。她没有看鲁文便把信交给他。第一封是内赫米亚·伯杰的来信。

他问他去埃兹拉家住几天是否方便。他的工作刚刚结束。他已把它搁置一边，现正做些翻译，挣些饷口钱。他为了生活而翻译，为了翻译而活着，恶性循环。但是换换环境会对他有益。他想带几本书和他的零乱的纸张来。如果感到目前为难，他们一定要直说，让他把日子推迟。最后，亲爱的弟弟，艾纳芙打算什么时候让你和布朗卡当祖父母？

最年轻的弟弟泽卡赖亚的来信也以这同一个问题开头。他浏览世界各地的报纸，焦虑地寻找麦茨塔特·拉姆地区严重的边境冲突的消息。看起来似乎犹太人到哪里都逃脱不了犹太人的命运。他希望大家都很好。至于他自己，汉伯格和他正在法兰克福开办一个分号，而且还向柏林派出了探路者。使我们开心的是，柏林已非昔日全盛时代的柏林了。那些脸皮肥厚、呆头呆脑的柏林人对共产党的封锁感到惊恐。总的说来，我们没什么要抱怨的。德国的繁荣令人吃惊。犹太可怜虫已经翻身，而德国佬则勃然大怒。现在有许多方法羞辱他们。比如，我们在法兰克福向一个被判几年监禁的前纳粹军官购买了房屋。他必须以半价快点脱手。在购买时我狠狠地取笑他和他的妻子，以致他们的眼睛几乎从他们肥胖的脸上暴了出来。这些日子要侮辱他们并不难，而且你知道，我觉得这是种令人着迷的消遣方式。可是艾萨克的看法却不完全相同，他满足于快点致富而不关心报复过去的受辱。伊娃还和往常一样画了许多画。艾萨克，当然，在阁楼上为她布置了一间画室，从那儿可以俯视她喜爱的湖景。

他们没有于近期访问以色列的计划。但是我想作一次短暂的商务旅行，与一些以色列艺术家签订一项小小的合同。由于相当复杂的原因，以色列艺术家在德国将取得很大成功。

鲁文简要地看了看信的内容，然后就专注地凝视用小小的斜体希伯来文字母在空白处加添的两三行字。他真想把鼻子放在纸上嗅一嗅，但是他因为怕伤了布朗卡的感情而克制住了自己。

　　亲爱的布朗卡和埃兹拉、托墨、奥伦和艾纳芙：我常思念你们。我很好，没什么可抱怨的。当然我非常想念我的孩子们。我的斯特拉·马里斯现在一定长得很大了。不知亲爱的鲁文能不能把她的照片寄一张给我。你能不能问问他？你的，伊娃。

这一段是打算给鲁文看的，虽然没有直接称呼他。他沉思着把信叠好。她根本没有提到盖。他把信放回信封。然后他小心地为儿子撕下邮票。他把它们放进衬衫口袋里。他站立了一会，不动也不语。最后他说：

"当然，我会寄张照片给她。多么奇怪的问题！"

布朗卡说：

"她会回来的。"

"不，她不会。"鲁文回答说，"我知道她永远不会回来。"

布朗卡斜着眼看他，但什么也没说。鲁文低头看着自己的手指尖。他对自己咕哝着什么。布朗卡大声叹口气。鲁文抬起头后，她惨淡地一笑。布朗卡把他丢在椅子扶手上的衬衫递给他。鲁文漫不经心地穿上它，并像个被爱抚的孩子那样笑了。他把纽扣扣错了，又把它们解开来重新扣上。

远处传来一声枪声。立即又是三声枪响，声音近了许多。

"我希望我们能度过今晚而不必把孩子们送到掩蔽所。"布朗卡说。

"是的，但愿如此。"鲁文回答说，仍然漫不经心。"他快要回来了。"他又加一句。

"我还是整理一下房子的好。我不想让他看着难受。他回来时累得像个梦游者一样。"

鲁文吻她后目光闪闪地步入夜色之中。他的胸部不时感到一阵隐痛。它可能是肉体的，也可能不是。在田野里，夜间的动物像平常一样嚎叫着。

第五章
做女人

　　拉米·里蒙是在我们的基布兹出生长大的，因此他具备充分的条件区分正面的事物与反面的事物。他父亲的死，然后是他哥哥的死，还有他母亲的过度悲痛可能对他的个性有过令人不安的影响。但是拉米·里蒙不是一个女人气的青年，即便他的母亲总说他是个爱好植物和动物的敏感的小伙子。拉米·里蒙不是个很健谈的人。他言词生涩。做还是不做，那才是适合男子汉考虑的唯一问题。姑娘们是个难题。你身不由己地陷入困境，结果只落得憎恨自己。女人不是男人，她们不让男人成为男人。那是她们的天性。另一方面你不能避开她们而不招致别人甚至你自己的蔑视。拉米·里蒙发现难以克服这进退维谷的困境，他无法从这困境中跳出来，因为他是诺佳·哈里希的男朋友，而且因为一个十八岁的小伙子必须有一个固定的女朋友。

　　拉米独自一人站立在游泳池边的树丛旁。他正在黑暗中等待诺佳。你永远也不能指望她会准时。两天前我们相约十点钟相会，而她十一点才到。昨天我们约在十点半，而她来早了，十点钟就到了，于是我们发生了争吵。我明明知道她怕黑，为什么还让她独自在黑暗中等待？我如何能知道，我如何能猜到她会早到。回答：当你在恋爱时如果有人在等你，你在内心中应感觉得到。我问她除了心灵感应外她是否还相信鬼魂和妖精。回答：她的确相信。我们如何能彼此合得来呢？

诺佳晚上很忙。她参加了收获节表演的长长的排练（她那小伙子般的身体跳得非常好），出席了青年杂志的编委会，匆忙地准备好学校的功课，把床铺好，对她那位丰满的室友达芙纳·艾萨罗夫神秘地一笑，便前往湖边的松树丛。拉米正在那儿等她，他的衬衫挑逗性地解开了纽扣，下嘴唇上随便地叼着一支香烟。诺佳先看到他。她有猛禽般锐利的夜视眼。她轻而慢地走到他的身后，她的拖鞋没有发出一点声响，她的绿格子长袍太大，改变了她的外形。她用冰凉的手蒙住他的眼睛。他猛地一跳。诺佳几乎被推倒了。她尽可能轻地大笑起来。拉米抓住她想吻她的嘴唇。她挣脱他的搂抱，轻轻地拧了他的一只耳朵，就逃到树丛中去了。

"扔掉你的香烟，"她从她隐身的地方喊道，"我恨你抽烟。"

"我高兴你恨我。从那儿出来吧。"

"马！"

这侮辱性的称呼深深地刺伤了拉米的心，他气得咬牙切齿。寡妇罗米诺夫唯一尚存的儿子有一张长脸，大下巴，嘴的周围有许多皱纹，与他的年龄很不相称。

他四处走了一会儿，终于发现了诺佳的藏身处。他猛吸一口烟，然后把浓浓的烟雾喷射到她的脸上。诺佳在他的颈上猛击一掌。他企图抓住她，但是她比他更敏捷。他感到气恼和羞辱，便跟在后面追她。

"你等一会，等我赶上你。"他假装他的生气只是闹着玩的。

"去参军吧，拉米。那时你就可以吓唬我们的敌人了。"

她让他抓住她，并以一种与当前的嬉戏无关的忧伤的语调说：

"你要参军了，你会找到比我漂亮的，你不会要我了。但是，我不需要你。我根本不需要你。"

他们在树影的深处拥抱。他的唇在她的面颊上留下温暖潮湿的痕迹。

"当然我需要你。我在军中将需要你，会更需要你。"

"为什么？"

"因为你美。"

"还有别的原因吗？这只是个很小的原因。"

"因为你使我激动。"

"好色鬼。"

"因为……因为你很……"

"很什么？我怎么样？告诉我。行吗？"

"很优美。像只小羚羊。就像一只小羚羊。"

"就这些？你就想不出说点别的？"

"还有一个原因。"

"什么？"

"你还没有给我那个。给我那个。"

"马！"

松树的沙沙声伴随他们更深地进入林中暗处。他们展开四肢躺在一堆干松针上，思索而没有彼此接触。

"你的父亲。"

"我的父亲怎样？"

"他是一个奇怪的人。我母亲说他并不像他要显示出的那么伟大。他的缺点不止他显露出的那点。"

"告诉你母亲她是条母狗。"

"你生气了。这证明我说对了。"

"拉米，你到部队后别老闯祸。我们的英雄已经够多了。如果你出了什么事，那会急死你母亲的。还有我，也有点。"

"你的意思是发生在约什身上的事？"

"也许那是我想说的，但是你是匹马。你不必把你的意思全讲出来。"

"我要，偏要。你和我必须彼此全讲出来。全部。"

"不，我们不必。"

"要，我们必须。"

沉默。他们仍然没有接触。小伙子已紧张到极点了。他已吻过，爱抚过，摸索过；现在他诅咒他那可耻的恐惧并计划对她施暴。啊，这喜欢动物和植物的敏感的小伙子，他轻蔑地怨怼自己。诺佳突然用一个松针在他耳朵里搔痒并发出深深的热情的大笑。拉米把手放在她的臀部，她回应一个轻微的动作，一种扭动似的舞蹈。现在他想紧紧抱住她。他的动作过火，紧握的方式笨拙而令人很痛。诺佳并不抗拒他的拥抱，只是她的笑声痉挛似的翻腾起来，而且她奇怪地说道：

"小伙子，滚开，别碰我。"

"什么事这么可笑？我告诉你，别笑。别笑。"

"事情不可笑。但你却可笑。"

"什么？"

"可笑。"

"你不是女人，诺佳。你甚至不知道怎么做个女人。"

"但是我不想做。我恨做女人。我不想做。"

"做什么？"

"做女人。"

我们在别处什么地方已经听到的那第一声枪声迫使拉米还在制止诺佳的笑声之前就与她分开了。见鬼，纽扣太大，扣眼太小。他放开她并内行地说：

"开始了。"

但是什么也没开始。枪声静止并消失在黑夜之中。拉米的内行也不起作用。如果拉米聪明的话，他就不会试图间接地进攻。但是拉米不聪明。这样讲并不是想贬低他。他勤劳，诚实，谦逊，而且当情况需要时，具有自我牺牲精神，这些高贵品德，最终都归结于他的正直。正是他能使人消除敌意的正直现在使他与他的朋友商量一个一直沉重地压在他心上的问题。

"你知道，诺佳，我想我已设法使我母亲回心转意了。"

"让你自愿参军？真的？"

"是的，是当伞兵。麻烦的是如果她不签名，我就不能参加伞兵部队。我完全要听候她来处置。由于约什的死，官方认为我是独子，如果没有父母亲在表格上签字，他们是不接受独子的。"

"而你已设法争取她同意了？"

"是的。我们吵了一架。我给她讲了个明白。我不是她的小宝宝，约什的不幸不是我的过错。对约什适合的对我也一样，而且伞兵也不是个个都送命，而且我也不想一辈子都生活在约什的阴影中，因为我的生活是我的生活。大家总是拿我与他作着不公正的比较。"

"噢，她怎么说呢？"

"她不回答我的申辩。她回答不了。她就说我是个傻瓜。"

"那么你说什么呢？"

"我就骂她是母狗。"

"她说什么呢?"

"她一言不发。因此我想我已使她回心转意了。"

"我希望不是这样。我希望她坚持自己的立场,不签字。"

如果拉米不是那么天真,那么现在他就不会如此震惊。多么惊人的背叛!多么尴尬的处境!她们中你谁也不能相信。他的恼怒使他说出些冷酷的话。

"你是不能信赖的。你就像你的母亲。"

"肮脏的老马!"

为此在安静的林子里发生了激烈的争吵。拉米把他的苦恼一股脑儿地抛向她,而诺佳,或是出于逆反心理,或是由于下意识的不怀好意的推动,以甜蜜的语言和冰冷的微笑给予他尖刻的回答。

可惜他们听不见夜间丰富的音响。他们激动不安地在夜的轻音乐中行走,围着游泳池并朝回房的路上走去。夜以千百种美丽的声音来吸引他们,但他们由于生气什么也听不见。在篱笆的灯光下拉米站立着,他的大手放在臀部,嘴里含着一支新的香烟,想把烟雾喷在他女朋友的脸上。恼怒使他的面部表情更接近于马。诺佳的小脸低垂着,披散在她面颊上的头发遮住了她眼角涌出的泪水。

附近,在水蜡树树篱的后面,值夜人伊斯雷尔·奇特朗正伸长脖子力求一字不漏地听到他们的谈话。他谨慎地不露面。另一方面,如果不是他,说闲话的人也就碰不到他们两人。而如果没有说闲话的人,弗鲁玛也就永远不会发现她的小小的同盟者,她也为拉米焦虑而且想要阻止他自愿参加一项危险的工作,而且弗鲁玛的忧伤的心也就不会感到那么一股暖流。正如我们说过的那样，闲话也有值得称赞的一面。一定不要宣告它一无是处。

悲伤？是的。当然。我们的目光现在跟着斯特拉，她正微微弯着身子偷偷回到孩子们住所中她的房间去。整个住所已笼罩在睡乡中。她没开灯便踮着脚走进房间滑进被窝里。

诺佳·哈里希多大了？大约十六岁。她现在正哭哩。低声喊着远方她母亲的名字。墙上有一片清冷的月光。窗外，黑色的柏树枝在微风中叹息。几年以前当我很小的时候是怎么样的呢？她常常抱着我并吓唬我。她常抱着我哭用另一种语言跟我说话我害怕了就和她一起哭没人看见妈咪别哭我害怕斯特拉·马里斯如果你从未出生该多好妈咪你不论在何处我都要去我是你的我像你如果你死了就好了如果我们都死了就好了①。天很黑为什么这么黑。

---

① 原文无标点，但可以理解。作者在此以意识流手法表现诺佳对母亲离去前她们俩谈话的回忆，以及她对母亲的思念。书中以后还有多处类似情况。

第六章
另一种悲伤

　　埃兹拉·伯杰的手臂放在方向盘上。他睁大眼睛看着车前灯照亮的道路。道路以虚构的隆起物戏弄前灯。埃兹拉的粗壮的脖子深陷于他多毛的双肩之间。他感觉不累。不累。但是微微的麻木沉重地压在他身上并使他思想混乱。他的思想飘忽。布朗卡现在不孤独。在我的房间。在我的床上。做奶奶了。大大的臀部。想她的身体。毛。多么大的肚皮。"肚皮大得像一个麦垛。"——嘿！绿松石多苗条。小鬼。真不知耻，突然说："你真可爱。"如果她不是诗人的女儿，我希望奥伦能娶她。他能。就像托墨得到艾纳芙那样。战胜她。《圣经》说："知道她。""而且亚当知道他的妻子夏娃，于是她怀孕并生了一子。"知道。聪明的字眼。别以为注释者们完全理解它。别以为知道一个女人就意味着与她性交。一定有点区别。也许只有当她们怀孕了才是知道。如果没有区别，那么都只是一滴臭精液。正如托墨对艾纳芙所做的：先向她求爱然后与她睡觉然后她怀孕再以后他出于责任感而与她结婚。婊子，她们全是。布朗卡。伊娃。艾纳芙。绿松石呢？

　　埃兹拉摸摸放在他身旁那张破旧的旅客座席上的一袋绣花线。现在我学会了一种新事物：绿松石，一种介乎蓝色与绿色之间的颜色。一种鲜艳的颜色。一种冷色。有暖色也有冷色。我过去就知道。诗人的精细。我要讲个小故事给你听，绿松石，一个小故事，然而是个真实的故事。来自现实生活。从前有一位公主……不，我只不过开个玩笑。从前拉米戈尔斯基和我在小山上工作。被杀害的艾伦·拉米戈尔斯基，不是我们的书记兹维·拉米戈尔斯基。拉米戈尔斯基向我谈起诗人的女朋友。他从德国带来的那位。是的，你的母亲，小绿松石。那是二十世纪三十年代。诗人那时叫做哈里斯曼，而不是哈里希。一个美——人，拉米戈尔斯基说。他把美字拖得很长，而且嘶嘶他的厚嘴唇。我很了解拉米戈尔斯基。他的父亲常与我的父亲一起做祷告。在科韦耳我家与他家就住在对门。他是个胆小鬼。他很强壮，而且是个愉快的小伙子。但他是个胆小鬼。他用眼睛瞄着诗人的女朋友。她非常美。像只小羚羊，像你，绿松石。女儿总是像母亲，人们这么说。但是拉米戈尔斯基不敢。他害怕。怕谁？怕我。怕芒德克·佐哈尔。怕弗鲁玛会讲给布朗卡听，而布朗卡又会说给埃丝特听。传道者说："我发现女人比死亡还要厉害。"而他讲这话是有根据的。那就是拉米戈尔斯基之所以不敢的原因。但是他需要你母亲。假使他敢，他也许能够从哈里希手中夺走她。她优美、文雅、娇嫩。但是她是个婊子。她现在与她的那个汉伯格在德国干什么？开个夜总会。我看更像妓院。愿上帝降祸于所有的女人。你听见这话了吗，小绿松石？记下来："愿上帝降祸于所有的女人。"——埃兹拉·伯杰的格言。我已给你讲了一个来自现实生活的真实故事，教给你现实生活的某些事。再举一个例子。我向托墨说什么？你让某人遇到麻烦了吧？是吗？是艾纳芙？好吧。现在好好想一想。是的，你可以娶她。但是你不必一定这样做。还有别的办法。托墨干了什么呢？他娶了她，确实软弱。"聪明的儿子使父亲快乐而愚蠢的儿子带给母亲忧愁。"所罗门国王说。他区分得清清楚楚。是布朗卡把托墨培育大并使他有良心的。现在布朗卡要当奶奶了，而埃兹拉·伯杰要当爷爷了。而你的爸爸要有个奶奶当情妇了。嘿！恭喜。

　　这一切到头来会怎么样呢？看看布朗卡。她受过教育。聪明。正如人们说的，"如果你喝过水，别向井里吐唾沫"。而我——我也许是个很普通的家伙，但是我也聪明。只是我不大讲话。而话多会惹麻烦。"言语是银，沉默是金。"三十年前拉米戈尔斯基和我在地里工作。现在仔细听，绿松石。阿拉伯人开始对我们射击。我们没有带武器。我迅速地跳到玉米地里。逃跑。躲藏。正如某诗人在哪里庄重地说的那样，"从毁灭中拯救我们的灵魂"。而拉米戈尔斯基呢？拉米戈尔斯基站在原地不动并开始与他们谈话。"教育熊要诚实和公正。"他得到了射来的子弹。他喊叫起来。我爬回去把他拉到基布兹内。是的，是我。而我并非《圣经》中的英雄。他没有讲什么富有教诲意义的话。相反，他诅咒我们大家，他诅咒巴勒斯坦，而且他甚至诅咒犹太复国主义运动，一直骂到断气。这是真的，绿松石。你们课堂上是这么讲的吗，绿松石？没有。布朗卡呢？诗人呢？没有。你不能讲死者的坏话。当然，他活着的时候你爱怎么讲就怎么讲。但是死人是神圣的。结论是什么？如圣人们说的，"记住你从什么中来，还到什么中去"。你从什么中来呢？一滴臭精液。你到什么中去呢？一个满是虫子的坑。但是我不是内赫米亚·伯杰，我不从事前提与结论的研究。我也不是泽卡赖亚·伯杰，我不会因为犹太可怜虫曾被人踩在脚底下而与整个人类作战。感谢上帝，我只是一个普通人。你懂我讲的这些吗，绿松石？如果你敢再向我说一回"你真可爱"，我就要给你一个耳光。你以为我是什么人——一个小男孩？

　　太巴列湖。他停下来与渔民们喝杯咖啡。嫁给渔民吧，绿松石。渔民是真正的男子汉。他们不写诗，他们不滔滔不绝地讲谚语，但是他们一旦得到一个女人，就终生守护她。"至死不分离"。叫你别用你父亲的绿眼睛这样看着我，还要我说多少次呀。你不在这里听我怎么想的也好。我还没讲完哩。还有得讲哩。不，它们不是绿的，你的眼睛。它们是青绿色的，绿松石。你好。啊，阿布希迪德。你和埃兹拉·伯杰喝一杯咖啡好吗？很好。我几乎趴在方向盘上睡着了。但是我有个办法。我想着女人，就一点不困了。我们有一个谚语："女人要么宝贵而稀奇，要么是只灰熊。"这全看运气。

渔民们喜欢埃兹拉·伯杰。每天晚上他都在太巴列湖停一会儿，与他们喝点咖啡并交换智慧的或污秽的故事。即便在这里，他也讲得不多。但是他通情达理的看法，他慢吞吞的讲话方式，他那拳曲地拿着多垢的小杯子的厚实的手，他的威武的宽肩，这些加在一起使他在这儿处于受人尊敬的地位。这并不意味着我们在基布兹不敬重他。我们是把他作为一个实干家来敬重的，我们敬重他还因为他的粗俗的幽默，它们总保有一点严肃的因素从而不会流为无聊的笑话。我们几乎想从他的粗鲁中发现高贵的品质——而且它的确存在，如果，再说一遍，能把节制和自我克制称为高贵的话。

大约午夜时埃兹拉离开渔民们来驶完他旅程的最后一段，从太巴列湖到自己的家。他仍不累。不累——但是微微的麻木使他的思想混乱。这最后一段埃兹拉开得很快。这段路靠近边境。不消说，夜间这个时候路上空无一人。前灯照出田野、路标和一个个孤立的矮树丛。夜间活动的小动物不时冲过路面。

在开进基布兹的转弯口，在游客们通常获得对这地方第一个笼统印象的那座小山的山脚下，埃兹拉听到远处传来一声枪声。他支起耳朵，想要确定枪声的方向。在东方空中升起的一颗绿色信号弹帮助了他。他很快地驶过大门，把卡车停在拖拉机车棚的旁边，棚里亮着一盏黄灯。

他在手上吐了一口唾沫，然后伸展他发麻的四肢。

值夜班的伊斯雷尔·奇特朗跑过来跟他拉东扯西说了一会儿话：牛奶场的牛群发生了一起早产；他偶然偷听到弗鲁玛的拉米与他的女朋友的大声争吵；东北方向有几声枪声。要出事了。不，不会有事的。晚安，伊斯雷尔。晚安，伯杰。

埃兹拉在他的房间外停下来并静静地脱去他的鞋子。他踮起脚尖走进房子。他的眼睛使劲地刺穿黑暗。他迅速而担忧地吸着气，想要嗅出外人的气味。他的胸部升起，落下，升起。他的嘴微微张着。他沉重的头低着，专注地倾听什么。他的手臂低垂在身旁。他的手很大。

布朗卡裹在毯子里。她没动。埃兹拉·伯杰感到累。他的思想恍惚。即使这样，他也能确切地感到他的妻子没睡着。布朗卡知道他知道，而他也知道她知道。什么都知道。他僵直地脱去衣服。床已铺好了。有一杯茶等着他，为了保暖而用茶托盖着。一切都安排得像他喜欢的那样。一切都像平常一样。他穿着汗湿的内衣站在那儿，凝视着探照灯在墙上投下的百叶窗的阴影。突然，他弯下身来，把一只大大的脏手放在布朗卡的毯子上，并说：

"奶奶。"

她不动。他僵直地立直身子，用指头抚弄他肩上和胸上的毛。爬进白净的被窝里。把脸转向墙。他想再继续他的沉思而且甚至轻轻地咕哝：那么，好吧，绿松石，那些渔民。

睡眠突然来到那人的身上。像斧子的一击。像一个女人。

第七章

一种痛苦的悲伤

三十年代——难忘的年代，我们将永远夸耀的年代！麦茨塔特·拉姆：迷失在一片广阔空地上勇敢地面对威严的高山的一块小小的惊恐的营地。一座木制的塔架，双层有刺铁丝网，群狗对月而吠。灰色帐篷和泥土路，尘土滚滚，四间烤人的茅屋，滚烫的洋铁皮屋顶，稍带咸味的淡红色的水，公共淋浴池的水发出铁锈味。一间摇摇欲坠的简陋木屋里摆着几张摇晃的餐桌。脆弱的树苗在酷热中凋萎。令人烦恼的夜晚，充满了野性的声音，沐浴在刺目的月光下，常受恐怖活动侵扰。附近阿拉伯人村庄传来奇怪的声音，烟雾的气味，潮湿的水汽，半夜时我们愉快的喊声，欢歌狂舞，充满着悲伤，充满着渴望，是无拘束的狂欢与孤儿绝望的哭泣的混合物。

伊娃。

时间：她第一次到达鲁文的帐篷后两年。我们的第一位牺牲者艾伦·拉米戈尔斯基死去后将近两年。那年秋天我们买了一辆小卡车。头一次买车。在献殿节①的末尾我们第一次旅行到海法，去看哈比马剧团上演的节目。当然不是全体，而是我们中的十五个成员，是由抽签决定的。那种老掉牙的车只能装十五个人。伊娃和鲁文去了，还有弗鲁玛和奥尔特·罗米诺夫，还有赫伯特·西格尔，由我们的第一任司机芒德

---

① 又称光明节（每年十二月左右，为期八天），纪念公元前犹太人战胜叙利亚人后在耶路撒冷大庙的重新奉献。

克·佐哈尔掌握方向盘。司机的座位下藏着几支枪，尽管后来并没有遇到什么麻烦。

那是一个晴朗的冬日。道路被清洗过并洒过水。路的两侧有一片片鲜艳的绿色。天空是浓艳的深蓝色。还有为新车感到的兴奋。他们唱歌、开玩笑。他们甚至对严肃的事情进行嘲笑。

在看过表演回到冰冷的卡车里后，奥尔特·罗米诺夫展开了讨论。

"我们正在建设一个新世界，过着全新的生活，而哈比马剧团却重弹昔日城市中犹太人区的老调。"

道路黑暗。天空阴沉。没有一颗星。

在接下去的讨论中，赫伯特·西格尔采取了近似奥尔特·罗米诺夫的观点，只是，当然，他是用不同的语言表达的。（赫伯特正是从那次谈话引出了他谈文化的一篇文章，由于它所引起的反响，我们的老战士们仍然记得它。）鲁文不同意赫伯特的看法。在我们的新生活与犹太人区的老生活之间有着必然的联系。

伊娃通常不是我们中间的热烈的争辩者，但那一次她也参加了讨论。她从鲁文的肩上抬起头来，就讲了一句话，它很难与正在讨论的问题联系起来。

"应该描写的是像激情和死亡这样简单的、伟大的主题。"她说完，把她的头再次放在鲁文的肩上。

这时谈话很可能变得热烈起来，因为包括鲁文在内的每一个人都不会轻易地放过伊娃的这句话。那时候许多人的感情都很深沉，而伊娃热情的、倦怠的声音自然激起了他们内心深处的感情。但是，就在这时从司机的位置上发出一个沙哑的声音：

"别谈了，朋友们，唱吧！"

有两三个人以歌声来响应，歌声掩盖了谈话也抚慰了激情。那时候我们都年轻，唱起歌来把整个心都放了进去。我们就这么唱了起来，伊娃也和我们一起唱。

当我们接近山谷时，黑暗更深沉，引擎的轰鸣更剧烈。风在鼓起的帆布篷里嚎叫。快乐的歌声变成了悲伤的、渴望的歌声。突然我们驶进了急流般的倾盆大雨之中。冰冷的雨水从背面的开口处喷射进来，旅客们在车子里面挤作一团。伊娃把她苍白的手放在鲁文的膝上。

"我还以为我们是在别的什么地方哩。"她悄声地说。

"恐怖之夜的可怕的旅行。"赫伯特·西格尔说，像是自言自语而不是对别人说话。而奥尔特·罗米诺夫，像平时一样，说了句不太引人发笑的笑话：

"挪亚方舟①。而我们是那些动物。"

可是奥尔特的声音听起来并不诙谐。

伊娃低声地对鲁文说：

"你记得吗？你记得吗？"

鲁文耸了耸肩，那姿势永远铭刻在他的记忆里。

道路陡然向下进入山谷，刹车发出可怕的刺耳声。黄色的前灯在雨和雾中闪着微光。

伊娃低声地说：

"在这样的夜晚我希望去死。"

---

① 根据《圣经》故事，一次大洪水曾淹没整个世界，惟有挪亚修造的方形大船得免于难。船上除了挪亚全家外还带有各种动物雌雄各一。挪亚后来就成为洪水后人类的新始祖。

　　鲁文再次耸耸肩。他二十四岁，是个心地纯正、眼睛明亮的青年。当他明亮的眼睛望着伊娃的时候，它们看见了什么？它们能看到什么？一个有着浪漫想象力的姑娘。喜欢堕入情网的英雄年轻时便死于肺病这样一些病态的故事。喜欢关于森林、男巫和把自己献给凶猛的大风暴的贞节少女的哥特式恐怖小说。他是一个眼睛清纯的青年。他怎么能想象得到。

　　"天气又冷又潮，"奥尔特·罗米诺夫说，"我们可以坐小划船回家，我们坐着这卡车肯定回不了家。"只有他一个被这笑话逗笑了。

　　波多尔斯基说：

　　"不要紧。我们两周前就完成了播种。因此没关系。很好。"

　　赫伯特·西格尔低声说：

　　"帐篷会被刮跑的。"

　　弗鲁玛第一次开口了：

　　"当我是个小女孩的时候，我认为雨是世界上最美好的东西。当你有一幢美好的、温暖的房子时，的确如此。但是在帐篷里……"

　　鲁文把他的围巾披在伊娃的肩上。他说，她会感冒，而他不那么娇弱，也不怕潮气。伊娃很奇怪地显得悲伤而生气。

　　"你要我死，在你内心深处。你想叫我在这令人无法忍受的国家里死于肺炎。"

　　鲁文感到吃惊，并有力地驳斥了她的指责。伊娃轻轻地苦笑一下。

　　"死可以是很美的。死可以是快乐的。（她把每句话都低声细气地讲给她的伙伴听。）有一次我梦见我死了。空中黑鸟云集。正值黄昏，那景色多美呀。近处响起了铃声，然后传开去，传得很远，很远，直到世界的尽头，而黑鸟四处盘旋。多么幸福。多美呀。"

　　鲁文抚摸她的头发。他低声告诉她，说她是个愚蠢的小女孩。他永远不会忘记那次谈话。他记得他当时的措词。伊娃息怒了，同意了他的意见，而且几乎是愉快地说：

　　"我就是小红帽①，我就是小红帽。但你不是狼，你是我的羊羔，我宠爱的小羊羔。"

　　鲁文不吭声。引擎像个受伤的动物那么嚎叫。风兴高采烈地、恶作剧地呼啸。他感到悲伤。鲁文·哈里希记得那悲伤。现在，许多年后，那次旅行对鲁文来说好似已消失的梦。但是透过迷雾他能看到某种像水晶一样清晰的东西，某种说不出名字而水晶般清晰的东西。鲁文为它陷入沉思，绝望重重地压在心头。它是什么，亲爱的上帝，它是什么？它远远地闪耀着，水晶般清晰，夹杂着铃声和一种痛苦的悲伤。

---

　　① 小红帽是格林童话中一个故事的小主人公，是个小女孩。

第八章
别处，或许

埃兹拉·伯杰的手指上戴着一枚粗大的金戒指，像许多卡车司机一样，但却不像基布兹的卡车司机。埃兹拉把卡车的引擎停下来，摆摆他的大手，走下车来，去找一根粗绳。他用来捆牢货物的绳子不见了。肯定是被一帮无聊的少年偷走了，这些家伙现在正可疑地、悄悄地在基布兹院子里到处闲逛，策划恶作剧。

埃兹拉在汽车棚里兜了一圈，想找一根绳子。还差十分三点。到开车的时候了。可是，昨天我三点才离开。昨天我被耽误了。先是尼娜·戈德林，后来又是绿松石。她还没有来拿她的绿松石线。但她什么时候能来呢？我半夜回来，早上六点离开，又在一点回来。她此刻肯定随时会来。她会用她那讨好的方式说："谢谢你，谢谢你。"我真受不了。正如先知所说，女人会绕着男人转。另一方面，我找不到绳子就不能开车了。

空气中有一股令人恶心的汽油味。午后的空气酷热而沉闷。曚昽的阳光猛烈地击打在汽车棚的洋铁皮屋顶上。在对过芭蕉种植园的边上，一个矮小的人正从旧的双轮货车上卸麻袋。埃兹拉从他红色的衬衫认出他是伊斯雷尔·奇特朗。除了他还会有谁在这烈日炎炎的下午发疯似的穿着红衬衫工作？当然，这儿没有绳子，让它们见鬼去吧。我无法想象我怎么会以为这里可能有绳子的。如果我抓到他们当中的一个，我要拧断他的脖子，千真万确。问题是现在怎么办？啊，诺佳。我想你会来的。

你果然来了。你愿不愿意为一个疲劳的人去取点冰箱里的凉水呀？装在这个大杯子里。当然把线带来了，这还用问？在车子里，放在座位上。是的，靠右手那边。

"当然我会给你取水的。为什么不呢？可是告诉我，你为什么还没离开？你……你不会是在等我吧？我想我太迟了。你这时候本该已经走了。"

不，埃兹拉·伯杰说，他不是在等她。他们偷了他的绳子，那就是他为什么还没离开的原因。当他在厨房里从尼娜·戈德林那里拿咖啡和三明治的时候，不知哪些小家伙来把它弄走了。因此他现在要另找一根绳子。诺佳面带羞怯的微笑告诉他不必走很远就能找到被偷的绳子。埃兹拉问她是否指他的小儿子奥伦。诺佳回答说，她可能指他，但是她说的话也不一定都有所指。埃兹拉说，他要惩罚那些罪犯，哪怕其中包括他心爱的小儿子。但是诺佳知道，他什么也不会干的。即使他生气时，你也说不准他什么时候是认真的，什么时候只是假装认真。反正他真的把线带来了，而且就在当天。这是事实。现在我去给他取一杯凉水。他叫我去给他取一杯水有什么好奇怪的。这没什么好奇怪的。天气热。就那么回事。

天热。埃兹拉·伯杰蹲在卡车的阴影里，摘下他破旧的帽子，抹抹脸和脖子。每个毛孔里立即流出黏黏的汗液。他没刮过胡子，因此脸上的疙瘩似乎比平时多了一倍。他凝视着他的旧帽子并看那写着制造商的姓名和地址的塑料标签。难道这真的是他第一次注意到这标签？诺佳回来了，双手把那满满的杯子捧在身前。一杯水不应那么个拿法。只有宝贵的东西，比如一个小宝宝或一件易碎的瓷器或一盘糖果才那么拿。埃兹拉张大嘴巴，不把杯子放在嘴唇上就把水往嘴里倒。把戏没有成功。

水溅到他的下巴上,顺着脖子往下淌,并通过敞开的衬衫消失在他胸上浓密的、已变得灰白的毛堆里。诺佳看见水洒了。她笑了,但只是对自己笑,而不是笑那人。她的表情专注,眼睛闪着绿光。

埃兹拉拉长了脸。水很凉,但却有一股酸味。他打开车门,拿起一个黄热水瓶,拔掉瓶塞,喝了一口咖啡。咖啡是为晚上准备的,但是现在谁也阻止不了他喝上一口,冲去那凉水留下的酸味。但是那味道还在,于是埃兹拉又喝了第二口和第三口。

埃兹拉说:

"水有酸味。"

诺佳说:

"那不是我的错。"

埃兹拉说:

"对,但是我们仍然没有解决绳子的问题。我不捆好这车上装载的货物就不能离开。它们会全部散落开来。"

诺佳说:

"我想牛栏对面的老马厩里有一段绳子。可能它太旧了,但是也许它能行。要不要去看看?"

"去吧。"

"告诉我,埃兹拉,你跑这么多趟长途,不感到厌烦吗?"

"厌烦了,我就想着思想。正如耶利米 ① 所说,让我们追随我们的思想。但是那时候先知在自己的国家不受尊重。"

"你总是想着《圣经》吗?"

---

① 耶利米是《圣经》中人物,公元前七至六世纪时希伯来先知。

"不总是。只是有时候。"

"你想什么呢，举个例吧。一个例子。"

"好吧，拿我们的母亲拉结为例吧，还有她的姐姐利亚①。利亚有许多儿子，但拉结只有两个。所有的儿子后来都成了以色列各部落的祖先。以色列所有的部落在上帝面前一律平等。但是看起来似乎拉结的儿子比利亚的儿子更平等，因为我们称拉结为'我们的母亲拉结'，而利亚我们只称为'利亚'，却没有'我们的母亲'的称谓。难怪她的'目光温柔'。'利亚'在希伯来文还有'疲劳'的意思。马厩的门锁了吗?"

"不，是开着的。"

"这就是绳子吗?"

"是的，就是它。"

"很好。你确实知道这一带的绳子。等一会儿。先别走。"

"你手指上的戒指在黑暗中发光。这儿很暗，埃兹拉。让我们到外面去。"

但是埃兹拉还是不动，在前臂上慢慢地绕着绳子，以一种紧张的、惊奇的目光望着前方，好像一个人忘记了重要的口令，或者这人的身体背叛他而使他突然感到钻心的疼痛。

老马厩这禁闭的空间凉快而幽暗。看，这儿还有老鼠。在一堆垃圾后面有不祥的抓搔的声音。马鞍平静地腐烂而发出的刺鼻的臭味使人呼吸加快。

"啊，好了。"埃兹拉说。

"我们走吧。"诺佳说。

---

① 根据《圣经》，利亚、拉结为姊妹，分别是以色列的始祖雅各的第一妻和第二妻。

埃兹拉走回到卡车。那姑娘无明显目的地陪伴着他。波多尔斯基从摩托车棚里诧异地伸出头并问他为什么还没有离开。埃兹拉心不在焉地回答说，他没离开是因为孩子们偷了他的绳子而他正在找另一根绳子。波多尔斯基听了这话更为诧异，因为他看见埃兹拉的手臂上绕着一根绳子。最使他诧异的是鲁文·哈里希的女儿也在。

"要我带你到大门口吗，绿松石？"

"好。"

"进来。"

"好了。"

"给你，小姐。你现在还是出去的好。"

"为什么在这儿，埃兹拉？为什么不在别处？"

"你还是下去的好。"

"为什么不在别处？"

"下去吧。"

"一路平安。"姑娘下车时说。

"你也一样。"那人心不在焉地说。但是诺佳·哈里希哪儿也不去。她站立在大门旁，独自一人，用她的赤脚轻轻拍着灰尘，目光没有望那卡车，而是看着突然出现在她手中的那串葡萄。

第九章
植物和动物

我们下面要讲的一件事是关于雨的。五月一日的雨。不合时令的雨，但因此而更受欢迎。

除叙述者外，人物有：艾多·佐哈尔，一个十四岁的敏感的孩子。芒德克·佐哈尔，艾多的父亲，区议会的领导。格尔德，他的母亲，我们基布兹的德国部分的成员。她患静脉曲张，一条腿上绑着厚厚的塑料绷带。伊齐亚·格里维奇-吉利德，基布兹中央委员会委员，基布兹运动的忠实成员。一个名叫哈西亚·拉米戈尔斯基的四十岁矮胖女人，带着四个儿子。

五月一日天下雨了。

像平常一样，每当劳动节时，我们就在草地周围挂起以色列国旗和党旗，搭起讲台，面对讲台放了许多长板凳，凳子上坐满了我们的成员和年轻人。台上装饰着红白彩旗，台中央用红绿两色写着一个口号："全世界工人们团结起来。"口号四周用松柏枝镶成框。草地边上有一桌子冷饮。中央委员会派伊齐亚·格里维奇-吉利德传达党的贺词。他站在台上作了简短的讲话。一阵微风吹拂着他正变得灰白的头发并使旗帜飘扬起来。

西面有乌云。临近黄昏时，云彩变得令人吃惊地明亮。太阳有这么个习惯，每当退下去过夜时总要给云朵放一把火。

任何关心天气的人都能预先感到就要下雨了。前一周我们已遭到热浪袭击。但是本周开头发生了变化。有洞察力的人能看出征候。空气中充满神经性的紧张，西边的地平线上开始出现凶兆。星期一的黄昏落日被大片云朵浸没。落日呈紫色。连温度也稍稍下降。星期二的早上天空的色彩有了变化，尽管只是微小的变化。那淡淡的蓝色被深深的、浓艳的蓝色所替代，宛若海洋底朝上地倒挂在我们小屋的上空，直到远山之巅以外很远的地方。

星期三空气更为沉闷，灰蒙蒙的松柏看上去甚至比平日还紧张。星期三的夜间，在午夜之前一小时，风来了。但暂时还只是一种轻柔的、试探性的微风，对基布兹小道旁的树木遮遮掩掩地悄声低语。

有人说：

"周末前要下雨了。"

另一些人说：

"这时下雨不对头。这个季节很少这么晚下雨的。"

但是有人说：

"这可能是春天的最后一场雨。"

星期四的黎明海水暴躁起来。涟漪和海浪出现在西北边的远处。整天，长长的碎云向东疾驰。

星期四的晚上，北面有闪电却没有雷声。简陋的木屋、谷仓和库房里有人活动：即使比较实际的人也开始嗅出了雨，并开始把一袋袋的东西、机器和农具搬到避雨的地方。

最后，在星期五，也就是五一那天，风假装休战。那天早上它狡诈地扮演着普通的春日和风的角色。

庆祝大会在下午五时由芒德克·佐哈尔宣布开始。他说劳动节是全世界工人们友谊的象征。他说他本人就是代替我们的同志鲁文·哈里希的，他因为有点感冒而病倒了，芒德克说他相信我们大家都希望他能迅速康复。

接着由一个穿蓝裙子白短衫的小姑娘朗读刊登在报上的工人运动总书记的贺词。与会者唱党歌和其他两首有关工人运动的很受欢迎的歌曲。然后芒德克又站起来宣布伊齐亚·格里维奇-吉利德做传达报告，他说伊齐亚·格里维奇-吉利德是党和运动的有经验的工作者，我们大家至今仍怀着骄傲和感激之情记得他早期对我们事业的贡献。

伊齐亚·格里维奇-吉利德开头时说我们正经历一个困难的时期。他简短地解释一下为什么说我们正经历一个困难的时期。他接着及时谈到当前庆祝劳动节的实际意义。这时拖拉机拉着两轮货车，搬运一袋袋东西，绕过我们会场旁边，造成了噪音干扰。

干扰是短暂的。拖拉机过去了，我们又坐回去听演讲。

"世界已发生了巨大的变化，"伊齐亚·格里维奇-吉利德说，"自从《国际歌》被谱成曲子以来。然而……"

暮色加深。黑色面纱插入太阳与地球之间。哈西亚·拉米戈尔斯基说：

"天气一下子变冷了。"

坐在她身旁的小艾多·佐哈尔大声地自言自语：

"在他停止讲话之前就要下雨了。"

哈西亚说：

"别夸大其词。"

伊齐亚·格里维奇-吉利德说：

"在信心足的年代有信心是很容易的。真正的信心，同志们，来自像今天这样的怀疑时代。大家现在都以为有组织的社会已解决了它的一切问题，而且任何突出的问题可以在片刻间被攻克。他们似乎没有认识到，一个最大的问题，活命的问题，还有待解决。我们需要的是信心。"

艾多偷看一眼坐在他身旁的妇人。哈西亚的身体丰满，两腿粗壮而且覆盖着细细的汗毛。她的灰色裙子已撩了上来。小男孩慢慢地、偷偷地把他的大腿移近哈西亚的大腿。他的思想混乱了。他感到吃惊和后悔，便把腿缩回，尽量设法不碰到他的邻人。但是他的手指在颤抖。他的目光望着别处，盯着看那迎风飘动的旗帜中的一面。它静不下来。

天无疑地已经黑了。几乎看不见伊齐亚·格里维奇-吉利德了。台上只显出他的轮廓。一阵疾风使皮肤僵硬。艾多的眼中涌出了羞愧的泪水。他毁掉思想上的誓约又去斜眼看那光光的膝盖。他看到它们白白的，而且像一排排葡萄藤一样，在到达斜坡的下部时，微微呈现曲线。

伊齐亚·格里维奇-吉利德放低声音一字一字地强调说：

"以色列的先知们最先把社会正义这一概念给予世界的人们。"

他现在被电灯光所包围。他银色的头发像古代战士的头盔一样闪闪发亮。一只夜鸟在近处突然尖叫一声，演讲者吓了一跳，因为它听起来就像一个女人在尖叫。

哈西亚朝艾多俯下身来并关心地说：

"你不冷吗？"

然后又回答自己的问题：

"你穿这么薄一件衬衫当然冷。你愿意穿上我的运动衫吗？我里面穿了一件绒布衬衫。我不会冷的。嗯？别害羞。"

艾多说：

"你……你不必给我什么。"

他咬着下唇，又说：

"真的，我……"

"是的，你终究愿穿运动衫了？拿着吧，拿着吧，你冷得发抖哩。"

"不，不，谢谢你，我不需要。"

"但是你刚才说……"

"我？我没说什么。正相反，我认为是你讲了什么。我没有。"

演讲者说：

"社会正义的概念是不分国界的。它的目的是消灭虚伪的边界而建立真正的边界……"

这时云裂开了。雨不是渐渐地开始下，而是像突然一击那么落下来了。雷像戴着毛线手套的拳头敲打着我们。最初的雨滴，异常温暖而稠密，溅洒在灰蒙蒙的地上。尘土最初还骄傲地抗拒那不可避免的命运并把水吸了下去，但是当凶猛的急流继续倾盆而下时，尘土投降了，慌乱而惊恐地逃往排水沟的深处。树木被笼罩在潮湿的水汽里，水汽包围着路灯并与灯光玩着奇异的游戏。一个金属的水槽唱出了忧郁的曲调。

人群十分自然地各奔东西逃向避雨的地方。在混乱中，没有预先的意图，两个身体接触了。那男孩满面通红地追着那妇人大声地说：

"对不起，哈西亚，这是个意外。"

那妇人没觉察出什么，对他的喊叫感到奇怪，一边跑一边喊：

"什么对不起呀？发生什么了？"

雨来得突然，虽然每个人都急急忙忙地跑，还是都淋湿了。

在讲台上也有一阵慌乱。伊齐亚·格里维奇-吉利德拿起讲稿塞进口袋里。

"讲到这里，我必须停下来，因为下雨了。"他说，但是这时他已没有听众了。

芒德克·佐哈尔因受倾盆大雨袭击而弯下腰，他说：

"不可抗拒的力量。"

然后他手挽手地拉着演讲人并帮他走下讲台，因为他已不像往日那么年轻了。

当他们身上滴着水，聚在芒德克的小房间时，格尔德·佐哈尔说：

"试想一下，谁会料到呢？艾多，把鞋子脱掉。你弄得到处是泥。"

芒德克·佐哈尔说，他在以色列生活了二十九年，从不知道五一还下雨。

"今天早上天上见不到一片云，"伊齐亚说，"雨来得很突然。可是，实际上也不那么令人惊奇。我记得迟到收获节还下雨哩。"

"不要冒险。"格尔德说。

艾多不吭声地向沙发走去，他躺倒下来，把头倚在一只手上。

格尔德说：

"我正烧水，开了好泡茶。"

"我妻子虽从德国来，"芒德克说，"但是我已教会她炮制真正的俄罗斯茶。"

"别为了我麻烦。"伊齐亚说。

格尔德打开壁橱拿出整洁的、烫过的衬衫，三条裤子和两件背心。

"你们还是都换一换的好，"她说，"你们都湿透了。"

伊齐亚感到不安，他客气地谢绝。格尔德问他是否想得致命的感冒。伊齐亚说他不想麻烦她。格尔德坚持说，这不麻烦。伊齐亚于是听从她换了衣服。芒德克动情地谈起他们过去开拓时期常穿破烂衣服的事。于是他们交换着对往事的回忆。

伊齐亚说：

"你的骄傲和快乐都异常地不外露。"

"他有时这样，有时并不是这样。"格尔德回答，并对儿子笑笑。然而艾多并不报以微笑。他甚至低声抱怨了什么。

芒德克丢下回忆的话题，问伊齐亚外边有什么新闻。伊齐亚说，每一点最后的力量必须动员起来投入迫在眉睫的政治斗争。

艾多在动着丑恶思想的脑筋。他蜷曲在沙发里，膝盖弯起来顶着下巴。一连串形象在他闭着的眼睛前走过。

格尔德给大家倒茶。她指指那从膝盖一直缠到脚踝的厚厚的白绷带，并解释说她患了静脉曲张。因为老了，她又说。伊齐亚鼓着勇气说他们都不年轻了。他自己也有这病那病的。他不想谈它们。反正，谈有什么用呢？水壶的水又开了。他们喝茶。外面除了雨声什么也听不见。雨声既没变得更轻，也没变得更重，而是保持它不变的、无情的哗啦哗啦声。格尔德把窗子全关了。雨滴单调地打在窗玻璃上。芒德克劝伊齐亚留下过夜：在这么潮湿的天气冒险去走我们的崎岖的路，简直是疯了，更不要说在夜间。而且从安全的观点考虑，现在离开也是不明智的。伊齐亚客气地推却一番。最后他屈服了，并对主人和女主人的善意表示感谢。格尔德说没什么好谢的。相反，芒德克能有机会回忆过去的好日子只会感到非常高兴。他们又喝了一杯茶（只有艾多没喝，他的父亲称他为

"愤怒的青年"①）。他们决定不吃晚饭。地上太潮，他们不想去餐厅，反正格尔德的食品柜里装满了蛋糕、糖果、水果，当然还有无限供应的俄罗斯茶。

他们谈到农产品的价格。他们都同意许多普通的基布兹成员不懂得政权的重要性。

芒德克顺便问他儿子为什么不拿本书看看。艾多说他在听他们谈话。但是他讲的不是真话。艾多不是在听他们的谈话。他在想一个姑娘，一个比他大两岁的姑娘。诺佳·哈里希。诺佳像我而又不同。她更，更，更什么？更女人气。不，更野。不。有个好词。更任性。

关于诺佳，是的。我喜欢她的气味。哈西亚也有，但是太强烈。太过分。

下雨不好吗？雨洗了地球，地球喝下雨。有个好词："浸透"。地球被浸透了。诺佳没有静脉曲张。当她咬着下唇时，她看起来像只狼。狼是令人害怕的动物，因为人们认为它是种残酷的猛兽。下雨的时候，狼跑开并躲在洞里。狼的洞是封闭而隐蔽的，又温暖又黑暗。洞里的空气有很强烈的气味。狼蜷曲起来就睡了，什么也不怕，因为狼是令人害怕的动物而不是感到害怕的动物。狼在森林中住在兽穴里。就狼而言，"兽穴"这词是再好不过的了。在密林深处高高的岩石下面。这些森林有着美丽的、又苦又甜的名字"处女林"，那儿是人的足迹不到的地方。只有狼、狐狸和其他安静动物的脚。不是脚，是爪子。狼有厚厚的灰色或棕色毛皮。现在，天冷又下雨，狼便成群地挤在一起取暖。风在树林里嚎

① 二十世纪五十至六十年代一批美国青年作家因对现实不满并在其作品中抨击美国社会现实而获得这种称号。此处父亲借用它来讽刺自己的儿子。

叫。松树对松树嚎叫，在风中在黑暗中在雨里。诺佳的母亲伊娃就像只母狼。在松树林中，雨水像急流一样倾盆而下，雨水甚至流进了兽穴，那么母狼怎么办呢？她往哪儿去呢？

然后是雷声。雷声轰鸣。一切都颤抖了。我颤抖。诺佳在那儿颤抖。哈西亚。伊娃。一切。然后某种很软的东西。某种瘦而柔软的东西。像软毛。像母狼。像下雨天的一个兽穴，被从裂缝中流进的快速而猛烈的小股喷水淹没了。一切陷入漆黑之中。柔软而且轻飘飘的。

格尔德倒第三轮茶时，艾多也要了一杯。他甚至主动去隔壁人家为客人借了一床毯子。伊齐亚·格里维奇-吉利德问他在学校学什么。艾多解释得完满而清楚。伊齐亚开玩笑地说，五分钟以前他还以为这孩子是哑巴哩。当然他这么说只是为了开玩笑。格尔德说像他这种年龄的孩子是很容易没什么明显的原因就发生情绪变化的。伊齐亚说鲁文·哈里希教的孩子肯定是敏感的。芒德克反对一概而论的说法，但却赞同眼前的例子。格尔德请大家吃美味可口的饼干。客人说外面的声音听起来像洪水。芒德克说听声音，雨似乎打算永远下个不停。格尔德说从她是个小孩子的时候起，窗玻璃上的雨声就使她感到忧伤。芒德克说夏季的庄稼会受益，但是果园要遭灾。十点半他们上床了，但在这之前又饮了第四轮真正的俄罗斯茶。

第二天，星期六，五月二日，清新的蓝色天空阳光灿烂。连群山也不那么令人望而生畏了。佐哈尔一家领着客人在基布兹到处走走，因为像这样美妙的春天只有在雨后才能见到，还因为与动物和植物保持精神上的联系对我们是有益的。

第十章

幸福的日常生活

几天前的下午我们站在一座美丽的小山顶看到了麦茨塔特·拉姆基布兹的远景。我们对它严格对称的设计留下了深刻的印象；我们观察到山谷与怒目而视的山脉之间的对比；我们在基布兹快速地转了一圈，而且听鲁文·哈里希简要叙述了他和他的伙伴们所采取的生活原则。

几天过去了，五一节和它意想不到的暴雨也过去了，收获节就要到了。我们东一点西一点地记录了各种不同的事件，但是这都是些没什么意义的事件。虽不愿意，我们必须承认什么事情也没发生。我们遇见过基布兹的一些成员，我们看到一个秀丽的姑娘，我们从闲谈中知道了一对情人的奇怪的口角。伯杰兄弟的名字不时冒了出来，耶路撒冷的内赫米亚·伯杰和德国的泽卡赖亚·西格弗里德。我们已经了解了基布兹思想意识的基本原则，而且禁不住暗示了几种偏离原则的情况；毕竟我们写的是人。即使是艾多·佐哈尔的不快也是不难理解的。正如基布兹的卡车司机说的，人是血肉之躯，而不是没药和乳香。

收获节正一天天地临近。跳舞的人每晚都聚在一起进行长时间的排练并为节日的表演进行认真的练习。诺佳·哈里希在七种水果舞蹈中是最引人注目的。她是那细长的、可爱的葡萄树。她的手那优美的抖动象征葡萄树的小树苗。她的手指是缠绕的卷须。她的身体是一串成熟的葡萄。读者必须原谅我们：我们毕竟也是血肉之躯，而不是没药或乳香。

在排练之后，诺佳就溜到游泳池旁的树林里去赴秘密的约会。达芙纳·艾萨罗夫，她的身材丰满的室友妒忌地看着她。诺佳回来时还以为达芙纳已睡着了，而达芙纳却用被单盖在头上躺着，每个毛孔都紧张而警觉。

拉米·里蒙仍然没有能说服她。姑娘都不愿意变成妇人。拉米感到纳闷，他到底什么地方做错了，但他却找不到答案。他想他一定要比以前多使点劲。谁都知道，妇人钦佩力量。谚语说："你愈打她们，她们就愈对你好。"他诅咒自己的软弱。靠谈话他肯定什么也办不了。靠谈话是难以对付她的。她什么时候都能说赢他。就连他的母亲也能说赢他。他至今还没说服她以书面形式表示同意他参加伞兵。难题呀。我不是小毛娃了，而且发生在约什身上的事并不是我的过错。为什么我的一生要由发生在他身上的事来决定？我的生活是我的生活。母亲和诺佳结成了某种联盟来反对我。我相信她们一定在我背后聚在一起谈论甚至取笑我。不过，笑到最后的笑得最久。谚语是这么说的。

弗鲁玛·罗米诺夫和诺佳·哈里希并没有背着拉米见面，但是不可否认她俩之间是有点什么。我们从不曾想过弗鲁玛会表现出如此感人的慈爱。寡妇对诺佳·哈里希最易动情。有一次她们碰巧坐在餐厅里同一张餐桌上，弗鲁玛向诺佳笑笑，甚至还对她说：

"你想吃多少土豆就可以吃多少。你没什么可以害怕的。其实，你就是增加点重量也行。你会比现在更好看。"

而且有一天当诺佳和达芙纳不在的时候，弗鲁玛到她俩的房间，在诺佳的床上留下了一盘自家做的甜饼干。毕竟她没有母亲，因此没人会不时地给她点款待。

弗鲁玛的甜饼干是名不虚传的。你在里面找不到一丁点苦味。达芙纳·艾萨罗夫吃了大部分，但重要的是弗鲁玛的心。这里毫无疑问可以看出她的心。伊斯雷尔·奇特朗把他值夜班时偷听到的口角告诉了哈西亚·拉米戈尔斯基，哈西亚忍不住把这好消息传给了弗鲁玛。

每个星期三的晚上音乐小组在赫伯特·西格尔的房间集会。一种柔和的文化气氛主宰着这些集会。西格尔的房间四周摆满了书架：德文和希伯来文的，甚至还有法文的；哲学著作和经济学书籍；艺术作品复制品的剪贴簿；各种名目的期刊；当然，还有关于畜牧业和乳牛养殖业的论文。屋里还有一张装弹簧的摇椅和一台电唱机。这机子是基布兹文化委员会的财产，但是自从这小组的前任召集人突然离去后，西格尔的房间就成了它的家。

房子里满是烟。成员们坐在椅子上、床上、几个东方蒲团上和一张编织的草席上。

西格尔以几句精选的话作为晚会的开场白。他说明作曲家的历史背景，作品的主题、结构和对这次演奏的说明。

唱片被敏捷地放在灰色毡子圆盘上，唱针优美地落在开始的槽纹上，于是最前面的庄严曲调便响了起来。一种同伴之情在会上滋生。有的妇女在胸前做着刺绣，但是她们的活计并不影响她们欣赏音乐，相反，它帮助她们放松并屈从声音轻柔的起伏。有些男子用脚打拍子。他们神情专注，以致看不到西格尔不赞同的表情。节奏是音乐创作的基本因素。打拍子说明他们对音乐的体会是比较基本的。音乐有不同的层次，一层比一层深。有的人只能触及最外层。奇怪的是，正是这些人的脸上很快地表现着迷的、欣喜若狂的神情。西格尔本人坐在那儿，头缩进他狭窄的双肩，背呈圆形，嘴巴张着，两手放在鬓角，完全被音乐迷住了。他好似到了别的什么地方。

　　那些出生在德国或俄国的较老的成员能看见童年时代的遥远的街道被阴暗的雨水抽打，或被朦胧的迷雾笼罩。就连那些在这儿出生的较为年轻的人也感到一种忧伤的渴望，渴望遥远的地方，那不知何处的、没有名字的、遥远遥远的、充满着忧伤的地方。每个人的脸上都显出静静的忧伤。他们是人，是庄稼汉。他们疲倦了。他们的眼睛闭上了。忧伤缠绕着他们的心。而我们的爱，我们已宣布把它打入遗忘的冷宫。

　　在两部作品之间，尼娜·戈德林和布朗卡·伯杰给大家倒茶。人们不能指望单身汉的赫伯特·西格尔当主人。不管怎样，他这时也正忙着，正吹去闪亮的唱片上的一粒灰尘。

　　鲁文·哈里希每周有三四次必须站在餐厅前面的广场迎接观光客。他以他平日的友好声音欢迎他们。简要地解释基布兹思想的基本原则。指出山谷与高山之间的反差。

　　这些天来鲁文一直感到胸部有点隐痛。一天只有两三次，可能是也可能不是由于身体上的原因。肯定与过分劳累和紧张有关。有一段时间他已无法用诗歌来表达他的思想。他步行时好像背着沉重的包袱。显然这就是为什么在他与布朗卡的关系中会发生微小变化的原因。有一天晚上他告诉她，他感到又累又不舒服，便比平日早一些离开她了。她也没有试图阻止他。可能那压在他身上的重负便是这微小变化的原因，这微小的变化在布朗卡的身上也能察觉。或许正是布朗卡使他有这种感觉。诺佳已看出这一切。鲁文的观察力是很敏锐的，而且他发现诺佳用一种奇异的方式看着他，好似她既看到他痛苦，同时也为他感到忧虑。

　　星期六晚上她同他一起坐在草地上并且一个劲地盯着他看，以致他不禁问道：

"你为什么这么盯着我看？是不是要跟我讲什么呀？"

"对不起，你说什么？"

"我说你是不是要跟我讲什么。"

"根本不，爸爸。我以为你刚才讲了什么。"

"没有，我什么也没说。"鲁文感到奇怪地说。

"奇怪。"诺佳说，没有解释她的话，也没有解释她认为什么东西奇怪。

晚上，每个人，年轻的和年老的，都穿着轻便的晚服挤进餐厅。艾纳芙已明显看出怀孕了，不再费力地遮掩她的跛腿。她的丈夫托墨，不断地向她做出恩爱的表示。黑毛从他的耳朵里伸出来，就像他父亲的耳朵里也伸出黑毛一样。他的晒黑的皮肤呈暗铜色。

夜间，敌人的士兵神经质地向黑暗中开火。他们不时用彩色照明弹照亮山谷。就是在白天，他们也不放过我们。在我们北面的另一防区，有一个人大白天在果园工作时被子弹打伤了肩部。我们这边也发生过一次事故。一天晚上当格里沙·艾萨罗夫在靠近边境的一个鱼池里撒网时，一颗流弹向他射了过来。这件事不是完全无缘无故的。格里沙·艾萨罗夫养成了一种奇怪的习惯，他常向敌人阵地方向大声吆喝阿拉伯语的诅咒。这简直说不上是一种明智之举。格里沙不是孩子了。我们希望将来他会克制他对冒险的明显的爱好。

如果不是孩子的格里沙的行为如此不负责任，那么还是孩子的盖·哈里希在他的朋友中推广一种令人厌恶的游戏就不足为奇了。他们玩打仗。整个下午，基布兹的小道上都回响着他们游戏的闹声。他们以很粗的棍棒为武器，依照他们年轻指挥官的命令对以色列的敌人进行大破坏和大屠杀。不必说，我们许多人对这一创新持批评态度，并对老师不予制止感到气愤。鲁文不知如何是好。他不赞成对孩子进行威胁。他主张要有耐心。他常说，成年人没有犯错误的专利。这几天之中，鲁文把两个孩子的一张相片交给布朗卡，由布朗卡寄给她在慕尼黑的小叔子。

为了对小盖公平，必须承认他和他的朋友们也不过是乱嚷一阵。奥伦·盖瓦（他不愿意用奥伦·伯杰这个名字）的情况要糟得多。他和他那群小流氓总是搞出些恶作剧。他们占用财产并加以损坏，毁坏赫茨尔·戈德林耐心细致保养的花坛，并对他的抗议报以粗鲁的嘲笑；他们闯进食品室，拿走给小孩们准备的糖果；他们开动拖拉机泰然自若地满山谷漫游，向与他们同龄的姑娘们，甚至向年长的妇女们投以庸俗下流的目光，并且欺侮比他们年幼的孩子们。如果你晚上到洗衣房去拿衣服，你会看见他们围着一小堆篝火聚会，篝火上飘着烤肉的阵阵香味。如果你在餐厅看完电影于半夜前后回家，你可以听到矮树丛中低声的说话声和讨厌的笑声。下午三四点钟你抬头看水塔时，就会见到一只被勒死的猫被人用卡车司机的一段绳子吊在最高的栏杆上。奥伦和他那一伙人的情况已由各种委员会讨论过。按赫伯特·西格尔的意见，有一种歪风邪气正从市镇吹过来腐蚀我们的青年。在布朗卡·伯杰看来，问题的根源是心理因素。他们的口袋里塞着黄色书籍。他们有香烟味，说明他们偷香烟来抽。大约这个时候发生了一件严重事件，它使基布兹陷入愤怒的骚动。一天早上赫茨尔在灌木丛中发现了一个有叙利亚标记的空地雷。估计奥伦一伙在夜间探索征途中去了无人地带。没有由此引发一场灾难真是个奇迹。

布朗卡由于羞愧和忧愁而感到痛苦。埃兹拉·伯杰沉默不语。如果问到他，他耸耸肩，干笑一下。一定要他回答，他就说：

"我将惩罚那整窝的毒蛇，包括我可爱的小儿子，如谚语所说。"

如果催促他采取行动，他就说：

"给他点时间。某个跛腿女人会得到他并把他变成个灯柱。正如聪明人说的，时间会治愈一切创伤。"

因此有许多的事并不十分顺利。但是如果我们忽略这些例外而考虑整个情况，我们就会看到我们的生活正按其有序的日常方式顺利地继续流向那临近的收获节。早上，成员们像平日一样出去工作。中午他们回到餐厅，那儿有大壶大壶的冷柠檬水欢迎他们。在短暂的休息后他们又到田里去完成这天的工作。

五点钟工作结束。每间房子里都传出淋浴的水声，其中还夹杂着歌声。有灌木和攀缘植物遮荫的阳台上散发出阵阵的咖啡味。草地上忽然点缀着一张张折叠躺椅，一群群的人，或是懒洋洋地翻阅晨报，或是抓紧时间打个盹。有的人在整理花园，浇水，锄地，除草，剪枝。另一些人则纵情于他们喜爱的业余活动或消遣——集邮，收集钱币，照相，抚弄猫、狗，观赏养鱼缸。有的单独玩，另一些则全家参加。

例如，赫伯特·西格尔和鲁文·哈里希在混凝土小道上走来走去。如果你一定要知道的话，那么他们正在讨论以色列文学的最新趋势。赫伯特认为年轻的作家是瞎子。他们生活于民族的、社会的、末世论①的空前变革的鼎盛时期，而他们看到什么呢？什么也看不见。只看见茶杯

————
① 研究人和世界末日的神学理论。

里的风暴。他们提供不出正面的信息，而且连负面的也没有。鲁文认为他可以解释这一现象。

"那么很好，"赫伯特说，"让我们听听你的解释。"

"这是个光学问题。他们是眼睛的瞳孔。生物学家们说，眼睛的瞳孔是看不见的。"

在一天的这个时候，甚至日常事务也显现出新的状态。

会计伊扎克·弗里德里克和书记兹维·拉米戈尔斯基坐在树下的一张凳子上。他们深深陷入复杂的计算之中。如果你偷听，你会听到他们提及了复利、信贷、合同、保证人。但是两个人看起来完全悠闲自在。并不是因为财务问题与他们个人无关，而是因为他们也受到此时此地恬静气氛的影响。

后来有人拿来了两三份晚报。较活跃的成员聚拢来，越过彼此的肩头看看大标题。报纸很快被分解，一页一页地、安安静静地在几只手中传递着。如果偶然展开讨论，也不会发展成热烈的争论，因为我们对世界的看法基本上是相同的。

热气渐渐地消散了。赫茨尔·戈德林的手风琴声得到赫伯特·西格尔的手提琴震颤音调的回应。

篮球场上传来了大声喊叫。麦茨塔特·拉姆球队，山谷中几个基布兹球队中最好的一个，正在进行练习赛。一小批观众聚在球场周围。每次得分都引发一阵欢呼声。在欢呼声的间歇，只听到橡胶鞋底在混凝土地上柔和的拍打声。托墨·盖瓦用臀部做了个微小的动作。负责盯防他的敌手被假象欺骗而忽略了托墨真正的意图。完全隐蔽的传球。突然球出现在拉米·里蒙的手中。拉米没有半秒钟的迟疑，把球直接传回托墨，他这时已像蛇一样曲曲弯弯地穿过了对方防线。托墨向左看以误导对手，扭向右边，然后以引人注目的一跳，把球投入篮中。怪相，而不是微笑，在他的脸上闪过后就消失了。他的嘴大张着，脸上淌着汗水。他一言不发，挥挥手召集他的人，让他们准备迎接敌人的进攻。他的球队对他的反应就像乐队的人听从指挥棒的轻轻挥舞一样。这里重要的不是言辞。我们不得不承认。不是言辞。这里克敌制胜的是肌肉、心肺和非同寻常的灵巧。闪现的身体迂回穿过狭窄的通道。快速的机智和强有力的体力。敏捷的反应。这些才是重要的。对每根神经每条肌肉和纤维的完美控制。我们不喜欢这地方。我们是言辞的爱好者。我们的反应太慢。

有时晚上有阵阵尘雾在房屋之间滚动，然后低沉地落在树林中。但是微风不久感到疲倦。于是一阵轻轻的西风抚摸着我们的额头，使我们满怀渴望。

球赛过后拉米拾起衬衫，用它擦去身上的汗，然后就去弗鲁玛的房间。一天的这个时候，连弗鲁玛也不那么闷闷不乐了。她围着花围裙坐在阳台上，正把葡萄塞进罐子里。拉米与她待了一刻钟左右。小口小口地吃着甜饼干。用葡萄汁来解渴。帮他母亲在花园里锄地和除草。弗鲁玛努力不去想那即将到来的离别。偶尔她叹一口气。拉米听到了便做个鬼脸。

对面，在草地的另一边，哈里希一家人正在休息。父亲在翻阅一本书。女儿埋头做着美丽的刺绣。就连浪子盖也回到家庭的怀抱来度过几刻钟。如果不是他头上那顶奇怪的洋铁头盔，我们找不出他有什么不对劲的地方。

布朗卡和她的媳妇艾纳芙·盖瓦一块儿在灰蒙蒙的小道上散步。她们专心地谈着女人们的事：怀孕的妇女一定不要做什么，怎么知道孩子是男还是女，哪些东西吃了好，哪些吃了不好。布朗卡希望有个孙女。艾纳芙要一个儿子。因此她们对是男是女的征兆看法不一致。她们的脸上显露出亲密的感情。她们的散步，像此刻我们周围的一切一样，安详而平静。呵，如果我们能让时间停住不动，如果能在此时结束故事并耸耸肩膀说，此后他们都过着快乐的生活，那该多好呀。任何人如果盼望发生什么麻烦复杂的事，那就暴露了他反常的意向。然而时间沿着看不见的途径不经意地继续流逝。太阳快要下山了。点点灯光出现在边境之外的对面山巅上。基布兹的男男女女收起他们的折叠椅并准备去共进晚餐。赫茨尔·戈德林问尼娜是否已经到七点了。尼娜说是的。赫茨尔说在晚餐之前他得去关掉军械库后面的一台喷灌机的龙头。尼娜叫他不要去太久。他答应了，而且也这样做了。

　　一个星期五的晚上，在欢宴（它以点燃安息日 ① 蜡烛和猫头鹰的叫声开始）以后，拉米·里蒙溜了出来，独自一人向水塔走去。他很快地爬了上去，沿着扶梯一级一级爬到塔顶，从铁栏杆处挤进观察台。即使一个不浪漫的青年也完全可以感到悲伤而寻求片刻的孤独。在那高高的瞭望哨上，迎接他目光的是一种奇异的模糊的景象。天空已变成暗灰色。在灰幕的那边，那沉落的太阳正在紫色、黄色、蓝紫色和金色的雾霭中痉挛地扭动。

　　在敌人的阵地上可以觉察出某种活动。三四天以来他们一直在集结他们的兵力。为了看清楚些，拉米眯起了眼睛，特别是左眼。一辆辆有六个双轮的军用车在兜着圈子，旁边围着模糊的人形。约什常说："那些

---

① 犹太教的安息日为星期六，一般在安息日前夕有联欢庆祝活动。

人只懂得一种语言，暴力的语言。他们把克制视为怯懦。而他们是对的。我们的老年人不能理解这一点，因为他们即使身在这儿亚细亚，却仍然是欧洲人，还因为犹太人自古以来就爱好和平。但是有一天他们的压力会使我们无法忍受这儿的生活，那么我们将得到许可去粉碎阿拉伯人，而后以色列的地图将不再会像一根弯曲的香肠了。"那时我只是个小孩子。当时我不懂他讲话的意思。那时给我深刻印象的只是那些外在的标志：约什的军服，他绿色的战斗服装和伪装标记，他的红色贝雷帽，徽章。但是如今我懂得这是怎么回事了。父亲常说："以色列必须与犹太人区截然不同。如果我们在这里也像生活在犹太人区，我们还不如待在欧洲哩。在那儿我们至少不会有热浪。"父亲是个小个子男人，小个子犹太人，苍白而有病，并且老是哼着哈西德派① 的调子，但是在内心深处他并不是犹太人，而是一个男子汉。那也是约什和我为什么成长为男子汉的原因。如果我被敌人杀死了，母亲就会成为一位烈士的母亲。他们都会踮着脚尖围着她转圈。那时诺佳也会知道。她会因为嘲笑我而诅咒自己。还因为她在我被杀害以前没有给我那个。

拉米撇撇嘴。现在这儿没有人嘲笑他的马脸了。即使这里有人，他也不敢嘲笑他，因为他现在非常心烦。他想到军队的艰苦生活，它能在一群宠坏的饶舌者之中显示出谁是真正的男子汉。他的胸中满怀激情。想到他未来的武艺和功绩，他的心不觉飘飘然。你们等着瞧吧。我会让你们看到的。约什。每个人。你们大家。

他听到歌声，是那种拖得长长的、尖锐而扣人心弦的歌声。我们的基布兹正以传统的餐桌歌曲的缓慢庄严的旋律欢迎安息日。距离使曲调

① 犹太教的一派。

变得模糊并使之带上一种忧伤的、念咒般的音调："亲爱的教友们,来迎接安息日。安息日降临吉诺沙谷了。"拉米并不思考歌词的含意,只用它们来编织梦的薄纱。

他想到女人。他最近在哪里读到,女人的心是男人解不开的谜。女人真的生活在一个不同的世界。一个更富于色彩的世界。即便她们与你在一起,她们并不真的与你在一起。但是错误在于你。你让她确定游戏规则。有一种说法:"征服一个女人。"女人像敌人的堡垒。像防御工事。如果你软弱,任何女人都不会向你投降。

拉米向后仰起头。他听见太阳穴里轻轻颤动的声音。他的悲伤让位于坚定的决心。这一切必须结束。彻底地。

他决心十足地爬下塔来并向诺佳的房间走去。

不必再旁敲侧击。直截了当地。简单地而且直截了当地。

第十一章
施　暴

那天晚上拉米·里蒙想开辟一条新的途径来赢得他朋友的心，一条简单的、直截了当的途径。也不管别人的恶意中伤，他便走进了诺佳的房间。达芙纳·艾萨罗夫禁不住轻轻地惊叫了一声。

诺佳在房间里，俯卧在床上，小下巴支撑在两肘之间，在安息日淋浴之后身上有种可爱的气味，秀发仍然潮湿而沉重。她正专心阅读一位年轻女诗人的诗集。

拉米向丰满的达芙纳示意：你不反对离开我们吧？达芙纳好像做坏事当场被发现一样，满面通红，头也不回地逃出房间。拉米走过去坐在诺佳床边，把手放在她的肩上。

"把书拿开。"

诺佳问这是不是命令。

"或许是。我要与你谈话。"

"我以为你要打我哩。"

"我想与你谈谈。"

姑娘轻轻地、懒散地改变了她的姿势。她原是肚子朝下的，现在她侧过身来，用她那充满活力的绿眼睛望着拉米。

"我在听哩。"

"我一直在想，现在我决定了。那就是我想说的。"

"就那些吗？"

"我已决定不参加伞兵。我要加入步兵。不像我的哥哥。我要从艰苦的道路开始。参加一个不知名的战斗部队。随他们分配。"

"为什么？你不……"

"我不在乎。"拉米打断她的话，喉结迅速地上下浮动。"我想从艰苦的道路着手。可是你们瞧吧，你们两位。首先当步兵。然后上点课当个分排指挥员。然后军官。然后我再回到这里。"

"为了靠近我？"

"为了在此战斗。"

"孩子。"

拉米抓住诺佳的肋骨，挤压它们，直到她痛得大叫起来。门外传来一种捂住嘴的声音。显然达芙纳在门外听，因忍俊不禁而捂嘴大笑。拉米大声咒骂，偷听者逃跑了。现在他用一双大手压住诺佳的胸部，直到她发出一声轻轻的呻吟。

"怎么回事，疯子。"

"我已告诉你。我已决定了。"

"疯子你是疯子放开我疯子，你弄痛我了。你什么也不懂，你是个疯子。"

小伙子的脸上露出了残酷的表情。他的眼睛向外突出，他的面貌扭曲。诺佳感到他令人讨厌。他长得丑。我怎么从未发现他有这么丑？

突然她不动了，放松全部肌肉并冰冷地说：

"放开我，请。现在走吧。走开。"

小伙子立即僵住了，他用一种呆滞的、不认得人的目光探视她的脸，并又一次用他绷紧的身体去搂她。使他疯狂的并非情欲，而是羞辱。诺佳的喉咙里突然爆发出一阵呜咽。她得努力控制她的呻吟的身体，它几乎要不听她的指挥了。拉米在喘气。让我们更近地看看他的眼睛。不管你相不相信，它们已装满了泪水。

在危急时刻是埃兹拉·伯杰插了进来，把姑娘从不得体的挣扎中解救了出来。当这对年轻人搏斗时，他们忽然听到有脚步声朝门口走来，接着是重重的敲门声。拉米脸色通红地退到达芙纳·艾萨罗夫的床上。同时诺佳也整理一下睡衣，翻身俯卧在床上说："请进。"

埃兹拉·伯杰星期五晚上吃过晚饭后到绿松石的房间来有什么事呢？埃兹拉·伯杰给诺佳捎来了一包绣花线。最近几周姑娘常常有求于司机善良的性情，要他为她买东西。最初她常用她省下的少量零花钱来补偿他。后来他便自己掏腰包。作为回报，绿松石给他做了一只装三明治的小口袋，袋上绣了一个熊的图案。下午一两点钟，在埃兹拉两次出车的空隙，她常到汽车棚去同他谈刻把钟。他们已多次进行过这种短暂的交谈。当然，并不谈什么严肃的问题，不用说，更不会谈影响他们两人的那件痛苦的事，而只是一种轻松的谈笑。埃兹拉以他那通常的、坦率的、友好的方式用谚语和隐喻来回答他小朋友的问题，而诺佳则孩子气地回答他，她与年纪长得多的人说话时总是这样的。那并不是说她想要迷住他。决非如此。她与比她大得多的人总是这么谈话的。我们必须一再强调，这些会面并没什么错，只是有一个小节我们不赞成，那就是司机习惯把手放在绿松石的头上，像父亲似的抚摸她的头发，甚至还把她的脖子弄得有点儿发痒。诺佳已不是孩子了。埃兹拉是否可能故意忽视这一事实呢？

"安息日好，年轻的女士。看我给你带来了什么。"埃兹拉走了进来并笨拙地把线包拿出来给她。诺佳笑着伸出双手。埃兹拉看见拉米蜷曲着躺在床上，阴沉的面孔向着墙。

"哈，我的小战士——你在这儿，小罗米诺夫？部队把你打发回家啦？什么？还没有征召？很好！同时，你正守卫在你的心爱的人的床边，唉？正像所罗门的床，围着六十个战士。"

"安息日好，埃兹拉。"拉米简短地回答道。

"你为什么不跟你母亲在一起？在星期五的晚上让她孤单单的一个人可不好。你哪一天都可以向年轻的女士们求爱。你如果听一个老人的忠告，那么你根本就不必向她们求爱。等着她们来找你。'女人将围着男人转。'先知是这么说的。而他不会平白无故地成为先知的。顺便说一说，你想为什么所罗门国王的床边有'六十个英勇的男子'呢？有两三个不就够了吗？回答就在经文中：'六十个英勇的男子，以色列的英勇之士。'那就是他之所以需要六十个的原因。你们看，《圣经》并不是叫你们大声朗读的。你得细心阅读并进行思索。然后你就能听到一种，我们叫它什么，隐约的自嘲的含意。你觉得这话怎么样？"

拉米耸耸肩。这老熊挑了个好时间用他的废话来烦人。他为什么不走开？事情总是不会按计划进行的。让他见鬼去吧。

"喂，罗米诺夫，你什么时候离开去当一名英雄呀？"

"我十天之内去参军。"拉米又耸耸肩说。

"你走后要留下一个伤心的人吧，唉？你听说过'发现或找到了'这个古老的犹太故事吗？没有？那么，我来告诉你。古时候在新婚之夜后人们经常问新郎一个简单的问题：'发现或是找到了？'如果他说'找到了'，那就好。如果他说'发现'，就不好。很不好。为什么？两种回答都涉及《圣经》的格言。一个是：'找到了一个妻子的人找到了一件好东西。'另一个是：'我发现那女人比死亡还凶狠。'很妙。嗯？他们是些聪明的老人，我们的祖先。一句话有十多种含义。你不必生我的气，罗米诺夫，因为你是个聪明的小伙子，而且你知道我为了不必讲一句话而讲了十句。逗乐的人就是这样的，罗米诺夫，而逗乐的人并不是快乐的人们。有时他们会讲些不愉快的事。他们要控制自己是不容易的，但是他们必须控制自己，因为如果他们不控制自己，如何能把他们与明显的坏人分开呢？我何必待在这里让你们讨厌呢？正如智者所说，'我发现对人体最好者莫过于沉默'。但是智者忘了加上：对人体好的不全都对个人好。晚安，对不起，罗米诺夫。你已经原谅我了。你是个好小伙子。"

"晚安。"拉米回答说，很不高兴地。但是诺佳却机灵地挫败了他的计划，她面带奉承的微笑突然说道：

"先别走呀，埃兹拉。再和我们待一会儿。你今晚谈得真好。"

而埃兹拉·伯杰呢？

你永远无法预测人的行为。我们都以为埃兹拉会停止谈话而走开。但是埃兹拉没有停止谈话，而且他也没走。他向诺佳顽皮地看了好一会。然后他小心地坐在两张床之间的唯一的椅子上，把他粗糙的面孔转向拉米，并像小丑一样转动眼睛。

拉米点燃一支香烟，并不耐烦地吐出一口浓烟。借助火柴的光亮，我们觉察出以前没注意的事：拉米·里蒙有了点胡子。的确，胡子不多，只不过是些灰白的绒毛的阴影，然而还是胡子。

埃兹拉也抽出一支香烟并用一个镀金的打火机点着了。他闭起一只眼而把另一只眼睁得大大的，盯着他小指头上的金戒指看。然后他抬起头来仔细打量那小伙子，从头到脚，然后又倒过来，从脚到头。

"金黄色的头。真可惜，罗米诺夫，你要被他们从我们中抓走去入伍当兵了。"

　　拉米不吱声。他向那较老的人投去凶狠的、明显敌意的目光。

　　有一会儿埃兹拉像脸上挨了耳光一样退缩了一下。但是他立即又露出了那表示同情的开玩笑的表情。

　　"你别无选择，小罗米诺夫。你必须穿上军服去高山上跳，到小山上蹦。但是有时候，我的小伙子，有时在安息日……"埃兹拉闭上眼睛，用嘴唇发出一个津津有味的吮吸声。"……在安息日我所爱的人将有短期休假，于是……于是我所爱的人将来到他的花园，吃园中的上等水果。"

　　而绿松石呢？绿松石发出了阵阵甜美的大笑，她那嫌大的绿格子睡衣，马马虎虎地扣上纽扣，隐约地显出她的体形。睡衣撩到了她的膝盖上面。她闪着绿光的眼睛一直望着拉米。

　　"够了，埃兹拉。为了上天的缘故，别讲了。让他去吧。看，他满脸通红。你为什么撩他？他比你小呀。"

　　她说话时声音里带有轻佻的奚落。她受到残忍的驱使，但是就连她的残忍——如果我们这么说能得到宽恕的话——也是非常淡薄而轻微的，以致我们的心都同情她。再说，她讲的是实情。拉米·里蒙的确满脸通红。他向下看着地板，想要隐藏他那特别像马的翘嘴唇。这时诺佳笑得更厉害了，并以一种丑陋的姿势把绣花线包扔向他，这有什么奇怪呢？

　　"抬起头来，拉米，别躲藏，反击吧。我想看到你战斗。"

　　这话使埃兹拉充满了沮丧的情绪，这与他刚才的话很不协调。他把手放在诺佳裸露的膝盖上，然后缩了回来，把手指放在他的眼睛上，好像眼睛里有了什么东西。他转向拉米，变换一种声调说：

　　"你懂我的意思，我的小伙子。让我们现在玩个新的游戏吧。让我们玩彼此是兄弟的游戏。"

　　拉米显露出马挨打后的表情，他站立起来，向诺佳俯下身去并发出嘘嘘的声音。

"蛇。就像你的母亲。一条小毒蛇。"

他走出去时几乎撞在达芙纳身上,她已悄悄回来在门后面窥探。他气恼中打了她一耳光。她的泪水使他恢复了理智。他的眼睛也红了。

同时,房间里面什么事也没有。埃兹拉仍然静静地坐在那唯一的一张椅子上;他所做的一切只不过是丢掉烟头,把它踩熄,用手盖住眼睛。他慢吞吞地一字一字地拉长声音说:

"别担心。他会回来的。他会规矩点啦。有时你必须对他们强硬一些。一个人必须记住他从哪儿来而且又会到哪儿去,正如谚语所说。"

他说话时用他的指尖抚摩他年轻朋友的头发并且沉入静静的思考。假如她现在恨我,她就是他的了,这样对他们两人都好。如果她不恨我,那的确是一种征兆。那么我必须。那是命中注定的。一切都是命中注定的,人和兽都一样。书中写着:"一个孤独的人跌倒时,没有别人帮他站起来。"同一本书中又写道:"他们的爱,他们的恨,他们的妒忌现在都毁灭了。"我想知道。我想强行做出决定。现在。

"现在我也走了,绿松石。"

"别走。"

"不,我要走。现在你需要一个人待着。"

"你不好,埃兹拉。你是……"

"我当然不好。晚安,绿松石。我不好,但是……"

"但是什么?"

"没什么,绿松石。晚安。"

那天晚上拉米没再回到诺佳的房间,第二天和接下去的几天都没去。

在收获节前三天，他告别孀居的母亲，出发去当兵。呵，那最后的时刻对弗鲁玛是多么痛苦呀！她竭尽全力挺住不哭，但是她的力量几乎支撑不住。她把她全部爱的关怀装进儿子的背包里，好像是背包将去面对危险。怀着对她仅存的儿子的热爱，她熨衬衣、手帕，甚至完全不必要地为他熨袜子。她在背包底层放了装满家制甜饼干的罐头和崭新的梳洗用具。她还在梳妆袋上亲手绣上了花。虽然她憎恶烟草制品，她还是放进去十包特好的香烟，是她最近请会计伊扎克·弗里德里克为她买的，不是基布兹供给成员的一般香烟。最细小的东西她都没忽略：鞋带、绷带、橡皮膏，三种药丸，爽身粉，奥尔特·罗米诺夫最后的照片，约什·里蒙光彩照人地穿着军官服的相片，甚至还有她自己年轻时的小照。她还放了一些信纸、信封和邮票。她把一切装好后，又把东西都拿了出来去熨背包。

　　拉米却没有以感情回报他母亲的感情。他的动作冷漠而粗率。他把背包倒转过来，把里面的东西全倒出来，把多余的东西取出来。他特别瞧不起邮票：每个孩子都知道，军人的邮件是不需要邮票的。值得称赞的是，在经过泪流满面的恳求和叹息之后他总算勉强同意带走饼干。另一方面，对一袋子葡萄他甚至拒绝商谈。它们必然会被压扁并把袋子里别的东西都搞脏。而且，不管怎么说，像小孩子上幼儿园似的带着许多好吃的东西去军营，他感到丢人。唯一缺少的是他母亲没把他的头发弄潮并做成漂亮的鬈发。寡妇给予她儿子大量的劝告和警告。拉米点点头并粗略地、漫不经心地笑了笑。她拥抱他并在他嘴上吻了一下。小伙子没拒绝她拥抱，但也没以任何感情的表露来回报。弗鲁玛努力劝说他去跟他的女朋友诺佳说声再见。为什么他不在离开前与她和好呢？他们一定为什么非常细小的事吵架了吧。无疑她希望他好。小伙子显出生气的样子并且诅咒说，他永远不会去看她，即使她四肢趴在地上来求他。寡妇咬着嘴唇。

最后拉米缓和下来并强使自己吻了他的母亲。他的吻突破了她的全部防线。她一发而不可收拾地嚎啕大哭起来。她哭起来样子多么动人呀，像个年长的婴儿。她难看的哭相使我们心痛。我们真想强令拉米可怜她并搂住她的脖子。再见，母亲，我会写信给你。瞧我的儿子，难道他不英俊吗？瞧他，看他多神气，他是个敏感的小伙子，要是你们知道他就好了，他热爱自然，他只是讲话少，但是我知道他在内心中是个诗人，我的好儿子。

拉米背起背包走了。在去乘汽车的路上，他绕道来到牛棚。过去的一年他一直在这里工作，他得向其他工人告别。但是我多笨呀，竟忘了这个时候这里是没有人的。只有那头公牛用它充血的眼睛注视着他。拉米把他的手伸进栏杆去拍拍公牛的上下颚。公牛报之以一阵温暖潮湿的呼气。你是头了不起的公牛，提坦；不要让他们宰你。如果他们来抓你，就给他们来次西班牙式的斗牛。好啊，好啊！

他把手再放进铁栏杆并摸摸牛鼻上的圆环。公牛报之以沉重的呻吟。再见，提坦。拉米真心地爱你，因为拉米有一颗敏感的心。

第十二章
三条道路

　　犹太教牧师拿弗他利·赫什·伯杰，伯杰三兄弟的父亲，是科韦耳郊外一个犹太人教堂的祈祷文领诵人，这教堂的会众都是些小贩和赶大车的。他是个小个子，身材笨拙而不协调，几乎令人感到不合情理。腿短而粗壮，圆肚，在强壮、凸出的双肩与他巨大的黑公牛头之间几乎看不见脖子。他的表情是一种令人昏昏欲睡的严肃。这些特征也反映在小奥伦·伯杰的脸上。令人惊异的是他几乎没有眼睛：在深深的皱纹密网中只有两条缝，但两条缝都闪耀着令人惊异的蓝光。另一个令人吃惊的事是他那强高音的声音，它会突然地从他坚强的胸部穿过他浓密的黑胡子爆发出来。他可以在郊区的铺了石块的广场上一连站上两三个小时，一动不动，只是他的大嘴有节奏地嚼一小口烟草并偶而喝一口黄汁。据说谁也没见他快乐或悲伤过；他总是一个样子，做着他的事情但是心却显然想着别的事。他的事情就是领诵祈祷文和某种意义上的教堂会计。他完成他的任务时没有热情，但也没有疏忽。他的思想可能分神，也可能集中，但不管在哪种情况下，它们总在别处，而从不在他所在的地方。在我们的镇上也有别人像他一样；我们知道他们怎样挣钱谋生却永远不知道是什么激发他们的，或者他们想的是什么。他老是像在白日做梦。他是否真的做梦了，就连他的儿子们，他的亲骨肉，也不知晓。德国人来了，抓走他并把他烧死在索比伯①的大炉里。这是他妻子死了许久以后的事，也是他的儿子们一个个地断绝了与父亲的联系以后很久的事。他的儿子都旅行了长长的路程。可是他们有时仍会想起那消失在他多皱纹的面孔上的小小的蓝色闪光。

有时，当喧闹的人群为托墨·盖瓦在麦茨塔特·拉姆的篮球场上令人钦佩的机灵欢呼时，或者当我们看着奥伦与小伙子中的哪一个打斗，以无情的狂怒制服他时，我们就会想到我们隐藏于胸中而不愿与任何外人分享的思想。

最先离开的是长兄内赫米亚。科韦耳有个攻读犹太法学的独眼学生，他可以说是个政客，可以说是个沉溺女色者，也可以说是个哲学家。正是他说服内赫米亚从父亲家中逃往利沃夫②，并在那儿走向通往大学的路。

埃兹拉像许多青年男女一样被青年运动卷走了。他与他的朋友艾伦·拉米戈尔斯基一起前往巴勒斯坦，成为了我们基布兹的奠基者。其他的事大家都知道了。

泽卡赖亚是由于狗而被赶出家门的。

这事发生在逾越节那一周，当时他还是个年轻的小伙子。有些吉卜赛人来到科韦耳并把他们的帐篷搭在我们住地外面东边的一块土地上。每天晚上从他们的营地传来忧郁的歌声和粗俗的大笑声。这些流浪者有些狗。这些野性的、饥饿的狗性情凶残，但也喜欢作谄媚的奉承。泽卡赖亚与它们混熟了，并因为常扔给它们一些好吃的而赢得它们的喜爱。他从戏弄这些狗中取得不健康的乐趣，并大量给予它们爱抚及其他爱的

① 又译作索比布尔，在波兰境内。
② 现为乌克兰西部城市。

表示。

偶尔他观看狗的交配。晚上他被不应有的冲动弄得心神不宁。泽卡赖亚是个孤独的孩子，而且从很小的时候起他的行动就表现出孤傲的品质。

有一次他的父亲看到他在玩狗。或许当地的一个小伙子，他童年时的许多敌人之一，把他的情况告诉他父亲了。于是一件可怕的事发生了：父亲把儿子狠狠地揍了一顿，儿子哭着，几乎不知道自己在干什么，就把他的同盟者放出去咬他的父亲。流浪者的狗，尽管会作谄媚的奉承，却有着凶残的性格。近邻的人们全都感到震惊。祈祷文领诵人的两个大儿子已经脱离父亲了，而现在小儿子也变坏了。

泽卡赖亚受诅咒而离开了父亲的家，并且变成一个忿忿不平的人。最初他到了罗夫诺①，在那儿为一个波兰农民工作，但一个月后农民惊恐地把他辞退了。他的举止使波兰人想起了几年前发生的一次事件，那时一个波兰小伙子出于政治动机而放火烧了他的一些干草堆。泽卡赖亚的眼睛有时发出阴森的闪光。

从罗夫诺他又前往华沙，并被一家有名的犹太报纸雇用为排字工的学徒。那时他有一个非犹太人女友，与他一起生活。那是一个秀丽的、歇斯底里的姑娘。然后德国人来了并把他监禁在犹太人区。他逃跑后到处旅行：他到过俄罗斯；可能去过瑞典；战争结束后他在意大利的被迫流浪他国者拘留营度过了一些时候；从意大利他与一个寡妇旅行到阿特利特，又从阿特利特到了塞浦路斯的另一个拘留营。一九四九年他又回到阿特利特，从那儿，他没带女人，到了拉姆拉，然后再到雅法。在雅

___
① 现为乌克兰西部城市。

法他找到了个合伙人，从事商业一年之久。然后他告别哥哥又回到欧洲，想去科韦耳做一次祈祷。他从未到达科韦耳。他绕道去了德国，提出各种各样的抗议，并得到一些赔偿金。在慕尼黑他遇见艾萨克·汉伯格，并与他建立了合作关系。

至于内赫米亚，他经历了艰苦的奋斗。他在赤贫中读完了罗夫诺大学的课程。他在犹太人的大学预科讲授通史，并于战争爆发前几周移居巴勒斯坦，然后到麦茨塔特·拉姆。埃兹拉和布朗卡竭尽全力帮助他，但是体力劳动使他吃不消。他常说他像布伦纳和阿格农 ① 小说中的耶赫切尔·亥菲茨和伊察克·库梅一样苦命。他淡淡一笑又加上一句：也只能如此，因为他生活的整个格局与上个世纪希伯来诸多小说中的不幸主人公的命运完全一致。

于是埃兹拉·伯杰在他的兄弟中是独一无二的。埃兹拉·伯杰结了婚并有了孩子，而且还帮助建立了麦茨塔特·拉姆基布兹。他的生活没有遭到不生育的厄运。这里有一个寓意：人并不是不可避免地要受到可诅咒的、乏味的不生育的惩罚。一个人通过意志的努力可以避开诅咒而开辟自己的道路。

---

① 约瑟夫·布伦纳（1881—1921）和希莫尔·尤瑟夫·阿格农（1888—1970）皆为犹太小说家。

第十三章
盲 目

最后，鲁文·哈里希经过艰苦奋斗写成了下面的诗：

寒冷的夜带着金属的双臂

　　缓慢落在我们的树丛：

夜风在田野间游荡，

　　黑黝黝、怒冲冲、气势汹汹。

夜的统治的确短暂：

　　耀眼的探照灯光把黑暗刺穿，

在有刺铁丝栅栏上纵横穿梭，

　　把死亡的厄运散播。

睡眠占领我们被围困的村庄，

　　但是守夜人双眼从不闭，

他们警惕地握紧手中武器，

　　因为周围有豺狼悲啼。

虽然光秃的高山威胁

　　要用暴力把我们吞没，

　　可是我们坚强的防护

　　　却像金刚石一样牢固。

　　鲁文必须到特拉维夫去会见运动出版社的主任并与他商谈他的新诗集出版的一些细节问题。他一大早就离开了基布兹。九点半他到了特拉维夫，十点以前已结束了商谈，因为出版社的头是他的一个老朋友。他们关于出版的细节很快达到完全一致，在协议上签了字，并喝着一杯冰镇葡萄水果汁进行了友好的交谈。十点一刻时鲁文考虑是否去耶路撒冷看看他那儿的几位朋友。但是在公共汽车中心站，一件奇怪的事情打乱了他的计划。事情的结局从来不完全像人们预料的那样。

　　公共汽车站里挤满了喧闹和匆忙的人群。小商小贩除了挣钱外在这世上别无顾忌，竞相抬高嗓门大声叫卖。

　　鲁文沿着公共汽车站周围的狭窄道路缓慢地走着，有时低头看着人行道，有时顺便看看喧嚣的街景。他的时间是自己的，他喜欢他沉思冥想的漫步。他超然于周围的紧张忙碌之外，对别人狂热的活动无动于衷。他安详的前额上显露出灵敏的神情。他绿色的目光环顾色彩鲜艳的货摊、过路人的面孔和沉重地穿过狭窄街道的隆隆汽车。他的步态平静而从容。

　　鲁文穿着熨过的整洁的白衬衣，下面穿着蓝色的裤子。他黑色的公文皮包很轻，只装了几页诗、一张报纸和用棕色纸包着的两个三明治。他的脸瘦削，高额头，眼睛充满敏锐的好奇。他时不时停下来看看覆盖在货摊上的五颜六色的外国杂志，或者看看拿着一托盘粗糙廉价的小摆设的商贩。有时他的目光在一个体形健美、穿高跟鞋轻快前行的女人身上停留一会儿。每个人最终都会死，正如那疯狂的荷兰人所说。

　　"他是对的。"鲁文突然说道。他的声音那么大，旁边一个擦皮鞋的人抬起头来问道：

"你说什么？"

"不，这话是对的。"鲁文漫不经心地回答道，"十分感谢。"他的目光立即停留在一个流泪的小孩身上。这孩子有五六岁，站在鲜果汁货摊之间，像孤儿一样哭泣。没有人注意他。鲁文急忙过街。没有什么比一个迷路的孩子更痛苦了。

"怎么回事，小家伙？"

那孩子不回答，却哭得更响了。

"你叫什么名字呀？"

孩子把红眼睛张了一会儿又闭了起来，并像只被打的狗一样发出尖锐的哭声。

"别害怕，你是个好孩子。你是不是见不到妈咪了？你爸爸呢？告诉我。我想帮助你。别害怕。"

鲁文暂时克制厌恶的感情，伸出手来抚摸孩子的头。那孩子像个小狼仔一样露出牙齿，踢他的胫骨并转身要跑开。鲁文抓住他的手臂止住他。

"或许他不会讲话。"鲁文的话并不是特别说给谁听的，"或许他是个哑巴，或者是个弱智者。"

这后一种想法使他震惊。他紧紧抓住孩子，他正拼命挣扎着要逃。鲁文眨眨眼睛，握得更紧了。如果我放开他，他会径直冲到路上被车轧死的。另一方面，我怎么办呢？做个警察，或许。在他父母来到之前我不离开他。

鲁文把孩子拉过来并把他举了起来。孩子又喊又踢，把鲁文白衬衫的前襟弄脏了。他用力地把他紧紧抱在胸前。小小的利齿咬了他的面颊并使他痛得厉害。他情不自禁地倒抽一口气，并抓住孩子的头发使牙齿离开脸。孩子在他的手松开后跌落在地，大哭起来。突然我们的诗人感到颈背上受到重重一击，然后胸口上又挨了一下。

"你疯了吗，该死的！别管我的孩子！"

"你……你是谁，朋友？你是……"

"我要打断你身上的每根骨头。疯子。看，看你对我的孩子干的好事。"果汁商喊叫着，他的大胡子因为恼怒而颤抖。他坚硬的拳头砰的一声再次击打到鲁文的胸口。好奇的人群做着鬼脸，不友好的旁观者紧紧地围了一圈。

"这个疯子把我的小男孩拎起来又丢在地上。孩子又没惹他，根本就没有。他几乎把他弄死了。这个疯子。"

"我的朋友，"鲁文结结巴巴地说，"这孩子似乎……我只是想……"

"你以为没人看见，嗯，你这渣滓！你想这里的什么东西都能拿走，啊？"

"不，我没有……我只是看到一个小男孩没有任何……"鲁文努力想取得嘲笑他的人群的同情。"我想要……"

"下次你就关心你自己的事吧。跟你老婆待在家里。别插手别人的事，否则你就要挨揍。别哭，齐昂，别哭，心肝宝贝，爸爸要当场杀死这个杂种，如果他弄断了你身上一根骨头。爸爸要杀了他。"

那人开始轻快地摸他儿子的身体。孩子虽然被父亲粗鲁的挤压弄痛了却不敢发出声来，只是让自己的身体顺从父亲手的动作，同时又平静、好奇而几乎友好地望着鲁文·哈里希。

"算你走运，孩子没伤着。"果汁商在结束他仓促的检查之后说，"如果我发现断了哪条筋骨什么的，我会撕裂你的身体，上天作证，这就像我的名字是阿方斯一样确实可靠。心爱的齐昂，对这个讨厌的人吐一口唾沫，吐吧，对。"

　　鲁文·哈里希继续慢慢走着，并转入一间阴暗的咖啡店，公共汽车站周围的狭窄街道旁有许多这样的咖啡店。他蹒跚地走到角落里的一个肮脏的洗脸盆前。他弄湿了手帕，试图擦去他被弄皱的衬衣上的泥污。然后他精疲力竭地在桌旁坐下，用报纸遮住脸，叫了一杯无糖咖啡。"渣滓，"他咬着嘴唇喃喃自语，"人类的渣滓。"无糖咖啡使他感到稍微好一些。显然他很激动。他的脸白得像死人一样，拿着杯子的手在颤抖。你该怎么办呢？你应平静地对待它。心平气和。镇静自若。嘲笑那人，心爱的，我的心肝宝贝，笑那个被打、被踢的人。这事伤人。它刺痛了这儿。还有这儿。

　　他把左手放在胸上，想止住疼痛。猛烈的痉挛刺痛他的胸部。这痛没有节奏，没有规律，没有固定的地方，好像他的身上爆发了一场恣意的放纵行为。他的手指麻木而沉重，它们不愿听从他的命令。它们违反命令地握紧，松开又握紧。在左腿，在脚踝处，他也能感到脉搏轻而快速的跳动，似乎脚踝想要告诉他：我还没有打击你哩，但是记住，我也跃跃欲试，而且记住我恨你。

　　他的视觉模糊，咽喉也感到堵塞。他整个身体在背叛他，尽情发泄它卑劣的、危险的仇恨。

　　鲁文舔舔嘴唇：舌和唇似乎都不是他的。他本能地用手帕擦擦眼睛。还是有一层迷雾。他记起了手帕上的泥，他大概把它擦到他脸上了。他的胃感到恶心。一块令人作呕的东西在食道里冒上来，就卡在那儿。他打了个嗝，嘴里充满了苦味。痛还在，但是离得远了，好像有个厚厚的帘子把人与痛隔开了似的。他的头砰的一声落在桌子上，他的双手紧抱着太阳穴。

一个矮矮的、有雀斑的女侍者赶忙过来问他是否病了。鲁文缓慢地抬起头来，像一个夜间醒来的孩子，原本期待看见他的母亲，却发现了一张陌生的面孔。

"请再来一杯咖啡。"他用一种怪异的柔声说。

女侍者点点头，却仍然站着不动望着他，似乎希望他说点别的。鲁文说：

"不，对不起。不要咖啡。请来一杯水。自来水，不要冰箱里的水。是的，我没事。不严重。谢谢你。"

痛正退去，但他仍感到恶心。一股强烈的感激之情像热浪一样冲击着他全身的每一根神经。女侍者的关怀深深地打动了他的心，他已止不住满眼含泪。他们并不都是狼。他有跪下去的强烈冲动。念祷辞。正正经经地。

怎么回事？我出了什么事？痛——不，不可以，不可以说那可怕的字眼。只不过是一点相当强烈的物理反应。如此而已。

女侍者拿着一杯水回来了，杯上沾有口红。鲁文转向她强带笑容地说：

"不胜感激。真的，十分感谢你。"

打个盹吧。人们来了又去。过他们的生活。然后去到远方。水坝，运河，许许多多的花，巧克力盒子上的玩具风车，云，雨，白色的头巾，自行车。很远，很远。天哪，我好累呀。真可怕。一个真正的人不会抱那种态度。他会有另一种表现。他会把那好色之徒汉伯格的脸打破。拳头。刀子。后街。夜晚。阿方斯。斯特拉·马里斯会告诉我为什么。我的小女儿。为什么你的父亲不像一把刀？为什么他不是阿方斯？斯特拉·马里斯，因为我不是。布朗卡因为斯特拉。埃兹拉因为布朗卡。这儿有一个公式，一个方程式。很接近。写在纸一样薄的墙背面。靠着它。你就会穿墙而过。像一个电影里的主人公一样。这一切不知怎么都凑到一起来了。让我们再试一次。从伊娃到布朗卡，然后诺佳。布朗卡和埃兹拉。天哪，就像一场噩梦。诺佳，伊娃，埃兹拉，什么？我在哪里？这里。我的天哪，我为什么这么平静，是心脏的缘故。为什么装假呢？但是，为什么？多么愚蠢。

一个深沉的、熟悉的声音，一个从别的什么地方传来的声音打断了他的沉思。可能吗？是的，真是。

"不可思议。谁会相信——哈里斯曼本人，亲自。真想象不到在这种地方会见到像你这样的人。"

鲁文站立起来。这是一种毫无意义的姿态，一种大可不必的礼貌。他过分热情地迎接埃兹拉，好似（多么可笑），好似这里的侍者领班。

"唷，唷，看是谁呀。我们的埃兹拉。这世界真小。这是一次不寻常的……"他迟疑了一会儿。"这是一次不寻常的会见。真的。"

"真怪！"卡车司机说，"一周之前也是在这种时候我进这里来，你想我突然遇见了谁？伊扎克·弗里德里克。就在那儿，在那张桌旁。而今天我走了进来，又发现谁坐在这儿呢？哈里斯曼。早上好，哈里斯曼。"埃兹拉突然用不同的声音加上了一句，好像要取消先前所说的一切而重新开始谈话一样。鲁文并没显出惊奇的样子。他赞同这一变化，只简单地说：

"早上好，埃兹拉。看到你我很高兴。"

"想要饮料吗，哈里斯曼？"

"或许……如果你……"

"好吧，让我们先行动，以后再听解释。我的好女人，你看你面前有两个口渴的农民。果汁。冰镇的。"

"埃兹拉。"

"愿为你效劳。"

"你正要开车回去吗？"

"'而且没有人带他们回家。'正如《士师记》[1]中所说。但是我，伯杰，将带你回家，我亲爱的哈里斯曼。我的卡车将是你的卡车。我仍然没有发觉像你这么一个好人在这种肮脏的地方干什么。"

两个人面对面地坐着，一个精瘦，穿着弄脏了的最好的衣服，另一个身体结实，穿着可能是灰色的工作服。埃兹拉是为了找冷饮偶然走进这里来的。他对这次巧遇感到有几分好笑。鲁文，就他来说，看到埃兹拉感到高兴，而且不想分析其中原因。卡车司机发现，他的同伴出了什么事。他的脸上有污秽的伤痕，而且全身都带有泥污。但是埃兹拉这人不爱仔细查问别人的事。谈话停止了，两人都沉默地喝着饮料。在鲁文的手背上有一根细小的蓝色静脉管显得很突出，脉搏跳动快速而不健康。埃兹拉在两指间夹着根抽了一半的香烟。烟熄了，但他并不想重新点着。怪事。我们走到了一起，哈里斯曼和我，然而我并不明白他出了什么事。我可别望着他。如果我望着他，他就会闭嘴。但是他想告诉我。而且我希望他讲出来。

"埃兹拉。"鲁文开始说话了，但是一句话没讲完就停下来了。

---

[1] 见《圣经》中的《士师记》。

"我听着哩，说吧。"

"我……你正忙着吧？"

埃兹拉无声地摇摇头。他的表情流露出同情，尽管他眼睛周围有着想笑的细微纹路。鲁文冷漠地望着他的空玻璃杯并声调单调地说着话。按理他应该对我的不幸感到开心。但是不。他听我讲话时并不幸灾乐祸。他怎么回事。

"他们侮辱我。"鲁文讲完情况后说，"他们很严重地侮辱我。如果你不来，我可能整天坐在这里。你以为我言过其实。你这样想的，对吧？你认为对这种事应一笑置之，把它看做是一次玩笑。但是……"

"你知道我要对你说什么吗，哈里斯曼？"

鲁文抬起眼睛，第一次看着对方的眼睛。

"我说：来吧。让我们坐上卡车回家。反正这是我倒霉的一天。首先是汽油供应出了障碍。在汽车修理站浪费了时间。与此同时，电池的电又用完了。正如人们说的，逃脱了煎锅又跳进了火坑，大难连着小难。随它去吧，今天我就跑这一趟了。这辆卡车也用不着再来一趟。"

"我们已习惯了夜间旅行，对吗？"埃兹拉把脚踏在踏板上并为客人打开车门后，对自己的卡车说。"打开窗户，哈里斯曼。何必让热气弄得我们满头大汗呢？不，伙计，不是那个把手。那是车门的把手。你想跳车自杀吗？另外那个。对了。这辆旧车已不那么年轻了。以前每个把手上都有标签说明它是干什么的，因此不会有差错。多少年下来，它们磨损掉了。下次要当心。"

"对不起，"鲁文淡淡地一笑，说了句道歉的话，"原谅我。我累了。我不是故意的。"

埃兹拉松开手刹车，左拐右转地驶出了狭窄的街道。鲁文茫然注视着前面。卡车费劲地穿过一条又一条拥挤的街道，不时因为交通灯的闪光而停下来。两个人都默不作声，一个人在集中精力开车，另一个把他瘦弱的身体紧靠着门，把一只手臂拖在窗外。车子里充满了一种油腻的、湿热的臭味。时不时吹来一阵令人愉快的、凉爽的海风，它来得快，消失得也快。埃兹拉把头伸出去咒骂另一个司机。鲁文太疲倦了，随他咒骂去。有一次刹车的嘎吱声太刺耳。乘客的头碰到挡风板上。他发出低低的一声呻吟。埃兹拉没有回头看他，正忙于应付拥挤的郊区的复杂行程。终于卡车逃出了险境，安稳地以均衡的速度轰鸣着行驶在宽阔平坦的道路上。是埃兹拉开始谈话的，这一点我们必须指出是值得赞扬的。

"听我说，哈里斯曼，如果你想喝咖啡，左边有个黄色的热水瓶。在你的左边，不是我的左边。你看，有个包在报纸里的热水瓶。喝吧，喝一些你会感到好些的。顺便说一下，整整一周之前我碰巧走进那同一家咖啡店，并且发现了——你在听吗——弗里德里克。奇怪，嗯？喝点咖啡，继续喝吧。是尼娜·戈德林煮的。很好的咖啡。喝点。"

鲁文耸耸肩拒绝了他的盛情。埃兹拉毫不奇怪地不知道他的回答。对于从不开车的人来说，用姿势来回答司机的问题是个很自然的错误。

"你睡着了吗，哈里斯曼？"

"不，没有，我眼睛睁得大大的哩。谢谢你。我不想喝水。"

引擎的轰鸣使司机听错了他的回答。

"如果你不瞌睡，你可以谈话。我听着哩。"

"什么？唉，不，我没说'瞌睡'，我说的是'喝水'。"

"喝吧，喝吧。为什么不呢？"

"对不起，我们在各谈各的。我说我什么也不想喝，谢谢你。"

埃兹拉斜眼看看他并用一种惊讶的腔调说：

"嗬，那就别喝吧，如果你不想喝。我不想强迫你。"

鲁文·哈里希沉默不语。他试图读报。卡车的摇晃使读报困难。而且他又感到不舒服。他看看结实的司机，心中感到悲伤，它立即又转变为另一种感情，一种自愧不如的感情，就像思想家们在行动家们面前所感到的那样。更确切地说，他感到需要被人喜欢。

沙龙平原的宁静景色正快速地在窗前闪过。照料得整整齐齐的田野，带红屋顶的新村庄，用栅栏围起来的牧场，林荫道遮挡着阳光，小山顶上的一座座水塔。精心照料的果园和白地毯一样的花坛都配有闪亮的金属水管网。这景色本应令人欣慰。但是刺目的太阳，蓝玻璃似的天空，中午稍后的强烈日光，笔直的道路好像绿色田野肉体上的一道伤口，至少这一次，这一切使鲁文·哈里希感到沮丧。一个出生在北方气候的柔和光线中的人永远不能使自己安于这国家的赤裸裸的耀眼的强光。即使那些爱国主义的诗歌也只是表现出诗人想与这残酷的日光和解的从不间断的渴望。

有半个小时两人都没说话。埃兹拉·伯杰的沉重的手臂放在方向盘上。他的身体毫无生气地压在破皮座上，散发着汗臭味。他的帽子盖住了半张脸。他的乘客偷偷地斜眼望去，只能看到他粗糙的下巴。他的脸好似半完成的雕像。他的嘴微微张开着。快到内坦亚公路交叉点时，埃兹拉从他工作服口袋里抽出两支香烟，一支放在自己嘴上，另一支递给鲁文。

"不，谢谢，我不抽烟。"鲁文提高声音说，免得再引起误解。埃兹拉咧嘴笑笑。过了片刻他把他的一支烟扔出窗外。

"你是对的，"他说，"开车的时候抽烟没有好处。一股怪味道，从中得不到乐趣。既然不喜欢它，又何必抽呢？圣人会这么说，如果他们那时候有人发明抽烟。"

鲁文并没有说这种话，但他不愿劳神去解释。他怕引擎的噪音会再次歪曲他的谈话。是在他们快到赫德拉的时候，他感到那种自愧不如的感情、或需要被人喜欢的感情复活了。他试着开始作简单的谈话。

"埃兹拉。"

"是。我听着哩。"

"你一直开车，不感到厌烦吗？我想……"

"不，一点也不。我开车时总在思索。让我们追随我们的思想，正如先知所说。思索并非那些诗人的特权。"

"内心生活，"鲁文热情地说，"真正的财富在于有丰富的内心生活，这是我说的。"

"这话说得对。正像《圣经》上说的，聪明人头脑里有眼睛。我不是个聪明人，但是我真的知道如何思索。如果你把同一件事想上一百遍，结果就会变得很精练。"

"但也可能引向忧郁。"鲁文含糊地说。

"它可能引向任何东西。但是如果你们有条理地思索，它总是引向同一件事。"

鲁文向他的方向投以焦虑的一瞥。他想说明什么？别讲那事。他不该说话的。别讲那事。

"一件事而且只有一件事：即我们都不会变得年轻了，哈里斯曼，你，我，别的一些人。我们旅程的最好部分在我们身后了。你懂我谈话的意义吗？我们大家哪一天总会死的。当我们年轻时，我们常想人死只有一次，一个人应死得光荣，如人们说的那样。现在我们年纪大了。你知道拉米戈尔斯基怎么死的吗？他是我的一个朋友，但是我认为我们把他当成了某种假圣人。我知道他们说不应讲死人的坏话，以及诸如此类的话，但是总是庆祝狂欢节似的庆祝他的死，就好像谁如果早年死去是很好的，似乎从教育的观点看是好的，你懂吗——你睡着了吗？没有？嗯，在我们这种年龄，我们必须明白一个事实：重要的不是死得光荣，而是尽可能晚一点死。再活十年，再活二十年。我父亲在我这么大时已经死去。因此什么？因此，这意味着我已有了收获。'对我来说生不如死。''愿上帝让我为你死去。'这些诗大概是寓意的，这我不在行，但是它们不真实。我说得对吗，哈里斯曼？"

"让我解释。"鲁文刚开始说，但是当埃兹拉把一只沉重的手放在他膝上时他就停了。

"等等。我没有讲完哩。昨天，在梅吉多岔路口，我看见一件令人震惊的事故。在公路上你每天都看到可怕的事情。"

鲁文咬着嘴唇没说什么。

"你累了吗？你要不要打个盹？等等。我先告诉你。在通往去梅吉多交叉口的道上有座小山，山顶上停着一辆卡车，车上装着长长的铁条。就是用来加固水泥建筑的那种铁条。司机显然在坐着休息。从山下开来一辆巨大的挂有拖车的运货车，撞到他的车后，使铁条穿过左窗，把他像串羊肉那么戳穿了。穿在脖子上。他活不成了。因此你即使没干什么错事也会被搞死。当你突然看到我们是多么脆弱时，那才真正令你震惊哩。真可怕。"

"真可怕。"鲁文重复他的话。埃兹拉奇怪地、不由自主地继续谈下去。

"现在，听着。有时在夜间你被某人的汽车前灯弄得眼花缭乱。你就凭直觉开车。你什么也看不见。你完全依赖你的本能。现在告诉我，仔细想好了告诉我：什么是本能？它是什么？它是某种反复无常的东西，某种没有理性的、完全神秘的东西。而且别忘了：你的眼睛什么也看不见。你是盲目的。你睡着了吗，哈里斯曼？没有？还在听？盲目的。用失明来惩罚这些人。有几秒钟你完全依赖你的本能。如果它让你失望，你就会盲目地死去。那时你会发现你多么脆弱。就像玩彩票输了一样。就像……像撕纸。像水。"

"告诉我，埃兹拉，你想……"

"但是并不是当你眼花缭乱时，当你看到一件致命的公路事故时才这样。你发现这思想任何时候都在你脑子里打转，也没明显的原因。当你在电影里看到一个光秃秃的、白白的骷髅，你感到害怕，对吗？是的，你当然害怕。但是像那样的骷髅到处伴随着你。你要不要喝点热水瓶里的咖啡？不喝？当你吃东西，当你写字，当你大笑，甚至当你买东西时，总有一个白骷髅与你在一起，有白的肋骨、头骨、牙齿和张开的眼窝而不是眼睛，就像画的那样。当你有一个女人时，只不过是两个骷髅在一起碾磨。如果你听不到可怕的闹声（它会使整个事情变成令人毛骨悚然的玩笑），那是因为中间还隔着柔软的皮层。但它只是暂时的，哈里斯曼，它是可以腐烂的，它是由容易腐烂的潮湿物质做成的。它是一种很易碎的包装材料，你明白吧？你大概半睡着了，对吧？我只是想说我们很脆弱。令人惊异地脆弱。只要……至少……但是我怎么啦？你累了，而我不停地谈呀谈。我相信我说的一切都是写在书上的。我让你十分厌烦了吧。'言语是银，沉默是金。'人们是这么说的。你现在可以睡一会儿了。我们还有一个半小时就要到了。你很累了。你困了。我希望你睡一会。睡吧。我答应你不沿着山腰往下开车。安静地睡吧。这次我也没带铁条。你可以像人们说的那样放心地休息。是的。"

第十四章
证据增多

　　在节日之前的几天，闲话传播达到狂热程度。如果迹象可信的话，我们的基布兹将发生某种奇怪而令人烦恼的事了。一天晚上守夜人伊斯雷尔·奇特朗偷听到有人口角。从他那里我们知道诺佳与她的男朋友，寡妇的儿子拉米之间情况不妙。这一点由达芙纳·艾萨罗夫提供的证据而得到进一步证实，尽管有人对她讲的令人烦恼的故事的细节提出质疑。按达芙纳的说法，一天晚上，一个星期五的晚上，拉米·里蒙突然闯进她与诺佳同住的房间并用全身的气力袭击诺佳。后来，埃兹拉·伯杰出现了，与拉米发生冲突，最初是言语上的，但后来就动手了。最后拉米从房子里冲了出去，达芙纳说，神情很奇怪。寡妇弗鲁玛·罗米诺夫证实说，在鲁文·哈里希的女儿与布朗卡的丈夫之间确实存在一种奇怪的友情。

　　既然这消息已引起我们的注意，我们就把它与我们亲眼看到的情况联系起来，但是并不认为这有什么了不起。有几天我们见到那男人与那姑娘下午早些时刻在汽车棚旁谈话。直到现在我们也没看出这些谈话有什么不对的地方。如果谣传是真的，那么我们就太天真了。据说埃兹拉·伯杰给他的小朋友买的绣花线超过基布兹的配给量，并用自己的钱支付。作为回报，姑娘给他做了一个装三明治的刺绣袋。供应三明治的尼娜·戈德林亲眼见过这个袋子。袋上绣了一只熊。

　　他们两人大白天在院子中间，在大卡车的阴影里相会，那年长的男人用指头触碰姑娘的下巴并喃喃地对她说些不得要领的谚语，这事对吗，或者说恰当吗？而她答之以银铃似的笑声，甚至拍拍他的多毛的肩，这样做对吗？不，不对，也不恰当，它带有放荡的迹象。

如果我们相信达芙纳的话，事情甚至走得更远了。诺佳现在已习惯于半夜起来偷偷溜到对面洗衣房后面的车棚去迎接返回的司机。无可否认，有人怀疑达芙纳言过其实。这也是很自然的。但是无可否认，事情已走得太远。它比我们外表上看到的要复杂些。我们在作出判断时是谨慎的。我们的意见并不是以达芙纳的证词为根据的，因为它得不到普遍赞同，而是根据芒德克·佐哈尔的证明，因为他是个可靠的见证人。他的证明是决定性的，我们一会儿就要讲到它。有人谈到诺佳·哈里希的时候说她的血管里流着她母亲伊娃的热血。关于埃兹拉·伯杰，赫茨尔·戈德林说："他的奥伦胡作非为又有什么奇怪呢？有其父必有其子，掉下的苹果离树不远。"还有些人（弗鲁玛·罗米诺夫似乎是发表这惊人意见的第一人）说这是埃兹拉进行报复的一种方式。如此等等。

有好几天我们仔细观察鲁文和布朗卡的面孔，想找到一些迹象。"轻举妄动必受其报。"格里沙·艾萨罗夫模仿卡车司机意义含糊的讲话风格说。

艾纳芙正静静地等待怀孕期结束，一天晚上她告诉丈夫托墨：

"他成了新闻哩，你爸爸。"

托墨耸耸肩，不吱声。

"我认为你应该做点什么。毕竟是你们家的人呀。"

托墨年轻的身体做起制备干草的费力活时没人比得上他，但是他却讥讽地对他妻子笑笑，伸开他巨大的手臂说：

"为什么该我做呢？我又不是他的父亲。如果老头想干蠢事出丑，愿他好运。母亲比他也好不了多少。"

　　真的，布朗卡不比她丈夫好。这一切都是由她开始的。但是这一事实并不能减轻她目前的不幸。常常，在床上她转过脸去对着墙壁哭。鲁文咬着嘴唇不谈此事。他能说什么呢？他亲热地抚摸着她的面颊时一声不吭。他的心是沉重的。可是他并没有改变他的习惯。每天晚上他穿过草地到布朗卡那里并与她坐在一起，直到埃兹拉要回来之前。但是现在已有好几天他恢复了他们早年怀着纯洁而理智的友情时的习惯。他满足于与她坐在一起，喝喝咖啡，津津有味地嚼着葡萄，尴尬地谈着艺术，直到她用手捧着脸，终于支撑不住地哭了一阵又一阵。

　　如果慕尼黑的泽卡赖亚·西格弗里德有信来，布朗卡就把它交给鲁文，让他看看他妻子的简短的附言。然后他们并排坐在长沙发上，手握着手。鲁文像初恋的小伙子一样沉默。布朗卡也默默无语。她在为未来的孙女织帽子。有时他带来一本书，像过去的好时光那样，两人一同读。有一次布朗卡望着鲁文的嘴唇说：

　　"要出什么事了？告诉我，告诉我。"

　　"事情不妙。"鲁文说。

　　但是最坏的情况还没发生。的确，诺佳有时半夜醒来，在黑暗中溜到矮树丛的后面去迎接返回的司机。但是，埃兹拉怀着笨拙的感情把她的头靠在他多汗的胸部，抚慰地摸着它并叫她回去睡觉。有一次他甚至吻了她。芒德克·佐哈尔那天晚上值班，他亲眼看到的，而且准备对此事起誓。而芒德克是一个可靠的见证人。但是天很黑，守夜人看不见姑娘的热泪，因此对吻的性质作了错误的判断。它是热心肠的、父亲般的吻，是世上再纯洁不过的。

第十五章
妇　人

这一周末尾时热浪袭来了。充满杀机的干旱从东面的山脉流下来想吞没我们。天空灰蒙蒙的，好似沙漠升在空中飘浮过来倒盖在我们小小的屋顶上。酷热用它残忍的爪子破坏我们的生命力，带来了极度的疲倦，折磨着身体并压迫灵魂。尽管有精致的冷却设备，母鸡还是一打打地死去。母牛变得很固执，赫伯特·西格尔得用鞭子赶着它们去挤奶棚。树木变成灰色的，并且发出干燥的沙沙声。草地上出现了一片片的焦黄色。基布兹的男男女女为一丁点小事就吵得很凶。为了顾全面子，我们不愿把弗鲁玛·罗米诺夫在这可怕日子里的某一天凶狠地骂布朗卡的话说出来。但是有一点我们是可以讲的，即布朗卡气得直哆嗦，并于下午来到鲁文·哈里希的房间，招手让他出来，以免孩子们听见。她上气不接下气地宣布，她再也受不了啦，得由他看在上帝的分上去做一个真正的父亲早就该做的事。

因此正是弗鲁玛·罗米诺夫的话引出了，即便是间接地引出了，鲁文·哈里希一直想要逃避的父女之间的谈话。

他俩在基布兹办公室前面散步。这时是晚上八点钟。空气黑暗而令人气闷。他们轻声地谈话。

"我想问你，你是否想，诺佳。"

"那是什么问题，爸爸？我不懂你是什么意思？"

"你是否想……最近几周你是否想一个单一的思想，或者根本什么也不想。"

"我不是游客，爸爸，因此请你坦率地讲，不要旁敲侧击。"

"我会讲的，诺佳。我会的。我一会儿就谈。我不会旁敲侧击的。我希望你也能跟我谈，完全开诚布公。真诚地。"

"我不总是这样的吗？"

"或许。告诉我，诺佳，你知道这儿的人们最近说你些什么吗？"

"这儿的人们最近说我些什么，爸爸？"

"他们说什么你知道得很清楚。闲话。讨厌的闲话。"

"说刻薄话的总是那些不幸的人。"

"我……我希望我们相互理解，诺佳。不要迫使我也讲刻薄话。"

"怎么，你不幸吗？"

"你为什么反驳我，诺佳？这使我伤心。我不希望我们争吵。我希望你幸福。"

"天热，爸爸。我热。我们大家都热。就怪这热浪。你为什么想在这时候谈闲话？你为什么认为生活全在于谈话？还有别的事嘛。并不只是谈话。谈话并非一切。你为什么总是要解释每一件事。为什么每一件事都得加以解释？如果有的事没有予以解释，天也不会塌下来。"

"有些事情……"

"是的。我知道。有些事情。弗鲁玛对布朗卡讲了些令人讨厌的话。我知道，达芙纳听到了并告诉我，而我憎恨谈话。正是由于这些话，你现在才在大热天来和我谈。够了。让我们就此打住吧。"

"别管弗鲁玛，也别管布朗卡。我想和你谈谈，诺佳。关于你。"

"你想谈而且一直在谈，但你并没有真正地谈。"

"我正在谈。我要谈你的新……就直说了吧，新友谊。我只想知道：

你到底想没有想。"

"友谊?"

"是的。"

"埃兹拉?"

"我……是的。埃兹拉。"

"告诉我,你是否感到……不好意思?你是觉得难以直截了当地问我?我得离开埃兹拉因为布朗卡……啊,这很简单,这很简单,爸爸,很简单,而你却踮着脚尖走,好像我是玻璃做的一样。我不是玻璃做的。我理解。这很简单。或者你和布朗卡,或者我和埃兹拉,而你在先,因此你有优先权。这很简单,爸爸。"

"诺佳……斯特拉,听……你为什么……你为什么这样提出……听我说。"

"我听着哩,爸爸,我一直听着每一句话。你不必叫我听。我全神贯注地听着哩。"

鲁文·哈里希感到有些困惑。他为难地轻咬上唇,搜索着合适的词句。酷热令他思想混乱。手上的汗弄污了他的脸,脸上的汗又粘在他手上。他的胸部有被什么东西刺了一下的奇怪感觉,它不等他感到痛就消失了。同时斯特拉像个顽皮的小鹿一样,用背对着他,并用她的脚刨地上的土。她的脸上做着鬼脸,又好像在笑。鲁文想要抚摸她的脖子。她却走开让他够不着。

"让我换一种说法,诺佳。瞧。你已不是孩子了,对吧?我不想干涉你的私生活。但是我不希望你毁了自己的生活。我就这意思。我要说的就是这一点。"

"你真可爱，爸爸，"诺佳突然说，"你真的很可爱。"

她的面孔在黑暗中发亮。但是说来奇怪，她的牙齿却打战，好像她病了似的。他感到痛苦。他感到痛苦，现在他又要开始谈母亲了。啊，可怜的爸爸，愚蠢的爸爸，如果你明白我是在你这一边的就好了，只是我不能说，因为……

鲁文是感到痛苦。他没想到谈话会这样的。她避开我。我跟她谈话而她却跟我兜圈子。她在想什么？你永远说不清她们在想什么。她们跳舞。你说话而她们跳舞。她们两人都一样。外表上她们显得平静，但内心却是游离不定的恶魔。但她不是。我不让她这样。她是我的孩子。

鲁文深情地、半开玩笑地问：

"说正经的，斯特拉，是什么恶魔附在你身上了？"

诺佳也深情地、半开玩笑地回答：

"一个奇异的恶魔，爸爸。一个悲伤的、聪明的、充满了爱的恶魔。有时他令人害怕，但是他是个温和的恶魔。一个疲倦的恶魔。"

"现在我要告诉你一些事，"鲁文说，"是关于你母亲的。"

"不，"诺佳说，"别讲啦。我不要听。"

"不，你要听。你必须听。"鲁文·哈里希说，想让她充分地认识他意想不到的优势。

"不。我不必听。我不要听。我什么也不想听。"

"当那可怜的汉伯格来的时候，你的母亲讨厌他。我没有夸大：她讨厌他，但是她的行为是有礼貌的。他是她的近亲，他们在一幢房子里长大的，但是显然战争使他堕落了。你母亲是这么想的。她说他变了。他不是那个在她是小姑娘时许配给她的小伙子。他是另一个人。一个模仿那死去的小伙子的言语和举止的小丑。嗯，再说，战争期间他的确是在瑞士度过的，靠投机倒把赚钱。关于这事以后什么时候我也会告诉你的。你的母亲说她希望他快离开。明天。立刻。是我劝她要对他以礼相待。毕竟他有过艰辛的生活，吃过许多苦。但是你的母亲恨他。他聪明，常讲像'驯服的山鹑'之类的话，然后就奸笑。你的母亲叫他看在上天的分上住嘴，他就会眨眨眼说，例如，'Gold und Silber'或者'Raus，Raus，Dichter'。① 这些话深深地伤了你母亲的心。顺便提一下，他关于女人谈得很多，很多。"

"我没在听。"

"大部分时间由我照应他，因为你母亲不愿亲近他。我带那可怜的人去耶路撒冷，去塞杜姆和埃拉特。每个地方，每个景观，每个名字都使他想到淫秽、下流和玩笑。他故意在我身上花许多钱。试图用他的龅牙哈哈笑表示友好。他牙齿很大。他谈论女人。而且他眨眼睛。"

"我没听。"

"有一次我们从餐厅出来，他，你母亲和我，他眨眨眼问道，你们这里真的实行自由恋爱吗？他一笑，露出他所有的牙齿。你的母亲讨厌得跑了开去。当她回来的时候，他唱了一首德国托儿所里唱的儿歌，讲述园丁弗朗齐朝地窖里偷看并看到王子的孩子们在祈祷。那天晚上你母亲说让他明天走，让他立刻走。明天。他和我们待了没多久。或许两周吧。然后突然地……"

"你讲的我一个字也没有听。你在讲给空气听呢。"

"然后有一天我到特拉维夫去，亲爱的斯特拉，那是可怕的一天，第二天我回到家便什么都没有了。你的母亲陷入了某种疯狂。她和那野猪

---

① 句中的外语为德语，意为"金子和银子"和"出去，出去，诗人"。

走了。但是在她心里，我心爱的诺佳，我知道在她心里她对这一切感到后悔。她的痴心毁了她。我。我们。一个月后，她从欧洲写了一封长信给我，倾诉衷情。她的艾萨克一度是个天使，他们小时常一起在钢琴上弹二重奏，阅读诗歌，写字，画画，但是苦难的遭遇使他堕落，而她感到得由她，而且只有她来净化他。就这样，我们失去了你的母亲。那时你还是个刚刚开始学走路的孩子①。"

"爸爸，别再说了。我的好爸爸。请，请停下吧，爸爸。"

"她的痴心毁了一切。我现在不旁敲侧击了。我在直截了当地告诉你哩，诺佳。"

"你对另一个人干了同样的事。"

"不，我没有。你怎能拿它来比较？布朗卡和我……"

"你和布朗卡。我和埃兹拉。那就是生活。它不是谈话造成的。它是丑恶的。我要你现在就停止。停止谈话。"

然后，没有什么缘由，姑娘把父亲拉到附近一棵树的阴影下，吻了他的脸，同时发出一声哭泣，它听起来好似捂住嘴的笑声或是小狗的叫声。鲁文欲言又止，轻轻抚摸着女儿的头发并喃喃地说："斯特拉，斯特拉。"他低声叫她要当心，而诺佳——用好似另一女人的柔和的低声——告诉鲁文说，她爱他而且永远会爱他，可是热浪却无情地肆虐，甚至对强烈的激情也无动于衷。

诺佳到那废弃的马厩去等埃兹拉返回。黑暗和腐朽的气味这一次使

---

① 作者前后矛盾，前面说伊娃离开时诺佳十二岁。

她感到害怕，她便在马厩门口等着。她坐在一块黑暗而朽败的木板上陷
入沉思。受苦的遭遇使他堕落，而她感到得由她来使他净化。我们就是
在这儿找到那根绳子的。这是不久前的事。这儿有马是许久以前的事。
现在已不再用马了。它们鼎盛的时代已经过去。马是极好的动物。马是
强悍的动物。马是矛盾的。它会很狂暴，在旷野里飞奔。马出汗时有野
性的气味。我想到马的气味便感到头晕。爸爸说，他像马一样有很大的
牙齿。疾驰的马是世上最美的动物。战争期间他在瑞士，靠投机倒把挣
钱。投机是错误的。园丁弗朗齐，他看见了什么，王子的孩子们在黑暗
的地窖里做什么？他说的"驯服的山鹬"是什么意思？那样子多笨拙啊，
他把我拿给他的水往喉咙里倒，而不把杯子放在嘴唇上，水溅到他的下
巴上，顺着脖子下淌并消失在胸前的毛堆里。多么强壮。他开车时想到
《圣经》，比如想到拉结、利亚和她们的孩子们。"利亚"在希伯来语里有
"疲劳"的意思。那很美，但却悲伤。他连绿松石是什么都不知道，但是
我教会他了，因为我应对他负责。Raus，Raus，Dichter 是什么意思？我
希望知道。外面很热马厩里凉爽宜人我害怕往里面去别害怕园丁弗朗齐
是个好人他不会告发小公主的。妈咪比我漂亮。我有一次穿着她的淡蓝
色的睡衣而他在小道上遇见我并说 Gold und Silber 然后看看我却避开我
的脸然后他转过头去看着别处。爸爸相信她心中对这一切感到懊悔。你
心中不懊悔。只是文学语言而已。他问我们这儿是否实行自由恋爱。妈
咪要他离开。但是我也是爸爸的女儿。绿眼睛。这是真的。现在仔细听
着，埃兹拉，有一件事你必须记住。我爱马因为它狂暴而我必须使之净
化因为我有责任。已经快半夜了。现在不会很长了。你快要回来了。园
丁老弗朗齐偷看别人，真丢人。而且，你知道，绿松石色里有矛盾：它
是蓝的又是绿的，就像马，既能温和也能狂暴。

　　埃兹拉今夜与太巴列湖的渔民朋友们消磨了很长时间。他到凌晨一点才回到基布兹。卡车还没有停下来，诺佳已跳上踏脚板。她把头伸进车子里，笑了，她的牙齿直打战。她一定病了，脸烧得通红。回床上去吧，小姑娘，你浑身颤抖，你疯了吗？是的，埃兹拉，是的，是的。你不舒服，小东西，走吧，绿松石，向前走——去床上吧，听见没有？小宝宝，别争了。不，我听不见，我一个字也听不见。你病了，傻瓜，你发烧了。小熊感到有羞，很晚不睡着了凉。别讲话，埃兹拉，我不要你讲话，我要你用你的手臂搂住我并向我解释"驯服的山鹑"是什么意思，还有另外两个词的意思，但是我已经忘记是哪两个词了。不，绿松石，你思想混乱，你不知道你在干什么。我知道。我知道我要什么。我要你用手臂搂着我并且别讲话，别用谚语讲话。别讲话。

　　埃兹拉握住她的瘦瘦的手臂并试图带她去她的房间。诺佳不让他走。她进行反抗。她站在原地不动。埃兹拉不想使用暴力强使她回房。他不知如何是好，便停下来看着她，他身子乏极了。夜色尚浓且令人压抑。远处狗群发出野性的嚎叫，黑背豺也嚎叫着与之呼应。夜充满了隐秘的愤怒。诺佳浑身颤抖，紧紧地抱住那男人有力的身体。他试图松开她的手。她用指甲紧紧抓住他的衣服。他多毛多汗的胸部感受到甜美的吻。她把他一小步一小步地向后拖向那爱神木丛林的暗处。谁教她的舌头如此温柔地舔他的咸咸的脖子？谁教她的手指如此伶俐地抚摸他的后脑勺？激情使他难以自制，他跌倒在地，他沉重的双手放在她的肩上。他的声音不听使唤，讲不出话，而只有干巴巴的呻吟。诺佳感到惊吓。她现在懊悔并试图逃开。他的握力沉重而可怕。她的目光忽闪几下就闭上了。她的身体苏醒了并充满了可爱的激流。温暖的战栗从她身上可爱的一部分传向另一部分。她的呼吸变成了喘息，她的嘴大张着，她的细小的牙齿一再咬入那看不见的肉体。她下面的土地微微动了，把震颤的波动送往她全身。她的身体漂浮在不断扩展的波浪上。急流从被遗忘的兽穴喷出，强大而残酷，淹没了她。一浪一浪又一浪。头脑一阵阵地昏迷、发烧。沸水猛打着她的身体。沸油。燃烧的毒药。可爱的沸腾的毒剂长驱直入进入她的骨髓。一声被压抑的尖叫，闪光一下一下地逐水而去，波浪不是黑的，它们在闪闪发亮，一架急速飞行的喷气式飞机掠过她的病体向隆隆的瀑布飞去。

两三小时以后，晨曦勾画出百叶窗的板条。她在被窝里翻动身子。奇异的、隐秘的感觉。她的身体不由自主地蜷曲起来，膝盖收回来顶着下巴，紧贴着胸部，手指抚摸着皮肤。一首歌像水槽中的雨水一滴滴地从她心中流出：

> 从死海到杰里科
> 石榴花儿香喷喷，
> 一双眼睛，一对鸽，
> 一个嗓音像铃声。

她的皮肤能听见它们。她能听见铃声。

第十六章
仇　恨

　　热浪又无情地折磨了我们六天。如果你伸出手去碰一碰板凳、墙壁、喷灌龙头、楼梯扶手，这些没有生命的物体便会以炽热的仇恨来回报。鲁文·哈里希把这折磨铸成诗句，想借以减轻苦恼——尽管这似乎是难以办到的。

　　　　　炽烈的酷热强烈地照射着
　　　　　蝎子的巢穴和蛇的隐蔽所。
　　　　　你离开你干旱的沙漠，
　　　　　那妖怪和恶魔的老窝，
　　　　　你灼热的脚把平原践踏，
　　　　　所到之处一切都窒息萧飒。
　　　　　人们气喘喘找不到躲藏处，
　　　　　最坚强的人也得认输；
　　　　　喘吁吁的声音恳请又乞求
　　　　　从焦黄的热浪中得解救。

　　同时敌人加强了挑衅。我们的田地不分昼夜经常遭到子弹袭击。然而却没有人员伤亡。敌人很小心地不超越界限。他们满足于骚扰我们，并提醒我们：他们就在那儿，决心消灭我们。

周末，部队的一个小分队在葡萄园里掘壕固守，并把机枪指向设置在半山腰上的敌人阵地，那阵地所在的土地，两国间正进行着流血的争夺。我们的军队受命不要刺激敌人。如果敌人发动重大的行动，如果一辆拖拉机由于射击而被切断了去路，他们必须掩护它并将它解救出来。命令禁止他们回击时胡乱射击，以免加剧目前的紧张。他们还受命挖一些战壕，这样在沿边界田地里工作的人如果受到袭击可以有藏身处。在令人窒息的热浪中，即使在夜间挖战壕也不是一件很愉快的工作。我们的士兵从意想不到的地方得到了支援：奥伦·盖瓦和他的朋友们在一天的下午前来表示愿意提供帮助。指挥官想斥责这些闯入者并让他们离开，但他还来不及这么做，他们已挖好了两三个很好的战壕。军官耸耸肩，告诉他们在哪里挖和如何挖。

这个新的问题在基布兹的教师间引起了互相矛盾的意见。赫伯特·西格尔认为，这除了会使孩子们暴露于明显的危险之中外，还会鼓励军国主义的态度。说来奇怪，起决定作用的是鲁文·哈里希的有力的意见。他说，首先，没有谁能制止他们。其次，这可以为他们过剩的精力提供一条建设性的出路。

小伙子们有好几天起劲地投入他们的工作。他们工作得很好，而且得到了丰厚的回报：指挥官对奥伦·盖瓦的赞扬，身处前线的满足感，小伙子们词汇的丰富和增长，秘密触摸闪亮武器的特权，而且甚至——愿这事不要传入反对者的耳中——得到非官方的允许去擦擦冲锋枪并给它上油。

吃过晚饭后，一小群一小群的人聚在一起讨论形势。一些人解释并说明某些迹象；另一些人认为敌人只是出来显示一下他们的存在；还有的人断言我们所见到的是一次交战的前奏，就像三个月前的那次交战，那次他们是以伏击一辆拖拉机开始而以重炮火轰击一座基布兹结束。另一个话题是有关报复的问题。大多数比较老的成员认为我们最好不要火上浇油。区议会的头芒德克·佐哈尔争辩说，只要敌人不发动真正的进攻，我们还是以庄严的沉默来表示我们的轻蔑为好。波多尔斯基从工作花名册上抬起头来，表示同意芒德克·佐哈尔的意见，并加上一句说，我们决不能干他们希望我们干的事而让他们占便宜。

年轻人的想法却不同，这也是很自然的。托墨·盖瓦把一只大手放在波多尔斯基的肩上说，波多尔斯基呀，波多尔斯基，我不得不非常难过地告诉你，亲爱的阿拉伯人没有读过托尔斯泰和罗莎·卢森堡①的著作，而且我恐怕他们也不怎么熟悉圣雄甘地②。但是有一种语言他们非常精通。不来一次毁灭性的打击，一次如他们所说的狠命的打击，我们永远不能制止这些杂种和他们该死的骚扰。

格里沙·艾萨罗夫虽然已算不上年轻人，却有着青年的性格。他赞同托墨的说法并说道：芒德克，预防胜于治疗，你的美好的意见会付出生命的代价。至于你，波多尔斯基，你没什么可怕的。他们发现你软弱便勇敢，当你给他们一拳他们就成了懦夫。我已经了解他们三十年了。他们一直没变也永远不会变。有一次，在一九四六年，我出去给他们的一伙人设置埋伏。不是一次普通的埋伏，尽管……

同时军事当局保持绝对沉默。一个星期五的傍晚，一群高级军官来

---

① 罗莎·卢森堡（1871—1919），德国社会民主党领袖和德国共产党创始人之一。
② 甘地（1869—1948），印度民族运动领袖，首创"非暴力主义"，多次发动"非暴力不合作运动"以反抗英国殖民统治。

我们这里访问。我们用冷饮和水果在餐厅里接待他们。他们以微笑和摇头回答我们所有的问题。然后他们在外面四处走走，花了二十分钟，低声地交谈了几句，同时一个矮矮的上尉起劲地跟着跑，为他们展开或卷上地图。他还示意好奇的小伙子们不要靠近。盖·哈里希的一伙孩子们怀着敬意站得远远的，他们的嘴大张着，头偏向一边，金黄色的头发披在前额，眼睛里有着好奇的闪光。

那一夜格里沙·艾萨罗夫的威望猛增。他在那些高级军官中发现了他在犹太旅①的一位老伙伴。他们不期而遇，相互进行了热烈的紧紧拥抱，年轻人则惊讶地在一旁观看。格里沙甚至被允许参加他们最后几分钟的会议，但是不幸的是他没有设法使他的声音适应于他们的压低的声音，而是用他最高的声音发表意见。艾萨罗夫家的七个孩子，包括达芙纳，那个晚上都乐滋滋地戴上了荣誉的光环。

星期日另一小批军官来访问我们，这次级别较低。他们视察了掩蔽所和战壕，而且颇为担心地查看从基布兹办公室引出来、沿着草地架在一系列粗糙木杆上的电话线。他们中有一个人单独去查看诊所和护士的医药装备情况。最后，他们在餐厅里的一张单独桌子旁坐下，桌上有一壶壶的果汁和一篮篮的水果。他们邀请基布兹的书记兹维·拉米戈尔斯基与他们坐在一起，同桌的还有胡子蓬乱、穿着涉水靴的格里沙·艾萨罗夫以及较为年轻的男子，如托墨·盖瓦，他在部队当过军官。

真可惜，后者傲慢地拒绝向我们转述那次具有很大吸引力的谈话的要点。在回答你们的问题时他们只是守口如瓶地摇摇头。如果你坚持要问并缠住不放而且发誓保密，他们会心软下来，用如下的半句话把你打

① 在第二次世界大战中，犹太旅由英军指挥。

发掉：

"它会是激烈的。"

奥伦的那一伙人也准备以他们那躲躲闪闪的方式告诉你：

"它会是一场大的战斗。"

最年幼的一群，盖和他的朋友们，敏捷地把这些暗示转化为行动。星期一的傍晚基布兹的院子里充满了喊声和喧闹、蹦蹦跳跳的脚步声和打仗的声音，而在黄昏时那座面朝基布兹大门，在大门西部的小山遭到袭击，一面以色列的旗帜耀武扬威地插上了小山。

即使像我们这样与军事离得远的人也明显地感到在这热浪滚滚的闷热中要发生什么事。负责安全工作的格里沙·艾萨罗夫已从鱼塘的工作离开了好几个小时，并在另外两三个社员的帮助下，一起打扫、整顿掩蔽所和战壕。

格里沙·艾萨罗夫年约四十左右，不是我们基布兹的创始人。他是在第二次世界大战前两年参加我们工作的。战争爆发后，他自愿参加犹太旅并获得英国女王武装部队准尉副官军衔。战后他回到基布兹，体重增加了，蓄了胡子，还带来了讲不完的趣闻轶事。难怪埃丝特·克利格，那位具有惊人技巧、能在树桩上创作抽象雕刻的托儿所教师，屈服于他的魅力。格里沙安静休息的时间不长。在意大利作战后回来的三四个月内，他让埃丝特怀了孕，与她结了婚，并参加了地下部队。关于他在反对英国殖民者争取民族独立的斗争中作为地下军连长所取得的辉煌成就，他愿高兴地向你讲述到半夜。如果他在忙鱼池的事，那么他的丰满的女儿达芙纳或其他六个孩子的任意一个都可以向你讲述这些故事，这些孩子和爸爸一样，体格壮实，而且无论男孩女孩，他们的上唇部都长着细细的软毛，格里沙常常开玩笑地把这称为他的小分队的标志。

如果不是由于某种不幸事件，格里沙可能在军中升到更高级别；他就能在星期五晚上按他的本分而不是作为优待参加高级军官那一伙。没人确切了解那过早地中止他似锦的军中前程的过失的细节。据我们的老盟友说闲话者讲，这事涉及处罚他手下的一个士兵，处罚超越了部队规定的界限。按格里沙本人讲，现代以色列军队比较适合玩具兵而不适合于战士。具有他这种能力的人不应该把生命和才能浪费在这支由持戟兵和服装华丽的轻骑兵所组成的、并由衣着俗气的海军上将指挥的部队里。

不管怎么说，独立战争最后两年格里沙回到了麦茨塔特·拉姆来，并肩负起管理鱼池的艰巨任务。他坦率热情的态度使他受到周围人们的喜爱。他众多的子孙引起人们愉快的戏谑。格里沙·艾萨罗夫还全心全意地热情处理基布兹的安全问题，尽管不免要带点轻浮。比如，他偶尔会放下渔网，挺直他宽大的背部，向敌人阵地投去凶狠的阿拉伯语咒骂。或者有时他像一个巨大的摆腹舞蹈者那样向他们摇摆臀部，然后发出可怕的笑声。但他这人也不忽视细小的工作，如修理破担架，仔细察看弹药，或者如最近那样打扫、整顿掩蔽所和战壕。

对于赫茨尔·戈德林来说，这是个困难的时期。他几乎没有时间演奏手风琴。由于酷热，植物需要比平时至少多浇一次水，即使这样也无济于事。而胶皮软管又不够。他一再缠着会计伊扎克·弗里德里克，请他拿少量的钱买点塑料软管，但是每次"弗里德里克大帝"总以种种借口来搪塞：要么是月初，我们怎么知道是否有足够的现金支撑到月底呢？要么是月底，谁到了月底还有余钱呢？如果他要求一个大数目，可能他现在已得到了。但是如果你为了一个重大的目的而需要一个小数目，他们就用一个又一个借口来搪塞。这在这整个地方是有代表性的。因此

　　当赫茨尔·戈德林与他的妻子尼娜关了灯坐在他们的小阳台上时，他便对她发牢骚。

　　整个基布兹的地上但见植物因为酷热而低垂着头，变得枯萎而软弱无力。你才把软管安好去浇基布兹这一边的花，另一边的花已开始蔫了。而赫茨尔·戈德林这人一看到植物枯死就感到心痛，因为他喜爱他的工作。

　　赫茨尔·戈德林对花坛的奉献在基布兹是出了名的。他属于德国派，在他内心的深处他从没设法使自己顺应俄国人的作风。他们是那么朝三暮四。某天他们满怀同情并请求让他们在他们工作之余来帮助你平整草地、清除杂草；另一天他们对你的要求和恳请充耳不闻并把手推车里的建筑垃圾倾倒在他们那么热切地自愿帮助整理的草地上。是的，赫茨尔的妻子也是个俄国人。但是尼娜由于她拘谨缄默的态度而与她的女同胞不一样。多少年来她一直担任管理厨房储存品的工作，因此养成了节俭、讲卫生和开朗的性格。像她的丈夫一样，她也具有良好的审美意识。他们的房间亮闪闪，一尘不染，按欧洲风格装饰得很雅致。的确，那漂亮的地毯、书架和五斗橱是用德国政府支付给赫茨尔的钱购买的，这钱是为了赔偿他家失去的财产的，但是我们一定不要为这事而严厉地批评他。他把收到的钱几乎全部转交给伊扎克·弗里德里克了。我们一定不要因为他留了少量的钱装饰房子并买了一架手风琴而批评他。除这些东西外，他的生活中还留下什么呢？他们的唯一的女儿还在婴儿时便患白喉死去了。他俩没有儿女，自然就想把他们小小的家弄得尽可能好一些。这是可以原谅的人性的弱点。

　　有谣传说，戈德林夫妇并不是快乐的一对。每天晚上他们坐在黑暗的阳台上的安乐椅中，既不讲话也不做事。有时赫茨尔得去关喷灌装置的水龙头，他说去的时间不长，而他说到做到。他们的房子很安静。晚上仅有的声响来自广播和赫茨尔的手风琴。令我们永远感到惊异的是他竟然演奏进行曲。戈德林夫妇晚饭吃得早，餐厅里人不多时他们便吃完了。他们向每个人，包括陌生人，打招呼，但要与他们进行友好的交谈却不可能。赫茨尔茫然地同意你对他讲的每一件事，好像他只希望你让他安静。尼娜则表现出过分关心，好像她竭力想让你认为她是关心你的，而实际上，她只是想让你相信她是关心你的。

赫茨尔不参加基布兹的会议，只是时不时为抱怨有人毁坏了他的花木才到会上来。在这种时候他总是红着脸，皱起鼻子并冷漠地宣布，如果他们希望他辞职，只要提前一刻钟通知他，他立即照办。如果他的意见被接受了，他会继续说，做比说更重要，然后立即离开会场，因为他对程序中的其他事项不关心。如果他的意见没被接受，他便说他的辞职立刻生效，然后也因为同样的原因而立即离开会场。但是第二天早上六点，他又像平常一样用他的割草机打破了院子的宁静，而且只字不提他的辞职要挟。每隔几天他会为了一点小事而发一顿脾气并咆哮着对某人骂一句："我巴不得你死了才好。"然后他又恢复了他习惯性的礼貌。我们有些年轻人或是由于他割草机的恼人的噪音，或是由于其他的原因，给他取了个"牙科医生"的外号。这个称呼并不风趣，也没有得到我们的赞同。

不管怎么说，他是个极好的园丁，他的忠诚、想象力和鉴赏力已把我们的基布兹变成了一个令人赏心悦目的花园。由于他，我们才没有某些基布兹土地上那些难看的地段，那些杂草丛生的苗床和那一堆堆的建筑垃圾。要不是因为那些恶作剧的俄国人，它还会更加可爱。这是赫茨尔·戈德林许多年来的看法。他们缺乏最基本的文化素质。读书写字就是文化吗？不，差得远哩。不，鲁文·哈里希，文化是涉及日常生活的问题，是为细节而不厌其烦的问题，是培养一般的审美意识的问题。这些人跨越草地，留下丑陋的、光秃秃的狭条，把垃圾倒在丛林里，践踏幼芽，为什么？就为了走捷径或纯粹出于粗心大意。多么令人悲哀。我们的孩子，包括德国人的孩子都学会了这种腐败的文化，这种虚伪的文化。情况日益恶化。腐败就像攀缘植物一样：如果你不无情地把它连根铲除，它就会消灭一切。

赫茨尔透过他的太阳镜望着你。他的样子局促不安，却不让你难堪，但你仍然感到羞耻，低下目光，结结巴巴地说了句道歉的话并答应赫茨尔·戈德林永远不剪他的枝叶去装饰房间。但是你一定会违背诺言。但是究竟为什么一个人要为他在自己家里采取的步骤感到羞耻呢？如果说赫茨尔·戈德林在他内心隐蔽的深处痛恨你，那又有什么奇怪呢？

每天下午四点半钟，装着邮件的红色货车便以它从喇叭里发出的空洞的、母牛似的吼鸣宣布它的到来。兹维·拉米戈尔斯基从办公桌上立起身来，桌子的上方挂着他兄弟艾伦的照片。"好啦，我来了。"他心不在焉地咕哝着，好像有谁会听到他的声音而停止喇叭的鸣叫似的。他急忙走出去，来到棚屋前灰蒙蒙的广场上。半路上他拍拍前额，又回去拿他匆忙中遗忘的一份寄往外地的邮件。然后他挤进车旁急躁的人群，交换了邮包，并大声喊着收信人的姓名。盖·哈里希紧抓住那些幸运儿并向他们讨邮票。奥伦·盖瓦看一眼车篷上的银徽章，勾起了不可思议的遐想。同时，赫伯特·西格尔怀着虔诚的惊叹收到一张新唱片并仔细考察包裹上的字。芒德克·佐哈尔也在这里，给他的亲戚寄去一包蛋糕。

我们生活在一片小小的离得很远的土地上，在我国的最东北部，是远离市镇的一个小村庄。像从古至今各地孤单的社会里的居民一样，我们喜欢收到信件。让我们想象我们有权窥视不是写给我们的信件，看看我们能窥探出有什么样的令人兴奋的事。

比如，这儿是拉米·里蒙写给他以前的女朋友的信。信中既没有指摘也没谈到和解。这是一封很短的信：先是必不可少的问候，然后简要地描述了他的初步训练。家里有什么新闻？我的身体还是老样子，我还有件走运的事等以后再告诉你。伙食不坏。睡眠不足。可是人可以习惯任何情况的。你忘记了某些东西而学会了另一些东西。我希望在我到达边境之前那里的情况不要变得太激烈，因为我希望能赶上参加战斗。没别的事要说。如果能够的话，时不时给我母亲讲几句好话。她一定感到很难受。如果你愿意，请来信。

弗鲁玛也收到了她儿子的信。拉米写给弗鲁玛的信比他写给诺佳的信还要短。没有叙述他的训练，连简要的叙述也没有。也没提到睡眠不足。他只说他很好，他同帐篷的都是些愉快的小伙子，还说他健康极好。他希望她别日夜为他悲哀。他不久就要休假回家了。最后，好像经过反复考虑后他说甜饼干很可爱，妈妈，如果能再寄点来那真好。

当然，弗鲁玛不久就要烤一些给他寄去。可惜她现在与别人的关系不好，老是激烈地争吵。

内赫米亚·伯杰博士从耶路撒冷给他的弟弟和弟媳寄来了信。他感谢他们邀请他来住。他几乎已上路了。不，他不害怕边境的形势。相反，他有时感到耶路撒冷凄凉得可怕。他感到很烦，以致不能集中精力从事研究，因此就浪费时间从事可笑的翻译工作来赚钱糊口。一个人凭机械的翻译可以挣到五倍于他从事独创性研究的所得，这是怎样一个悲喜剧

式的奇谈怪论。他也不怕山谷的酷热。耶路撒冷可能凉快些，但是那儿
的干燥使他病倒了，并吸干了对创造性工作至关重要的智慧之浆。首要
的是，他承认他非常想再次见到他的亲戚。我在这儿过的是什么样的生
活呀？没有妻子，没有孩子，只有痛苦的研究工作，谁说得准我是否能
活着把它完成呢？有时我对自己说，内赫米亚，犹太社会主义史是充满
奇事和奇迹的复杂结构。你是什么人，想要探测它的奥秘？但有一件事
我是知道的，而且直到我死去的那天我仍将坚持：谁要是说社会主义是
我们花园里的一棵由外国引进的植物，他就是胡说八道。我们从来不把
我们民族对救世主的热切期待与拯救社会的目标分割开来。但是要证明
它就得观察几千年走过的路，东一点、西一点地收集一些遗存的片断，
并且不要在细小的枝节中迷失方向，忘记了根本的命题。这是一项令人
厌倦的工作，而除了你们，我最近、最亲爱的埃兹拉和布朗卡，还有
你们的孩子们外，我又能同谁谈谈这事呢？这倒使我想起来，艾纳芙身体
好吗？离分娩不久了吧？我希望并祈祷一切顺利。我们的弟弟泽卡赖亚
寄来一张美术明信片。他可能来，但是他没谈任何详情。他是否经常
给你们写信？问候奥伦和小托墨——他或许不那么小了，还有艾纳芙。
我不久就要去看你们。祝一切顺利。你们亲爱的哥哥，内赫米亚。

　　而西格弗里德怎么样了？西格弗里德的来信颇为奇怪，洋溢着不同
寻常的欢乐。你们的土地上是否最终有了和平？诅咒以色列的敌人们，
他们不让我们安安静静地赎罪而拯救灵魂。你们要好好照料自己。让艾
纳芙离开边区去分娩不是更好吗？我们有一个哥哥在首都，他会乐于照
料她的。考虑一下我的劝告。这儿一切很顺利。我的生意兴隆而且“正
向基督徒们发泄我的愤怒”。我已雇用一名昔日的盖世太保做我的看门

人。你要能见到他对我鞠躬并用脚擦着地板后退的样子，你一定会像我一样高兴。看到我的敌人被置于我的权力之下，我真痛快极了。报复的确是甜蜜的。比蜜还甜。我现在已经有了金子和银子，他们都争着侍奉我，用德语说"是，伯杰先生"，"请，伯杰先生"，"谢谢，伯杰先生"，"好极了，伯杰先生"。几周之内我就要见到你们了，那时我会把这一切讲给你们听，我们可以一起享受敌人受辱的快乐。我们的民族诗人比亚利克说过："等我离开这世界后，正义将得到伸张。"他这话不对，我要说的是，我们这个世界有正义。我，一个被烧死在索比伯火炉里的波兰犹太人的祈祷文领诵人的儿子，现在指挥着普鲁士贵族地主的儿子，普鲁士贵族地主的孙子，恶魔本人的曾孙，而他对我很感激，因为我比别的俱乐部多付给看门人两便士。我要说，这是个奇迹。神迹奇事，巨大的手和张开的双臂！顺便提一下，汉伯格又买了一辆小汽车。他现在有两辆了，一辆是他自己的，还有一辆是他妻子的。可惜钱财令他迷住了眼，他看不出它的奇妙。他也雇用了一个穿制服的司机。伊娃本人会告诉你们她的消息。我要给她留点地方。

　　伊娃说，谢谢你寄来的漂亮照片。慕尼黑这儿的天气冷而多雨。雨老下个不停。它有着某种美，但是当我想起山谷的天气时我感到忧愁。这儿的生活安静而愉快。但是生活是不会完全没有忧愁的。也不会没有各种奇怪的思想。祝你们好。告诉我斯特拉在学校的情况。你认为鲁文会不会剪下她的一绺头发交由你寄给我？请你问问他好吗？但愿我的女儿不会恨我。你的伊娃。

　　埃兹拉·伯杰读着他两兄弟的来信，他俩一个在德国，一个在耶路撒冷。当他与他的小朋友保持长时间沉默时，他又对这些信进行了思考。

事情真奇妙。如泽卡赖亚说的，奇事和奇迹。父亲常对我们说，要爱工作，恨权势并全心扑在你做的每一件事上。但是谁也不能说父亲把他的心扑在做祈祷文的领诵人上。愿他永远安息。当内赫米亚跑到利沃夫去上大学的时候，父亲为他哀悼。当埃兹拉参加运动来到巴勒斯坦时，父亲说我们都要经受考验。当泽卡赖亚离开而变成西格弗里德时，父亲说这是一次痛苦的考验。两人是伙伴，三人便成群，小诺佳。这句话中含有伟大的真理。泽卡赖亚一九四八年来到这里时说，向基督徒倾诉你们的愤怒。那就是他的终极目的。我记得他与内赫米亚发生过激烈的争论。他说，我要回到那里去，做一个肮脏的犹太人。一个邋遢的犹太佬。他就是那么说的。是的，我说，你说得对，人不是用没药和乳香做成的，但是你是我的弟弟，而且你不是天生的无赖。内赫米亚的意见不同。待在这儿，养一大群孩子，那才是我们的报复。泽卡赖亚哈哈大笑并解释一句老的谚语。他说，他们的世界立在三件东西上：谋杀、通奸和贪婪。这些便是它的三条腿。我要打断其中的一两条，就像他们打过我一样。正如我们亲爱的父亲常说的：憎恨权势，憎恨工作，憎恨你的敌人，你就会像油一样浮在污物之上。那天我们的兄弟泽卡赖亚还说：先生们，一个真正的犹太人一定要刺穿黑暗，摧毁地球的腐败根基，如我们的民族诗人比亚利克说的那样。如果他们打伤了我们的头，我们一定要打伤他们的脚跟，而他们的脚跟是谋杀、红利和淫逸。犹太律法是禁止谋杀的，但就连魔鬼也不会阻止我让他们淫逸堕落并榨取他们的钱财。因此泽卡赖亚去了慕尼黑而内赫米亚住在耶路撒冷。"对我来说生不如死。""愿上帝让我为你死去。"这些诗句也许是寓意的或别的什么，但它们是不真实的。那就是我想到的，小绿松石。如今我坐在我的葡萄藤和无花果树下，就像《圣经》里说的，而我的妻子就像多产的葡萄藤绕在我房子的四周，而拉米戈尔斯基在哪儿呢？拉米戈尔斯基已变成没有包装的骷髅。我的命运比泽卡赖亚好，比内赫米亚好，比我的朋友拉米戈尔斯基好。我是幸运的。但是这没有什么。这并不说明什么。我正在想并正巧把想的东西讲了出来，就像一个人做梦时大叫一样。听我说，绿松石，我那位住在德国的弟弟能圆梦。真的。我们没有把他扔进坑里并把他的条纹长袍展示给爸爸看。你不懂？我来解释。A：如今谁穿条纹长袍？只有阿拉伯人。B：我们的父亲已被烧死了。C：我们的会圆梦的弟弟并不喂养基督徒，他是向他们发泄他的愤怒。D：结论。没有结论。结论是类推法不起作用，你最好忘掉它，因为我累了，而现在已半夜后半点钟了。

　　埃兹拉与布朗卡之间保持着沉默。

　　因为他们生活在很小的套间，他们有时偶然地相互碰撞。那时他们就相互望望。布朗卡脸色发白。埃兹拉喃喃地说：

　　"对不起。"

　　布朗卡不提问。埃兹拉也不期盼她提问。她问的只不过是，比如：

　　"你给你两兄弟写信了没有？"

　　而埃兹拉好像掂过她话的分量后才回答：

　　"还没有。也许我星期六有空。等等看。"

　　埃兹拉大部分时间都在卡车上度过。他仅有的一点点余暇时间不是与太巴列湖的渔民朋友在一起，便与他的小朋友待在游泳池旁的树丛里。但他却没有因此而忘记布朗卡的生日。他有一次出车时给她买了一只漂亮的花瓶，静悄悄地放在她的床边。至于布朗卡，她也不拒绝送给她的礼物。大清早，她一面背朝他扣着家常便服的纽扣，一面说：

"谢谢你。你真好。"

埃兹拉简短地回答说：

"对。"

布朗卡说：

"也许你也能为我把窗帘取下来。它们全是灰，该洗了。"

埃兹拉说：

"为什么不可以呢？我可以站在这只椅子上吗？还是我必须到商店去借一个梯子来？"

每个星期日，在一周的开始，布朗卡总在她丈夫的床的脚头放一件干净的叠得整整齐齐的衬衫和一条裤子。每个星期五她取过他的脏工作服，把口袋里的东西翻出来，然后放进洗衣袋里。每天晚上，当埃兹拉开车回来后，他总发现桌子上像往常一样有一杯茶等着他，杯子上盖着茶托以保持温度。每隔三四天托墨到父母的房子来照料一下小花园。奥伦每隔三天来倒一次垃圾，倘若他的母亲提醒他，而且倘若他没陷入阴沉的情绪——这种情绪不知怎的会不时控制他。艾纳芙当布朗卡感到不舒服的时候，便在晚上用托盘带来她的晚餐，托盘上还盖着一块餐巾。最近布朗卡一连有三天不舒服。埃兹拉并没放弃每天第二趟出车，但是他在特拉维夫为他妻子买了一本有关交响乐的书，想转移她的注意，使她不会想到她的病，也不要胡思乱想。

现在讲一件英勇的行为。

在星期六的晚上，当别的成员都在一起举行一周的聚会时，托墨·盖瓦开动一辆灰色的拖拉机，拧亮了前灯，前往沿边地里去关机灌水龙头。在路上他想到许多事，比如，想到他的父亲，他仍然没有失去他年轻的活力。这是件很不可思议的事情，这事给阿拉伯人和妇女留下了深刻的印象，只有它才使你享受生活，没有它你就没精打采。途中他差点轧死一只豺，前灯照出了它，但是出于本能它逃脱了。这动物脱险后被巨大的黑暗吞没。它恐惧地在田野里弯弯曲曲地跑着，到达黑暗的尽头，在那儿休息、啼哭、大笑，声音里带着疯狂。

天气仍然闷热。群狗狂吠，炎热的夜晚狗总要狂吠的。喷灌设备流水的哗哗声和蟋蟀的唧唧声交织在一起。在这些可怕的、震耳欲聋的声音中，紧贴他的耳朵传来了子弹凶残的嚎叫声。托墨只犹豫了零点几秒钟。他确定了子弹射来的方向。他用手轻轻一按，关掉了前灯。他跳出车外，落在高低不平的路面上。拖拉机按原先的速度继续行驶，但却朝向左方，沿山坡下行。子弹追踪射击拖拉机，但青年却得救了，只是他的手臂显然受伤了。拖拉机因没有司机而沿山谷冲了下去。子弹凶猛地向它射来，把它打得千疮百孔。一声轰鸣，闪光划破了黑暗，一声沉闷的震响，一声喉部发出的喊叫，然后是沉寂。

除了那些可怜的家伙谁会在干旱山谷里设置埋伏并于夜间向百码以内的射程开火？拖拉机一直开入他们之中。他们以为那是辆装甲车而吓坏了，便朝它扔了一颗手榴弹后跑了。

第二天下午，在托墨动过手术并在一只手臂上取出两颗子弹后，他的家人和朋友们都聚在他病床的周围。大家向他祝贺，向他说明情况并同他开玩笑。就连艾纳芙的眼泪也无法冲淡那热烈的气氛。我们可以引用奥伦的讲话。首先，拖拉机没有了，完蛋了。手榴弹把它炸成了碎片。

也许引擎的一两个部件还可以用。第二，已做过调查。带着跟踪雷达和狗。托墨，你真该看看那些狗。它们从葡萄园里跑过。整个山谷的人都在谈论你哩。一个小伙子赤手空拳击败了全部伏兵。他们在走出旱谷的道路上发现了血迹。他们用手榴弹把他们自己炸了。那小伙子跳下拖拉机并把它开向他们。第三，托墨，增援部队已经调上来了。双方的增援部队。我们正为大干一场而小试身手。如果他们再发出声响——这是他们对中东人说的——我们就消灭他们的全部军队。现在我们就等着他们发出声响。那么，我们就可以消灭他们。如果你身体好了就好，他们可能今晚就干。粉碎他们。压碎他们。直到他们全部输光。

奥伦的黑眼睛因激动而闪闪发光。仇恨使他的下巴和嘴的线条变得僵硬了。他的脸上没有笑，而只有愤怒。托墨从床上坐起身子，用他未受伤的手友好地拍拍他弟弟的下巴。他勉强地、一闪而过地微笑了一下，却得不到回应。奥伦不想让感情干涉正事。让我们看看他的脸。如果我们能准确地察言观色的话，我们会发现他的心中正有一个迷人的念头闪过。他虽有自制力，还是不由得在咬着下嘴唇。他的样子很激动。

第十七章
两位妇女

鲁文·哈里希喜欢那些表现出人性光明面的小说，例如写吃得好、喜爱寻欢作乐的商人某天为神圣的热情所激励而把他的生命和财产都奉献出来为犹太民族谋幸福。或写一个难以相处的、压抑的人某一天因为人性和自我牺牲的闪光而激动得不得了。像这样的小说投合他深思熟虑的世界观，按照这种世界观，生活太复杂，难以还原成简单的公式。

可惜弗鲁玛·罗米诺夫似乎并不愿意遵从这一模式而意外地流露出对同胞一点点的爱。弗鲁玛·罗米诺夫不喜欢基布兹的生活。就连她的脸似乎也表明了她强烈的屈辱感。她的嘴像受宠的孩子的嘴那样阴沉地下垂，她那说不清是什么颜色的小眼睛细察你的脸色，好像要嘲笑你的弱点。她灰白的头发是干燥的，她蓝色服装下面的身体瘦骨嶙峋。我们基本上同意鲁文·哈里希对弗鲁玛的否定的看法。但是她的性格中也有值得尊敬的一面，我们在形成对她的意见时决不能忽视这一点。弗鲁玛·罗米诺夫不相信基布兹生活，但却热心地坚持它的原则，因为她认为，只要这些原则保持不变，那么就连它们的敌人也必须严格遵守它们。她不赞成妥协。她能看出假话和虚伪究竟是怎么回事。而这正是弗鲁玛·罗米诺夫的长处。

热浪延续了九天，然后一股西风令人高兴地卷入山谷，把热浪驱向荒凉的山脉，再进而驱向东面山那边的沙漠荒原。凉爽的空气碰到无生

命的物体时缓和了它们狂暴的怒火。我们又可以呼吸了。闷热已把我们
的骨髓烤干了。现在我们可以过得比较愉快了。我们不会放弃相互批评，
因为那是我们完成改造世界任务的秘密武器，但是从现在起，我们可以
用宽容使我们的批评温和些。

　　不用说，这并不适用于弗鲁玛·罗米诺夫。她孤立于整个缓和气氛
之外。晚上，弗鲁玛在公用厨房的大烤炉边忙着。她正在烤甜饼。每周
有两天大炉可以由基布兹妇女用于私人的烘烤。弗鲁玛·罗米诺夫正为
自己当兵的儿子烤制甜饼。几周以前弗鲁玛忽然活跃起来，偷偷地在诺
佳·哈里希的床上留下了一碟小糕饼。弗鲁玛想象诺佳有一天会成为她
孙子的母亲。但是在此期间发生了某种可耻的事情。她母亲的淫荡的血
液流在她的血管里。她怎能在这艰难的时刻对拉米做了那么件事？而且
我知道我儿子是喜欢她的。她不应该得到他。有时我认为基布兹里伤风
败俗的事比别处还多。这不是一次偶然事件。要是约什……约什会飞黄
腾达的。约什可以克服一切障碍。约什会安顿好他的生活而成为一个人
物。他头脑清醒。他会蔑视他们大家。他会成为一个人物。但是拉米也
会过安定的生活的。在服完兵役后他们会给他一个重要的工作，而且在
他的套房里也许会有我的一间小房间。可能在海法，在卡尔梅勒山上。
我需要住在某个高处的地方，因为我身体不好。我将有一间自己的房间，
而且当你出去看电影时我将照看你的孩子们。从这方面考虑，你现在离
那荡妇远远的是件好事。我会把孩子们教养得很讲礼貌。不是小野人。
不要为那荡妇操心。你会找到某个更好的，甚至更漂亮的。因为你是个
英俊的小伙子。像你这样的小伙子不适合在这里。这地方适合于病人。
而你那么强壮。你比她好看多了。你像约什一样英俊。你会嘲笑他们的。
你那样子会叫姑娘们发狂的。这是我说的，而且我说的是确有根据的。

　　弗鲁玛叹了口气，弯下身子去看炉子，热气使她眯起了眼睛。甜饼的味道很好。

　　"再等几分钟。"她说。

　　艾纳芙·盖瓦也在烤饼，她说：

　　"我出炉的时间总不对。不是太早就是太晚。我没有学会你掌握时机的诀窍，弗鲁玛。"

　　"不要紧，"弗鲁玛说，"经验是随着年龄增长的。生活就这样。"

　　她跛得多厉害哟。托墨·伯杰，这么个油头滑脑的卡萨诺瓦①，结果只娶了一个跛子。也许是她缠住他的。拉米，你的婚姻会非常美满，以致他们会惊讶地睁大了眼睛看你。只是要当心你自己。因为你很英俊。你可能才华不足。不大善于娓娓而谈。但是你直率。就像我。有时想到直爽的人在人世上受的苦我很伤心。聪明人并不把想到的全讲出来。但是，儿子，你却把想到的全讲出来。总是不分场合，也不看对谁。这样做是不聪明的，拉米，至少不总是聪明的。但是你会成熟起来的。你不怀偏见。你将从经验中学习。你不会总是被人利用的好羊羔。如果他们傍晚六点钟要一个志愿者卸一卡车粪，怎么办？拉米。如果他们需要人取出食品仓库的死猫呢？拉米。拉米，拉米，总是拉米。别当傻瓜了。别做这种笨蛋了。现在他们正嘲笑你哩，因为你的女朋友离开你而去找了个老色鬼。他们不知道你不是傻瓜。你爱她，而后你又扔掉她，因为她虽然长得漂亮却不是个好姑娘。事情就是这样的。对的，就那么回事，呆子。你用不着总是讲全部实情不可。别当笨蛋了，否则他们会毁了你。

---

① 意大利十八世纪出了名的浪荡公子。

他们不应该有你这样的人住在这里。因为你像你母亲一样，从头到脚直到手指尖都是高雅体面的。现在，现在该让它们出炉了。她怀孕后跛得更厉害了。真怕人。

弗鲁玛垫着一块旧布从炉子里取出热的托盘并把它放在艾纳芙的鼻子下面。

"闻一闻，味道好吧，嗯？"

艾纳芙羞怯地笑笑说：

"你是无人能比的，弗鲁玛。"

"尝一块。在嘴里化了，嗯？再代你丈夫尝一块。他们说他喜欢吃甜东西。顺便问一句，你什么时候生？你一定算出来了。"

"下个月，好像是。"

"很好。听你说了我很高兴。第一胎不一定困难。别让你的朋友把你吓坏了。你要给孩子取什么名字？"

"我，我们想……"

"叫鲁文怎么样？鲁文·伯杰。它会让你婆婆很快乐。顺便说一句，他们说她最近不大愉快。"

"你认为……"

"不，我并没特别的意思。只是一般地说说。你知道我……我不是伪善者。但是我要跟你讲件事，私人的事。就是你的腿。在耶路撒冷有位新的医生，在哈达沙医院，是从波兰来的新移民，他矫形很有一套。报纸上有一篇有趣的文章谈论这事——也许你已看到了。我一读到它就想起你。我总是这样的。我总是想着别人，但我不大肆张扬。也许你去看看这位医生是值得的。这不会有什么害处。生活中说不定有什么会改变你的命运。对吗？你的腿最近更糟了，对吗？你不介意我谈这事吧？最近我真的想到你。你还年轻，你应该设法使自己漂亮。男人们如果发现自己的妻子形体上不吸引人，他们便会胡来。生活就是这样的。"

艾纳芙想转换话题。这是很自然的。

"此刻我不在乎我是否漂亮。我现在顾不上想这些。拉米会怎么说呢，弗鲁玛？"

一瞬间弗鲁玛的脸色变了。她眼睛周围的皱纹消失了，下巴的坚定形状稍微松弛了，嘴角下垂，像个受宠的孩子快要放声大哭。

"拉米？我的拉米？他给我写的信好极了。他在部队里过得非常好。拉米就像我：他很诚实、坦率、热诚，因此他无论到哪里都得到好评。这是一种很难得的品质。顺便提一下，我认为你的公公现在与鲁文·哈里希的女儿勾搭在一起是因为拉米给他铺了路，可以这么说。但是我的拉米马上就看出她是个烂果子。"（说到此处弗鲁玛厌恶地皱起鼻子。她的声音充满了恶意。她的脸上露出残忍的、幸灾乐祸的笑容。）"你的公公把拉米扔掉的拾了起来舔食，真叫人恶心。总之，你们家里现在正发生有趣的事。如果我站在你的地位，我会当心我的丈夫。我谈这些希望你不要介意。我讲这些是为了你好，真的。毕竟我的经验多，而且我给你的都是有益的劝告。现在你丈夫受伤了，你要多留神才好。男人受伤时具有不可思议的魅力。顺便说一句，他们说小达芙纳已盯上托墨了。这种事如今在年轻的姑娘中很时髦，这一点除了我们的老师外似乎大家都知道。生活就是这样的。"

艾纳芙低头望着她前面桌子上的面团，揉它并把它做成小蛋糕。她不抬头看弗鲁玛。她想避开她的恶意，但却并不十分了解它。她不喜欢与弗鲁玛在一起。

弗鲁玛不慌不忙地把她的甜饼从托盘上转移到罐子里，又不慌不忙地点上一支烟，认真向尼娜·戈德林看了一眼，这位负责仓库的女人，正在拖一袋糖。这在基布兹不是很典型的吗？典型的。一个女人艰难地工作着而没人表示愿意帮忙。

"尼娜，你要人帮忙吗？"

"不，谢谢，"尼娜说，"我已干完了。就放到这里。不过还是谢谢你，对你的表示我很感激。"

"弗鲁玛，你看怎样，"艾纳芙问道，"你看热浪还会再来吗？我不想在热浪中生孩子。"

"你说得很对，孩子。这话不假。热浪让人发狂。你离开这里去生孩子，而他就背着你找点美味小吃。也尝尝这一种，艾纳芙。我在面团里放了一点酒。很可口，是不？布朗卡给你烤过蛋糕吗？没有？那不奇怪。他们说她很忙。教书。真有趣。顺便说说，这一周我正在读一本小说，讲一个女演员有过九个丈夫，一个接一个，然后当她已经当了祖母时又嫁给一个年轻的艺术家。你还没尝这些呢，艾纳芙，这些是加过香料的。它们好吃极了。喏，拿着，别拒绝一个年老的寡妇。噢，那么……我们谈什么来着？对了。设想你的婆婆突然怀了鲁文·哈里希的孩子。你认为不可能？你要是知道某些发生过的事，你会感到惊奇的。有一本小说讲一个老头子把一个女孩子当做情妇。现在我单独一人，读了许多书。哪一天应该有个人把我们的基布兹写成小说。有许多有趣的素材哩。还可以用象征手法。"

艾纳芙问弗鲁玛拉米什么时候休假回家。弗鲁玛看着艾纳芙，有一会儿不理解她的问题与刚才的谈话有什么关系。但是她困惑的时间并不长。一种复杂的尖酸的笑在她脸上掠过又立即消失了。

"等哪天我要把拉米的信拿给你看。他写的信很漂亮。我相信他具有写作的天赋。如果这儿的教师当初不嫌麻烦帮助他成长就好了。但是不，他们没有这么做，而且永远不会。他们对培育普通人不感兴趣。普通人整天在田间工作，然后晚上睡觉并养孩子，需要时就握起枪英勇地死于战斗。改天来看我，艾纳芙，我会把耶路撒冷那位波兰医生的地址给你。你的蛋糕可以做得很好的，艾纳芙。只是有一点点焦了。不要紧，经验会随年龄增长的。"

弗鲁玛·罗米诺夫是个瘦削而皱纹满面的女人。她腰板挺直。她的鼻子狭长而尖，像鸟的嘴，她的头发已褪成模糊而不确定的颜色，她的眼睛是蓝的。她的眼睛是蓝的，但是有时当它们显露出幸灾乐祸的神情时，就会变成模糊的、阴暗的颜色。她身材瘦小，她的动作轻快而敏捷。她的嘴却不同。它常显出生气的神情，嘴角哭泣似地抽动着。她的动作，如我们已说过的，轻快而敏捷，它们使你充满了紧张和担忧，好像让你害怕什么似的。

过去，奥尔特·罗米诺夫的愉快的笑声常常缓减了他妻子的尖刻。奥尔特·罗米诺夫个子瘦小，像他的妻子一样。令人惊异的是这一对小夫妻却生出那么魁梧健壮的一对儿子。小伙子们没有继承父亲欧洲犹太人的狭窄的体形。除了那近似马的下巴外，奥尔特·罗米诺夫没什么特征再现在两个儿子身上。为了显而易见的原因，他把自己的姓希伯来化，由罗米诺夫改为里蒙。

我们喜爱他们的父亲，因为他有无限的仁慈。他总是情绪很好，总是想逗人发笑。他的幽默一点也不尖刻；他的笑话，正如他本人，温和、软弱无力，而且不伤人。是那种既不招来倾慕者也不会树立敌人的笑话。他的笑话的主要嘲弄对象就是他自己。"我守夜时别发给我枪支，"他说，

"像我这样的人赤手空拳就能把强盗吓跑。"我们了解他而且对他怀有善意的同情。他的名字就从守夜花名册上勾去了。

体力活毁了奥尔特·罗米诺夫。基布兹的大部分创建成员都使自己适应了这儿的水土和艰苦生活。工作和气候使鲁文·哈里希、埃兹拉·伯杰，当然还有格里沙·艾萨罗夫这样一些人各以自己的方式发挥出潜在的力量。但是奥尔特·罗米诺夫却愈来愈虚弱，而且每年夏天都显得更加萎缩了。他常在帐篷四周徘徊，耗尽了精力、疲惫不堪的他常想用可怜的笑话来隐藏他的虚弱。

"你可以看出我是百分之百的欧洲人，"他常说，"你们已完全变成亚洲人了，但我是个彻头彻尾的欧洲人。热浪把我打败了。我需要的是白帆布服装和一顶草帽。"

有时当你热情地拍着他的背问他好吗，他会回答说：

"我就像个犹太法学博士生被强拉去为沙皇服兵役一样。哈哈哈。"

他是可怜的，他的目光中总带有羞怯的困惑神情，它可以是令人十分喜爱的。但是他也有一种固执的骄傲。正是他的骄傲使他拒绝了他妻子的劝说，她劝他离开基布兹去过文明人的生活。他除了这件事，别的都听从她。他对自己的儿子常说：

"以色列的国土应与城市的犹太人区截然相反。如果我们要造个犹太人区，那还是留在欧洲的好。至少那儿没有热浪。

正是在一次热浪中他垮了并且死去。不像他的儿子约什，也不像艾伦·拉米戈尔斯基，但却像一个城市犹太人区的犹太人那么死去。他最后几年一直在洗衣房工作，但是一天上午他被叫去帮伊斯雷尔·奇特朗在香蕉种植园里干活。奥尔特戴上一顶古怪的帽子并说：

"为了国家的缘故，让我们试一试灌溉吧！"

他在灌溉水管上工作了三四个小时。当太阳直射他的头顶时，他呕吐了。别人叫他坐下来休息。他报以羞怯的笑并说：

"软管中的死亡。"

十分钟后他又呕吐，噗的一声倒在地上，并说：

"我很热。"

伊斯雷尔·奇特朗去给他取点水。当他回来时，罗米诺夫正背靠一棵巨大的香蕉树树干坐着，好像是在休息似的，但是他已死了。弗鲁玛说是我们杀害了他。我们温和地否认了这一指责并设法改变话题。鲁文·哈里希为纪念他写了一首诗，它发表在我们的报纸上。

两年以后约什·里蒙在苏伊士战争 ① 中倒下。他当时正指挥一个伞兵中队。两次相继的不幸没有打掉她的锐气。她显露出巨大的潜在力量。我们不以我们一贯的严厉批评弗鲁玛，这应该算是我们的优点。可惜她，在她那方面，却加倍再加倍地严厉批评我们的行动。弗鲁玛·罗米诺夫自愿担任幼儿园的工作，而且她有才智也有威望。孩子们爱她，因为她不偏袒谁，而且总向他们讲实情，甚至那些通常不向幼儿们讲的实情。孩子的双亲尊敬她。在教育委员会上她以她坚定的、不妥协的态度而显得很突出。在几个问题上她使我们避免采取轻便的解决办法。有一次会议上她说：

"我反对基布兹思想意识的某些方面。但是既然它们存在，就必须加以坚持。虚伪不是解决办法。假装是容易的，但一次假装就会引出另一次。生活就是那样的。因此……"

① 一九五六年十月二十九日英、法、以色列为阻止埃及把苏伊士运河国有化而发动的苏伊士运河之战。

这些话自然而然地铭刻在人们的记忆里。

弗鲁玛·罗米诺夫收起她的焙烤用具和她的糕饼，用一块白布把它们罩好，快步走出厨房，途中问艾纳芙自己是否可以帮她做点什么。艾纳芙表示感谢并说她自己能设法对付。弗鲁玛说她是个很好的姑娘，便走入夜幕中。夜向她弯下身来，向她脸上吹送含混不清的气味。

第十八章
威　胁

夜向你弯下身来并向你脸上吹送它的气味。

从鸡窝里飘出令人不快的酸臭味。牛棚的浓密的怪味，仓库的潮湿味。四面八方飘来各种各样的气味。田间旷野的气味。山上喧闹的气氛提供了活跃的伴奏。阵阵混杂的气味引得群狗狂吠，接踵而至的是混乱而可怕的嚎叫。

月亮仍旧躲藏着。你的目光寻找它白色的光芒却只发现了星星，它们正通过略带蓝色的闪光进行交谈。那浩瀚无月的天空对你与那静静地包围着你的敌人一样漠不关心。

我们的村庄被包围了。篱墙外有东西在动。如果你能解释各种迹象就好了。一种迫在眉睫的威胁包围着篱墙，想要穿过来破坏我们整洁的秩序。卑鄙的背叛已在营地周围窃窃私语。无声的物体首先反叛。在气喘喘的黑暗中它们慢慢地改变着形状，换了另一种样子。你望着它们，它们好似外国人；它们的角软化而弯曲了。你看看那总是半藏在花丛中的可以信赖的长板凳，你发现它全部的线条都改变了。你把目光放敏锐些并设法要平定变节行为，它却暗笑着变本加厉。什么线条都看不见了。只有形状，不相连的形状，黑色包裹着黑色，黑色包含着黑色。你把眼睛盯着看一棵可爱的乔木，却似乎发现了一种谨慎小心的走动。抬头仰望无垠的天空。那儿，至少，一切应该像往日一样。但是，不。即便在你的头顶之上也出了事。在水塔顶上，一种略带蓝色的光正可怕地一眨一眨地射向你。无声的物体都在抽搐。它们为反对良好的秩序而反叛了。就连探照灯的光线也在恐惧地战栗。不遵守秩序的阴影以狂乱的舞蹈来与之呼应。

　　嗨，还有蟋蟀。蟋蟀交换着秘密的信息。制冷工厂的有节奏的颤动也远远地闯进来加入它们的集结。嗖嗖作响的喷灌机也对你谋反而加入蟋蟀那边。蟋蟀正了解你的秘密，并把你的恐惧以信号发给那在敌方阵地谛听的它们的朋友们。

　　看不见高山，但它们耸立在山谷之上。它们就在那儿。峡谷东倒西歪地摇晃着，似乎要倒下来攻击我们。大块大块的黑岩石好像用线系着高悬在上，随时可能掉下来似的。慢慢地传来细碎的活动和压抑的细小声音。群山就在那儿。静悄悄的。它们像弯曲的柱石一样站立着，又像一些巨人由于某种可憎的行为而被冻僵，变成了石头。山就在那儿。

　　山岭雄伟，连绵起伏。在那像冻僵的瀑布的石块的深处正策划着邪恶。山沟在山上留下了条条刻痕。黑暗中看不见山峦，但星光却表明了它们的位置。东边星星的图案破裂而显露出轮廓分明的黑黑的池塘。一块巨大的幕布挡住了星星。那儿就是山峦起伏的地方。它们就在那儿悄悄地等待观望将要发生的事。等不了多久了。夜已充满了危机。

第十九章
铃　锤

　　这决定是最高领导层几天以前作出的。我们基布兹将在一块叫骆驼地的田里干活，它位于高山脚下，一直是两交战国流血争夺的对象。从法律的观点上说，那地是我们的，有地图为证。但实际上却不是这样。多少年来这小块地是由阿拉伯农民在敌军的掩护下下山来耕作的。当局经过仔细考虑后决定，使事实与理论协调一致并确立我们对这土地的合法权利的时机已经成熟。当然，军队要负责保护我们。

　　基布兹的书记兹维·拉米戈尔斯基说：

　　"我们必须抱最好的希望，但要做最坏的打算。"

　　尼娜·戈德林说：

　　"让我们希望一切顺利。"

　　鲁文·哈里希说：

　　"争议可能只不过是象征性的。但是只有傻瓜才拒不承认生活是由各种象征符号组成的。"

　　格里沙·艾萨罗夫与年轻人齐声热情地大叫：

　　"终于等到了！"

　　我们接到命令要在棚子里准备好一辆装甲拖拉机，草拟名单，等待从现在起到冬天随时可能传来的行动信号。我们还得为信号的到来等待整整二十周。事情直到秋天才开始进行。同时，另一些个人性质的问题又发生了。

诺佳·哈里希走进自己房间并拧亮了灯。

时间不早了。十点钟。达芙纳在哪儿？达芙纳去篮球场看球赛并欣赏托墨半裸的身体。比赛这时已结束了。声音已渐停息，泛光灯已灭了。达芙纳像平日一样与运动员一起去祝贺他们的胜利。一群运动员和支持者已聚在餐厅里，用一杯杯的果汁祝贺球队的成就。

诺佳的房间里静静的。诺佳躺在床上，翻着一位年轻女诗人的诗集。她并不阅读。她的手只是懒洋洋地翻动书页，而她的眼睛就望着天花板。

外婆斯特拉，母亲的母亲，是个很严厉的女人。艾萨克舅舅是母亲的堂兄弟，当他们还是孩童时就订下了婚约，就像中世纪的国王和公主一样。后来爸爸来了并破坏了一切安排。公主与艺人跑了。王国陷入一片混乱。艾萨克舅舅是钢琴演奏者。他仍然是。我记得当他来这儿的时候，他把我抱在他的膝上。他很胖，他试图在娱乐厅里教我弹钢琴。他不断地吻我。我记得他的气味。是一种强烈的、粗俗的气味，很热，而且有些可怕。他十分客气。他带来几个玩具娃娃和它们的服装，又带给盖机械玩具。爸爸不让我们拿它们，因为我们是基布兹的孩子，还因为它们来自德国，一个杀人犯的国家。什么是杀人犯的国家？我希望有一天能去看看杀人犯的国家。母亲说受苦使艾萨克舅舅变坏了，她对他负有责任，她得净化他。你怎么净化一个人呢？受苦怎么会使人变坏呢？它弄坏了什么？在故事的结尾，公主又回到王储的身边，如仙女所裁定的那样。一个年轻的农民小伙子把她夺走了，但是她又回到宫殿，从此过着幸福的生活。现在问题来了。我在哪里呢？我不在故事之中。我必须找个缝隙进入这故事里去。我是那农民的漂亮女儿，而那公主……不，我是公主的女儿，公主与……不，当米甲回宫到老艺人大卫王 ① 身边去时，我是留下来与拉亿的儿子帕提住在一起的小女儿。我长得像斯特拉外婆。他走在她身后哭了。他的肩强壮。它们有毛。它们弯曲着。他似乎累了。她的血管里流着她母亲的血。再过一两个小时他就回来了。因此男人就会抛弃一切而依恋他的妻子，而他们就成为一个肉体。我对他说，埃兹拉，这不过是一种说法。情况不可能是那样的。一个肉体的说法只能用于诗歌。他们其实是两个人。在这个故事里我在哪儿？小疯子。只有小疯子才会在夜里把石子扔在水池里，捣碎了月亮的倒影，使月亮变成了在黑水潭里颤抖的一个白水坑。在一百年内，一千年内的某一天，你将让我坐上你的卡车，我们将去别的什么地方。也许到太巴列湖你的渔民之中去。他们是你的朋友。你是一个渔民。我将成为一条金鱼。母亲过去很喜欢水。溪流、江河和湖泊。我是属于高山的。我小的时候，爸爸经常在学校教给我一首关于秃鹫的诗，而我就是秃鹫。你什么也不说，我的大熊。你从来不说什么。只说谚语。别用谚语跟我讲话，它们我全都听过了。过来，碰一下我。你的手总是这么暖和。摸摸我的手。它们冰冷，是吧？看看你能不能讲一个关于我的手的谚语——快点，不要想。不能。别。让我们乘你的卡车跑上一段，亲爱的熊。去得远远的。现在听听一个极好的想法：如果你是我的父亲，我就是你的女儿。已经十一点了。时间不到，你就不回来做我的爸爸。我的外婆的名字是斯特拉，而我母亲的新丈夫可以说是她的伙伴。你以为你知道我是谁？我是绿松石·汉伯格。你什么也不知道。你只是个普通的卡车司机。我是王

---

① 大卫（约公元前 1013—公元前 973 年），古以色列民族第二代国王。他年轻时，国王扫罗将其女米甲赐他为妻，扫罗后又命其女嫁给拉亿的儿子帕提，米甲不从，最后回到大卫王身边。

后很久前丢失的女儿。我是个小女孩，她的大姐姐把她带到沙漠并把她留在那里便独自回宫去了。但是我要去。我要到宫里去。那些杀人犯不会伤害我。我知道一个秘密的口令。我要到宫里去，她会恐惧地大叫。她会倒在我的脚下，我会饶恕她。或许。然后我会审理一件案子。一个男子偷了另一个男人的妻子，我将严厉地惩罚这两个人。偷了穷人羊羔的那人在我之前就犯罪了，另一个因为不喊叫或反抗也将受处罚。你为什么让步，亲爱的熊？你这么强壮。王后知道你强壮。说到底，王后其实是你的女儿。这是个秘密。因此你为何啥也不讲呢？你说话，但却啥也不讲。我的父亲不是没药和乳香制成的，你也不是，但我是的。他们都多么天真啊，我的两位父亲。

你沉重，埃兹拉。我爱你的就是这一点：你沉重。你是个大块头但你单纯。我要把你绣在一块餐巾上，因为我爱你。别说话。马是一种奇妙的动物。它是一种自相矛盾的动物。它可以像驴子一样驯服，但它也可以在平原上狂奔。不要讲谚语。当马出汗时，它发出爱的气味。当我想到马的气味时我就会感到激动。不，别讲话。让我们旅行。让我们去别的什么地方。一个吉卜赛姑娘和一只熊。别讲话。一匹疾驰的马是世上最奇妙的动物。它将驰向远方，我们将听到它的蹄声像铃锤像心搏像国王宫殿的击鼓声这时吉卜赛人来到并突然发现与跳舞的熊同来的那姑娘是公主是铃锤。

第二十章
如果有正义

拉米·里蒙周末休假回家。

他的脸瘦了。他的皮肤缩紧了些。他的下巴更突出了。脸上的轮廓更加清晰。妈妈的面孔正挣扎着显露出来。细小的折痕环绕在他嘴的四周。阳光在他眼睛周围刻下了皱纹。两条沟纹从鼻子通向嘴角。

他穿着一件无可挑剔的淡绿色军服,贝雷帽塞在口袋里。他的结实的长统靴的鞋尖和鞋跟都裹上了钢片。他的袖子卷起来露出他多毛的前臂,手上覆盖着小伤疤。当他装出满不在乎的神情缓慢地跨步穿过院子时,他意识到他男子气概的外貌。他遇见的男男女女都热情地欢迎他。他随便点点头表示回答。他的指甲下面还留有擦枪油的痕迹,他的左肘包着破烂的绷带。

弗鲁玛又是搂抱,又是吻,而拉米则报以挥手微笑,最初的喧闹静下来后,弗鲁玛说:

"嗨,你是不会相信的,但我正想着你,你就来了。母亲的直觉。"

拉米认为这事并不奇怪。他信中已经说过他将于星期五下午到来,而且她十分清楚公共汽车何时抵达。当他说话时,他放下破旧的背包,把衬衫拉到裤子外面,点上一支烟并把一只沉重的手放在弗鲁玛的肩上。

"见到你真好。我想告诉你,又看见你,我真高兴。"

弗鲁玛瞥一眼他布满灰尘的军靴说:

"你瘦多了。"

拉米吸了一口烟问候她的健康。

"进里面去，在晚餐前洗个淋浴。你浑身是汗。你要不要先来点冷饮？不要？热饮对你更好。不过，等等，还是先带你去诊所吧，我要护士先看看你的肘部。"

拉米开始解释他的伤口。这事发生在一次劈刺训练中，分队长是个笨手笨脚的呆子……但是弗鲁玛没让他把故事讲完。

"看你又把烟灰抖在地板上。我刚为阁下您擦洗过。房子里有四个烟灰缸，而你……"

拉米穿着脏衣服坐到雪白的床单上并踢去靴子。弗鲁玛急忙去拿她丈夫的旧拖鞋。她的眼睛是干的，但她设法把脸转过去，不让儿子看到她非常讨厌的表情。然而拉米装着没看见那紧张的、像水坝一样行将爆裂的面容。他躺在床上，眼望天花板，把弗鲁玛放在他手上的烟灰缸拉近一些，并喷出一团烟。

"前天我们踏着绳桥过河。两条绳索一上一下，我们踏着下面那一条而手扶另一条。我们的背上背着全部东西，铲子、地毯、枪支、军火，全有了。嗨，你猜想是谁失去平衡落入水中？分队长！我们都……"

弗鲁玛瞧瞧她儿子喊了起来：

"你至少瘦了十磅。你吃过中饭了吗？在哪儿？不，你没吃。我要赶快去餐厅给你拿点吃的。就拿一份快餐——在你休息过后我要让你好好地吃一顿。生胡萝卜怎么样？它对你很有好处。你肯定？我不能强迫你。那么好吧，你淋浴后就去睡。你可以睡醒后再吃。但是或许我还是马上带你去诊所的好。等等。这里有一杯美味橘子汁。别争辩了。喝吧。"

"我跳下水去把他捞起来，"拉米继续说，"然后我又得潜水下去找他的枪。可怜的人啊！真逗。可是这并非他发生的第一次事故。有一次，在训练时……"

"你需要一些新袜子。它们全都破烂不堪了。"弗鲁玛把他要送洗的脏衣物从背包里拉出来时说。

"有一次，在训练时，他的冲锋枪偶然走火，几乎把营长打死了。你想象不出他有多笨。从他的名字你就能知道他是怎样一个人。他名叫扎尔曼·朱尔曼。我写了一首关于他的歌，我们整天都唱它。你听。"

"但是他们在那里没有让你吃饱。而你也没有按你承诺的那样隔天来一封信。但是我在信箱里看到你写信给诺佳·哈里希的。生活就是那样。你的母亲不停地干活，但是来了个孩子把蜜采去了。现在没关系啦。有件事我必须知道：她给你回信没有？没有。正像我所想的。你不知道她是什么样子的人。你还不如把她甩掉的好。大家都知道她怎么回事：是一个老得可以做她祖父的人的情妇。令人作呕。作呕。你的刮胡子刀片够用吗？令人作呕，我告诉你。"

"他们真的开始在骆驼地里工作了吗？那会引起一场冲突，好啊。当然，倘若当局不会胆怯。你知道，可能有犹太人的柔情以及诸如此类。我的伙伴说……"

"去洗个淋浴吧。现在水温正好。不，我每个字都听到了。不信可以考考我。'犹太人的柔情。'你这种年龄的小伙子像这样子独立思考的人不多。你洗过淋浴后可以小睡一会儿。同时我要去请护士到这里来。那伤看起来很厉害。你应该看一看。"

"顺便问一声，妈妈，你刚才是否说她……"

"嗯，儿子？"

"好。没关系。现在不要紧了。"

"告诉我，告诉我你需要什么。我不累。你需要什么，我都可以为你做。"

"不，谢谢，我什么也不需要。我只是想讲话，但这不重要。这不相干。我已忘记了。不要跑来跑去的。我受不了。我们今晚谈吧。同时，你也需要休息。"

"我！我等进了坟墓再休息吧。我不需要休息。我不累。当你是婴儿时，你的耳朵有了毛病。是慢性感染。那时没有抗生素。你整夜地哭，一夜接一夜地。你感到痛苦。你一直是个敏感的孩子。我整夜摇你的摇篮，一夜接一夜地，并且唱歌给你听。人们无微不至地照料孩子，从不计较得失。你不会回报我的。你要回报给你自己的孩子。那时我已不在了，但是你会成为一个好父亲的，因为你很敏感。当你为孩子们做事时，你不考虑休息。那时你多大？这事你全忘了。那时约什刚开始上学，所以那时你一定是十八个月大。你一直是个体弱多病的孩子。看我老是谈个没完，而你需要休息。现在睡吧。"

"顺便说一声，妈妈，如果你去诊所，请你给我带些油膏。你不会忘记吧？"

五点钟时拉米醒了，穿上一件干净衬衫和一条灰裤子，安静地自己吃了一份快餐，然后来到篮球场。途中他遇见艾纳芙一瘸一拐地走着。她问他可好。他说很好。她问他生活是否艰苦。他说他准备面对任何艰苦。她问他母亲是否对他感到满意，然后又自己回答说：

"当然弗鲁玛对你感到满意。你晒得这么黑，这么英俊。"

球场已亮起了泛光灯，但是在黄昏的亮光下，灯光不引人注意。场上只有奥伦那一伙人。拉米把手放在口袋里静静地站了一会儿。安息日就要过去了。空虚。什么事也没发生。与母亲在一起。不愉快。我需要什么？一支烟。在那个角落里独自玩球的那孩子名叫艾多·佐哈尔。有一次我发现他晚上坐在公共休息室里写诗。我说什么来着？一支烟。

拉米把烟放在嘴上，两架飞机轰隆隆地飞过，打破了安息日的平静，飞翔在黄昏的余晖里。正西沉的落日在机身上击出火花，金属反射出耀眼的光芒。拉米一下子认出它们不是我们的飞机。机翼上是敌方的标志。他的喉咙里爆发出激动的喊声：

"他们的！"

他本能地低下头来，正好听见奥伦困惑的叫声，但是再向上看时，刚才一幕已几乎结束了。敌机已调转尾巴往回逃，另一些飞机正迅速地从西南逼近，显然要阻止它们逃跑。立即有黑色的东西从空中落向我们北边的果园。为了加速逃跑，两架飞机把固定在它们机翼上的备用油箱扔了下来。拉米握紧拳头从牙缝里咆哮说："让它们挨打！"他话音未落，已有了炮声来回应。电光一闪。隔了似乎好一会儿，传来一声闷雷的声音。空袭的命运一瞬间就决定了。敌机消失在山峦的那边，其中有一架拖着一团白烟，内中还杂有灰色。它们的追逐者停下来，像愤怒的猎犬一样绕山谷飞了两圈，然后消失在正变黑的夜空中。

奥伦兴高采烈地喊道：

"我们击中了一架！我们击中了一架！我们打下了一架！"

拉米·里蒙像个孩子，而不像士兵，拥抱奥伦·盖瓦并高喊：

"我希望他们燃烧！我希望他们被烧死！"

他用拳头敲打奥伦的胸口，直到奥伦痛得呻吟着退到一旁。拉米欣喜若狂。

欣喜陪伴着他来到餐厅，那儿人们正处于一片喧闹的兴奋之中。他从餐桌之中走了出来，来到诺佳·哈里希穿着她最好的衣服站着看布告的地方。他把手放在她的肩上，凑近她的耳朵低声说：

"嗨，傻姑娘，你看见了还是没看见？"

诺佳转过身来面对着他，脸上带着迁就的微笑。

"安息日好，拉米。你晒黑了。这适合你。你看起来很快乐。"

"我……我全看到了。从头到尾。我当时正在篮球场上。突然我听见东面有个声音，我立刻认识到……"

"你就像我的小弟弟。你聪明伶俐。你快乐。"

这些话鼓起了拉米的勇气。他大胆地说：

"我们出去好吗？你愿意同我一起出去吗？"

诺佳想了一会。然后她暗自笑了一下，用她的眼睛，而不是用她的嘴。

"为什么不呢？"她说。

"那么，走吧。"拉米说，并拉住她的手臂。他几乎立刻又放开了。

当他们走出餐厅时，诺佳说：

"我们到哪里去呢？"

说也奇怪，这时诺佳记起了她已忘记的一件事：拉米的全名是阿夫拉汉。阿夫拉汉·罗米诺夫。

"哪里都可以，"拉米说，"走吧。"

诺佳建议他们坐在面对餐厅大门的黄色长凳上。拉米感到为难。他说在那儿人们会看见他们。而且注视他们。而且议论他们。

诺佳又笑了，她又平静地说："为什么不呢？"

拉米找不到话来回答她的问题。坐下后拉米跷起腿，从衬衫口袋里取出一支烟，把它在火柴盒上敲了三次，把它塞在口角，擦着一根火柴，用双手护住火苗，尽管并没有风，半闭着眼深深地吸了一口，吹出长长的烟流，而做完这一切后，他又一次低眼望着地下。最后，他斜眼瞥她一下并开口说：

"喂，关于你自己你有什么可说的？"

诺佳回答说她不打算说什么。相反，她想是他要进行谈话的。

"噢，没有特别的事。只是……你认为我该干什么呢？"他突然大声喊叫。"整个晚上，整个安息日，整个休假都同我母亲度过，像母亲的宝贝儿那样吗？"

"为什么不呢？她很想念你哩。"

"为什么不呢？因为……好吧。我能看出我让你讨厌。别以为离了你我不能生活。没有你我能生活得很好。你认为我不能吗？"

诺佳说她相信他没有她能过得很好。

他们陷入沉默。

哈西亚·拉米戈尔斯基和埃丝特·克利格-艾萨罗夫用意第绪语 ① 谈笑着向他们走来。当他们见到诺佳和拉米时，他们的谈话停止了。他们走过时哈西亚说：

"晚安。安息日平安。"她提示性地把每个字都讲得很响。

拉米发出咕哝声，但是诺佳笑笑并轻声说：

"祝你俩晚上好。"

拉米有一会儿没讲话。然后他喃喃地说：

"嗯？"

"我听着哩。"

———————

① 意第绪语，或依地语，为犹太人使用的国际语。

"我听说他们要开始去山上工作了，"拉米说，"要出事了。"

"这事真没意思。"

拉米立即改变话题。他讲他的分队长的故事，他在试图示范如何走绳桥过河时落入水中。他继续说，这不是那傻瓜的第一次事故。"一次训练时，无意中他的冲锋枪走火，几乎要了营长的命。你从他的名字就知道他是怎样一个人。他名叫扎尔曼·朱尔曼，真没想到。我为他写了一首押韵诗：

> 扎尔曼·朱尔曼真有趣，
> 老犯枪支走火的错误。
> 扎尔曼·朱尔曼手一松，
> 意想不到忽然落水中。
> 扎尔曼·朱尔曼……"

"等一等。他玩乐器吗？"

"谁？"

"扎尔曼。你正讲的那个人。你的肘部怎么啦？"

"那和它有什么关系？"

"与什么？"

"与我们正谈的事。"

"你向我谈一个叫扎尔曼的人。我问他是否玩乐器。你还没回答我的提问。"

"但是我不明白那……"

"你很黑。这适合你。"

"这没什么奇怪的。我们整天在阳光下训练。当然我们都晒黑了。听我说：我们进行五十英里长的徒步行军，带着一切装备，枪支、背包、铲子，而且一路小跑步。我们班的六个人……"

"凉了，你不认为？"

"……在路上垮了下来。我们得用单架抬他们。我……"

"我感到冷。你不能等明天再讲完吗？如果你不很介意的话。"

"怎么回事？"拉米考虑后口齿不清地问道，"出了什么事？是不是有人等你？你想赶快去……赴约？"

"是的，我得给我父亲送晚餐去。他身体不好。"

"什么，他又病了？"拉米漫不经心地问道。诺佳解释说他胸部有疼痛感，医生命他卧床休息。

"下周一他得去进行检查。全部情况就这样。我们明天下午还在这里相会吗？"

拉米没有回答。他点燃另一支烟并把燃着的火柴扔在长凳后面。诺佳说了声再见就开始走开。然后她又停下来，转过身并说：

"烟不要抽得太多。"

那时他们相隔五步。拉米烦躁地问，她何必在乎他抽多抽少。诺佳不理睬他的问题只说：

"你很黑。这适合你。晚安。"

拉米没有吱声。他独自坐在长凳上直到广场的跳舞开始，每星期五晚上九点一刻这里都有舞会。

午夜前不久舞会结束，他便开始前往母亲的房间。然而他改变了路程，因为他遇见了达芙纳·艾萨罗夫，她问他是否已回去睡觉了，而拉米认为他发现她的声音带有嘲笑。因此他离开原路。他的脚步领他来到牛棚，在参军之前他是在这儿工作的。他一面走一面自言自语。

这事不会发生在约什身上。可是它却发生在我身上了。女人只懂一种语言，粗鲁的暴力。但是，正如母亲所说，我一直是个娇弱的孩子。见鬼。现在他们在嘲笑我。每个人都希望别人会发生点什么事情，这样可以使生活更有趣。到处都这样；在基布兹是这样，即使在部队里也这样。你是个孩子你是个孩子你是个孩子。你就像我的小弟弟。也许变黑适合我，但是它并没有使我取得任何进展。这一次她没有侮辱我。她甚至没有称我为马。她今晚对我干了什么？她怎样取笑我？我的拉米是个娇柔敏感的孩子。我希望我能死去。那样就能让他们看看。我能赤手空拳扭弯这喷灌机。那会让西奥多·赫茨尔·戈德林发疯的。我的手比约什的手更坚强有力。如果他不死就好了，我可以让他看看。我到哪儿去呀？像个少男找他的女友那样到处跑。在高山上跳，在小山上蹦，那肮脏的老色鬼会那么说。那种人应该像阿拉伯人那样被击败。猛击他的脸，他举起手来保护自己，你揍他的肚子，另外再踢上一脚。全完了。我们来到牛棚啦。嘿，提坦，好公牛。你醒着吗？公牛站着睡觉，因为它们被铁环拴着而不能躺下。如果他们来杀你，提坦，你别让他们杀。不要屈服。显示你的勇气。不要做任人宰割的公牛。给他们来一场斗牛表演。我们一定不能不经过斗争就屈服。我们必须像喷气式战斗机那样坚强、快速、轻盈而凶猛。猛扑下来，猛冲，翻转，而后高飞，像一把利剑在空中闪耀，像一架战斗机。战斗机是一种强有力的武器。我本可以当个飞行员的，但是母亲不支持。

奇怪，月亮在发亮。月亮干着奇怪的事情。把事物变得奇怪。改变事物的颜色。银色。我的拉米是个娇弱敏感的孩子拉米像艾多·佐哈尔一样写诗他爱大自然见鬼他喜爱植物和动物希望它们烧死。她的父亲胸中感到痛。这是由于老伯杰的缘故。脏老头。她的父亲有一次教给我们比亚利克的一首诗《屠杀》，诗中说世上没有正义。这话是真的。这是一首描写犹太人居住区的诗，但它是真实的。他已生活过，他的孩子已长大成人，他已找到了合适的职务。他为什么把她从我这里偷走了？我可没有做过对不起他的事。而且她说我黑而且英俊。如果我黑而英俊而他老而胖，那么为什么？

当我死去，她会知道的。这会使她震惊。月亮使一切变成白色。银色。听吧，诺佳，听我说。我的胸也感到痛，我也痛苦，因此你为什么不过来？我取笑扎尔曼·朱尔曼，她取笑我，他们都取笑我。这说明这世界上没有正义，只有屠杀，提坦，它比恶魔能发明的任何事都坏。这是同一首诗说的。被屠杀的人开始思考正义。而屠杀他的人却只考虑暴力。我的错误是没有对她施暴。为什么，提坦，为什么我不施暴，你知道为什么吗？我会告诉你的。因为我的拉米是个娇弱的孩子诅咒他们他喜爱大自然希望它们烧起来他喜爱植物和动物臭婊子。那声音像头顶上的飞机。已经半夜过后了。我喜欢这些飞机，它们没有灯光而轰隆隆地飞行。将有一场大战。我将死去。然后他们将知道。

鱼池。格里沙的简陋房子里的灯。我能听到格里沙的声音。在船上。对他的渔民叫喊着。他曾经历过三次战争结果还活着。

可能是达芙纳，他的女儿。可笑。他们会笑的。这肮脏的棚子里是些什么？一些桶。一袋袋的鱼饲料。鱼的晚餐。如果他们发现我在这里。格里沙的皮带。一支手枪。是左轮手枪。想不到他竟把一支左轮手枪遗留在一间空棚子里。他们就要回来吃饭了。他们会笑的，他们会笑的。他们会说我散步是为了寻找灵感。我知道它是怎样操作的。它有一个鼓形弹匣，匣中有六个弹膛。每个弹膛里放一颗子弹。每射一次，鼓形弹匣就转动一下并使另一颗子弹与枪管处在一条直线上。左轮手枪就是这样工作的。现在让我们看看拉米·里蒙是怎样操作的。一次试验。没有裁判员。我是裁判员。现在让我们开始。

拉米从皮套里拿出一颗子弹，一个黄色匣子里放着一颗小小的金属子弹。首先，他把子弹放在自己嘴里，一种冰冷的金属味道。然后他把子弹放进一个弹膛。他看也不看地转动鼓形弹匣，因为命运是盲目的。他把枪口对准太阳穴。机会是五比一。他一扣扳机。干巴巴的一声"嗒"。拉米再塞进第二颗子弹。闭眼转动鼓形弹匣。四比二。枪口对准太阳穴。扣扳机。干巴巴的一声"嗒"。也许我在干蠢事。我们很快就会知道的，裁判员。我不想杀死自己。这只是一次试验。到第五颗为止。一个娇弱敏感的孩子不会干这事的。第三颗子弹。闭目转。冷湿的手。我碰到了什么湿的东西。如果我能做这件事，就不是娇弱敏感的孩子了。到第五颗为止。枪对准太阳穴。扣扳机。干巴巴的一声"嗒"。我已走过一半了。还有两次。第四颗子弹。现在几率对我不利。考验来到了。注意观察，裁判员。转动。慢慢地。鼓形弹匣，慢慢地。没有看。慢慢地。太阳穴。你疯了。但是你不是胆小鬼。慢慢地扣。这儿冷。

现在第五颗。最后一颗。像一次注射。娇弱敏感的孩子在颤抖。为什么？不会出事的，因为到现在为止都没出事，虽然很可能我会死于第四次尝试。别哆嗦，因耳朵痛而整夜啼哭的亲爱的娇弱的孩子，别哆嗦，想想经历过三次战争还活着的格里沙·艾萨罗夫吧。约什就不会哆嗦，因为他是约什呀。戴小帽，穿灰外衣，留鬈发的犹太人区小男孩。我想知道要射多少。不要杀了自己。四颗了。够了。再射就发疯了。不，我们说过五颗——就五颗吧。别改变主意，胆小鬼，别说谎，你说五颗，而不是四颗。就五颗吧。把枪放在太阳穴上。现在扣吧，马，开枪吧，你是个犹太人居住区的孩子，你是个小男孩，你是我的小弟弟，开枪吧。等一会儿。可以允许我先想一想。设想我死在这里。她会知道的。她会知道我不是开玩笑。但是他们会说"他伤心透了"。他们会说"他是单相思"。他们会说"感情危机"。难呀，真难。见鬼。开枪吧。你什么感觉也不会有。一颗子弹进到脑子里你就会立即死去。没有时间感到痛。而后呢？就像从空中降下一样。一个看不见的飞行员。它不会伤害你的。或许我已经扣了扳机并死了，或许当你死去时并没有什么变化。别人看到一具尸体而你却像往常一样活动。我可以再试一下。如果我开枪，这说明我仍然活着。然后一切将会变得黑而温暖。你死去时会感到温暖，即使你的身体变冷了。温暖而安全，像冬天躺在毯子下面一样。而且安静。开枪吧。你还有一次机会。就像小时候我们常常玩骰子一样，有时我很想掷个六点而真的掷了六点。现在我很想开枪但是我的手指却不动。只哆嗦。当心你别意外地扣动它。当月亮发出黄光时一切都不同了。下一周去射击场时能听到格里沙的诅咒那是有趣的我将是班上最好的因为我是个优秀的射手现在数到三然后射击。睁开眼。不。闭上眼睛。不。一，二，不，数到十。一，二，三，四，五，六，七，八，九……

　　但是拉米·里蒙没有第五次试他的运气。他放下左轮枪，走进田间，徘徊一阵而后他的脚步又把他领回到牛棚。格里沙不会发现的。如果他发现了，他会感到震惊的。我忘了检查最重要的一点。我没有看看枪膛，如果我开第五枪的话会发生什么事。还是不知道的好。有些事还是别做的好。

　　拉米脑子里冒出一个新的想法。它像爱抚一样令他感到安慰。并非每个人都生来就是英雄的。也许我并非生来就是英雄的。但是每个人身上都有某种特殊的东西，某种别人没有的东西。比如在我的性格里就存在一种敏感。一种受苦并感到痛苦的能力。或许我是生来当艺术家，或甚至当医生的。有些女人喜爱医生，另一些人喜欢艺术家。人并不是在一个模子里铸造的。真的，我并非约什。但是约什也不是我。我具有他没有的东西。一个画家，或许。

不久就是早晨了。空中有飞机。悲伤。扎尔曼·朱尔曼真有趣，老犯枪支走火的错误。扎尔曼·朱尔曼手一松，意想不到忽然落水中。扎尔曼·朱尔曼宿娼妓，到厕所里去寻找正义。扎尔曼·朱尔曼去睡觉，你们可以休息的时间到。

我写了这首诗。我可以废止它。它是一首已废止的诗。

第二十一章
读　诗

时值盛夏。

学校放假。孩子们都到田里去干活。拖拉机轰隆隆喧闹地来回行驶着。每个空闲的人手都被强令参加工作。时间急迫。我们也要去。耐心点。

我们将让鲁文·哈里希静养。我们知道他正经历一段艰难时期。我们指的是他的健康情况而不是他的家庭纠纷。我们对待身体上的疾病是宽容的。叫奥尔特·罗米诺夫那样的人到地里去工作的日子已一去不复返了。我们大部分人已不再年轻了，我们都知道原因不明的痛苦多么可怕。

鲁文·哈里希胸部疼痛，医生命他卧床休息几天。有两个女人照料他。布朗卡在托盘里给他送来早餐和午餐，诺佳给他送晚餐。诺佳还照料盖，当这小流氓偶尔来到父亲的房子里时。说来并不奇怪，两个女人之间的关系很勉强。比如，布朗卡说：

"床单需要换了。"

诺佳斜眼看看她，故意过了一会说：

"是的。"

布朗卡问：

"他晚上睡得好吗？如果不好，我有些很好的药。"

诺佳说：

"我不知道。我没问他晚上睡得怎么样。"

布朗卡说：

"外面厨房里有几盒葡萄。我去取些来。"

诺佳说：

"谢谢你。"

布朗卡说：

"你不必谢我。"

诺佳面带平静而蓄意做出的微笑问：

"为什么不呢？"

几天以后，鲁文到医院去进行检查。检查的结果在周末寄到了。他没有恶性病症。检查发现血管有轻微扩张，再加上血压不稳定并经常波动，可能是焦虑引起的。焦虑而不是恐慌，基布兹的医生对病人强调说。没有危险。结论是不言而喻的：避免紧张，多休息，禁吃某些食物，不用放弃体力劳动但也不能过度。从事园艺活动是很好的一种运动形式。首要的是不要陷入抑郁症。最新的专家意见认为抑郁症对人体器官有直接影响，而血管是首当其冲的。没有危险，没有毛病，的确没有恐慌的理由，只是暂时的不愉快，需要一定的当心和克制。

一天傍晚布朗卡去拜访鲁文，问他想不想去参加古典音乐小组的聚会。她认为这对他会有好处。这能使他散散心，别再沉溺在忧郁的思想中。鲁文回答说音乐只会加重他近来抑郁的倾向。布朗卡说他一人独处容易引发不良的沉思。鲁文回答说他不认为他可以不受同伴们的批评。不管怎么样，他又说，用他瘦弱的手臂大致向着窗户的方向挥动着，人们老了一定要睁大眼睛。布朗卡说她不明白他的意思究竟是什么。鲁文不答。房间更暗了。外面的灯亮了并向窗户里投来微弱的光。鲁文呻吟了一声。布朗卡担忧地问他是否感到不舒服。鲁文没回答她的问题而说：

"布朗卡，你很快就要成为一个亲爱的小孙女的奶奶了。我一直在想，或许……或许你应该告诉埃兹拉……"

不等他讲完这句话，布朗卡就从椅子上站起来走过来坐在他的床边。她卷起毯子，把她友好的、多皱的手放在他的胸口。她说话时声音充满了感情：

"鲁文。"

"嗯？"

"我求你……"

"嗯。说下去。"

"起来吧。让我们去听音乐。"

"你知道，布朗卡，我从未认真对待埃兹拉。"

"我不懂。你想说什么？"

"我没有批评他，如果你明白我的意思。直到我们一起从特拉维夫回来的那天。在公共汽车站发生的事情后，我被整垮了。他没有幸灾乐祸。没有。那次一起旅行打开了我的眼睛。我了解他了。我看出他……他生气勃勃。你知道他一路上和我谈些什么吗？"

"《圣经》？渔民？他的两个兄弟？"

"不。谈到死。他说重要的不在于死得光荣。而是要死得尽可能晚些。你记得那位荷兰上校吗？你知道，我曾向你讲到他。当你病了，你就会在脑子里把一些事情联系起来思考。我进行了联系。他也……"

"别谈这些。"

"布朗卡，我们，你，我，埃兹拉，我们都已走过人生旅程的一半了。我们离终点比离起点更近。我得往回走。我在上一站丢了点东西。不要紧。是我不再写的一首诗中的一行。它有些悲伤。我还想说点别的事。在这一切……一切之后，你会认为……我认为这一切算起来于我有利……但是不。没有折扣。没有优惠。甚至没有……这没关系。我不认为这方法好。但那不是主要的。主要的，"鲁文停了一会儿继续说，他热情、坚定的声音充满了房间，充满了黑暗的空间，"主要的是我们两人都有了孩子，我们的孩子批评我们，而且他们不公正地批评我们。外面天黑了，布朗卡，在外面的黑暗中我女儿正过着放荡的生活。她怎么看待我呢？一个令人厌烦的说教者。一个轻易放弃的懦夫。一个无力为了她而救助她母亲的人。一个失败者。一个丢脸的人。布朗卡，她就是这么看待我的。她在外面的黑暗中过着放荡的生活，她憎恨谈话，布朗卡。她怎么看待我呢？她现在在外面。我小心守护她。我为她而感到猜忌。她不属于我。她会去别的什么地方。"

"鲁文。"

"但是我并不感到羞愧。我也许不是胜利者……"

"鲁文，我就待在这儿。我不去听音乐了。我来烧水。我们喝点茶。"

"我可能不是一个胜利者，但是我一刻也不感到羞愧。对任何事。我对我的诗不感羞愧。我对我的孩子不感羞愧。即使他们离开此地。即使他们取笑我。即使他们变了。我对世上的任何事都不感到羞愧。布朗卡。"

"是呀。"

"如果艾纳芙生的是男孩而不是女孩，你怎么办呢？"

"多么可笑的问题？我怎么办？我能做什么？多么奇怪的问题呀。"

"这没有关系。"

"是。"

"我改变主意了。"

"关于什么？"

"音乐。我来穿衣服。我们去。"

"我们去？"

"等一等。水开了。先喝茶。"

"咖啡。我宁愿喝咖啡。"

"但是……"

"然后我们去。一起。"

星期六的上午鲁文坐在他小花园里的一张折叠躺椅上，诺佳靠近他躺在草地上，她问是否该进房子里去了，因为外面已经很热了，鲁文用他自己的一个问题来回答她的问题。

"斯特拉，你过去常读许多诗。现在你是否还有读诗的时间和爱好？"

"你为什么问呢？"

"我想我们也许……假如我们每周一个晚上能一起读读诗，那真好哩。"

"如果你喜欢，我不……"

"不。你不必。不。"

"爸爸，"诺佳说，"有件事我一直想跟你说，但我总是不知怎么说好。是这么回事，人……人就是人。拿你自己来说，你应该让自己放松。不要强迫自己发表言辞。人永远不能成为一种言辞。而你……你不必不断地证明这一点。你不是个证据。你是……你是一个人。我没有说得很好，对吧？你没听懂。我没法解释。我必须告诉你。但我不知如何讲。"

　　"因此你不想。你不想每周一个晚上我们一起读诗。你不必。我只是想或许我们可以，我们可以开始……"

第二十二章
再谈点幸福的日常生活

我们用鹰一样的眼睛观察邻居的行动。我们的批评通过一百零一种迂回曲折的途径发生效应。

比如让我们偷听一下公共存衣房里的谈话吧。这里漫长的炎热时刻在烫衣、缝补和分类的工作中缓慢爬行。放衣橱按家庭分成一个个间隔,就像蜂巢的蜂房一样。

艾纳芙·盖瓦把从达芙纳·艾萨罗夫那里听来的话告诉尼娜·戈德林。尼娜·戈德林把她从会计伊扎克·弗里德里克那儿听来的告诉艾纳芙·盖瓦。弗鲁玛·罗米诺夫凭格尔德·佐哈尔的权威告诉哈西亚·拉米戈尔斯基,而格尔德又是从最初的消息来源布朗卡·伯杰那儿听说的:鲁文·哈里希疲惫而抑郁。由于他的病,也由于他的女儿。关于这,有人说埃兹拉·伯杰已写信给德国的弟弟,那个名叫泽卡赖亚,后又改名西格弗里德的,并用他通常使用谚语的方式暗示有了新的困难。

"西格弗里德怎么样了?"

"嗨,这个西格弗里德是伊娃的新丈夫的生意合伙人。因此伊娃会发现这一切的。至于伊娃,大家普遍感到她会回到我们之中的。等着瞧吧。"

"他们说她的丈夫给她买了一辆小汽车,而且还雇了一个司机,而且她生活得像上流社会的一位夫人。"

"但是,我认为她会回来的。我不相信她在那里快乐。你真的认为金钱和安逸就是一切吗？不，金钱买不到幸福。"哈西亚·拉米戈尔斯基说，格尔德·佐哈尔很快就表示同意她的看法。

"同时，西格弗里德已起程到这里来。布朗卡说他要来以色列为他的餐馆签约雇用歌舞演员。不管怎么说，伊娃会知道她女儿的情况的。如果你们要我说的话，我说这事会让她思考些问题的。"

"血浓于水。正如人们所说，苹果落地离树不远。"

"有一本著名的小说讲一位老人总是追求年轻的姑娘。"

"你认为这儿的材料还不够写一本小说吗？"

"不管怎么说，现在事情已发展到这一步……"

"如果你想一想这件事，从某方面看你可以说布朗卡是诺佳的继母。既然那样，埃兹拉就是她母亲的丈夫，换句话说，是她的父亲。但是从另一方面看，你可以说鲁文是埃兹拉的丈人。既然那样，布朗卡便是鲁文的……你不懂？我再解释一下。慢慢地。你看……"

"我对孩子们不感到奇怪。不管是埃兹拉的还是鲁文的。你不必是个伟大的心理学家就能看出……"

"我奇怪鲁文为什么不让他女儿停止这事。一个真正的父亲早就……"

"是呀，但是别忘了他与那女孩的关系不融洽。"

"哦，是呀。的确不融洽。一点儿也不融洽。"

弗鲁玛一走开，艾纳芙·盖瓦便亲切地说：

"关于弗鲁玛，我想告诉你们，他们说她因为诺佳·哈里希甩掉她的小守护神而生气。为了这事弗鲁玛决不会原谅她。"

听了这话哈西亚·拉米戈尔斯基威胁性地指责艾纳芙说：

"艾纳芙，这话听起来好像你在幸灾乐祸。我不赞成对别人的不幸幸灾乐祸。"

"老天不许。我没有幸灾乐祸。我只是说事实。弗鲁玛不会原谅她。她不知道怎样对人友好。有一次我们一起在烤炉房工作，你们想象不出我得听怎样不堪入耳的话。别要求我重复那些话。她每个毛孔里都渗出恶意。比如，她以对我友好为借口，告诉我……"

"不，艾纳芙。你还很年轻。你不了解人性。弗鲁玛并不怀有恶意。弗鲁玛是个遭受过不幸的女人。人们能谅解她。如果你不能谅解那么一个人，如果你不能理解，那说明……"

"你是对的，哈西亚，你十分对。"艾纳芙避开那要切断她的退路的埋伏说，"我并非不同意你说的这话。我要说的只是，这没有矛盾：一个女人可以不幸而仍然心怀恶意。"

哈西亚拒绝停火的表示。她还有一击，还有获得更好的投降条件的机会。

"你根本不理解，我亲爱的。但是只要等一等。你很快也要做母亲了。我希望你不会被迫受苦。但是如果你不得已而受了苦，你就会学到一些令人不愉快的真理。比如，你会认识到弗鲁玛是个极其直率的女人。当然，你还没有机会体会到这一点。当你必须面对弗鲁玛必须克服的灾难时……"

艾纳芙进行拼死的斗争。她的声音采用了平淡的音调，似乎她想要把生活的一个事实教给哈西亚。

"我要告诉你，哈西亚，弗鲁玛·罗米诺夫即使没有那些灾难也会心怀恶意。那是她的天性。在听说那些人所共知的灾难之前我就听说她是怎样一个人了。我听说了。这是她的天性，我告诉你。你无法改变人的天性。谈这事是浪费时间。顺便说一声，哈西亚，这是你的兹维的一件可爱的蓝衬衫……"

不。哈西亚可不是那种人，能让手下败将耍那么个老花招从自己手中溜掉。此刻她对兹维的衬衫不感兴趣。她感兴趣的是彻底地粉碎这些自认为是心理学专家的年轻人的肤浅的傲气。

"不，亲爱的。如果你想知道弗鲁玛年轻时是什么样的，你问我好了。弗鲁玛可能是个难以相处的人。但是她直率。这是一种有积极意义的结合。艾纳芙，我亲爱的，在你形成对别人的意见之前，你一定要懂一点心理学。那样随便地谈话，请原谅我这么说，是不成熟的标志。但是我确切地理解你为什么做不到客观。现在我不解释。等几年后，或许。如果你仍然记得这次谈话，我会提醒你，你过去是什么样的，那时我们两人都会笑的。你知道，当一个人批评别人时，他其实是在批评自己而自己并没有意识到这一点。而且你能看出他的确是怎样一个人。"

艾纳芙为摆脱困境做了最后一次挣扎。"我并不想说弗鲁玛是应该完全否定的。你不必是个心理学家就能知道没有谁是应该完全否定的。每个人，包括弗鲁玛，都具有各个不同的方面。我想做的……"

"现在你已改变观点了。如果你开始讲话前思考一下，你就不会说出后来要收回的话。这些裤子只能扔到垃圾堆里去。那个格里沙就像二十岁的年轻人一样把衣服穿得那么破。"

艾纳芙怀着对她的征服者的仁慈大度的感激之情，又谨慎地鼓起勇气说：

"哈西亚，你听到他们近来说什么吗？我是说，关于格里沙。"

"我听到一些，但不是关于他，而是关于他的一个女儿。你还是当心的好，艾纳芙。他们说你的丈夫与艾萨罗夫家的一个小姑娘交朋友。我听说，上星期篮球赛后，那小姑娘给他擦干了背。如果我处在你的地位，我会在小鸟们叽叽喳喳之前与我年轻的男人谈一谈。你应该总把那种裂缝从背面缝合。那样更牢固，而且也好看些。那样做是对的，把线拆开，在你这种年龄不要懒，拆掉并在背面缝上。"

一棵烧去了树干的被埋没的树根。

三间以瓦楞铁皮做屋顶的混凝土小平房。像英军给士兵建造的营房。每一间又用胶合板隔墙分成两个居间。这样我们就可以安排六位老人住下。他们是我们的基布兹的创立者的父母，他们活下来后，来这里在他们子女的羽翼下寻求庇护。

这些祖父母在麦茨塔特·拉姆这里占有特殊的地位。他们不是这里真正的成员，但是他们却不尽义务地享受每个成员的大部分权利。他们自愿地担任了某种工作，如织袜和补袜。

一位耄耋老人弯着腰痛苦地补着破旧的袜子，我们必须承认，这景象是有些可笑，甚至令人难为情。但是有谁强迫他们呢？我们没有。他们自愿提出要干这事的。

整个上午，你可以看见他们，黑糊糊的一群人，聚在平房对面伸展的无花果树的树荫下。他们坐在安乐椅里，他们脆弱的身体裹在晨衣里，针织品在他们手中颤动，他们的头低着，好像在念符咒一样。

有时一些晒黑了皮肤的孩子聚在不远处，指点着唱："爷爷，奶奶，跳舞，跳舞，跳舞。"

当我们说老人瘦时，我们不是无根据地推断。正巧住在这里的六个老人有三个男的三个女的，他们中没一个是胖的。他们中的主要人物，名叫波多尔斯基先生（是负责工作花名册的波多尔斯基的父亲），他高而瘦，但是他左肩上有肉峰。另两个男的矮而虚弱，他们分别给取了"密"

与"稀"的外号。前者头上、额上、下巴上和脖子上都长满了短短的白色硬毛。后者则完全秃顶。他的脸像年轻姑娘的脸一样光滑而带粉红色。他的行动十分细心，好像他就活动在一个完全由水晶制造的世界里。

老妇人中，一个细得像扭曲的棍子，她的脸又长又尖；她的头发稀疏，可以看得见头皮。第二个像婴儿一样耸着肩，头陷入双肩之中。但是她的两眼明亮并放射出心灵之光。第三个面颊下陷而且总穿一身黑衣，戴一串玻璃珠项圈和一副用红绳系起来的夹鼻眼镜。她是埃丝特·克利格的母亲，是艾萨罗夫家族的外婆。

将近十点钟时，他们就打瞌睡了。他们看上去就像黑色的雕像。即使在这骄阳似火的时刻他们还裹在开襟毛线衣、套头毛衣和毛线帽子里。他们似乎像一个忧心忡忡地露宿在危险的土地上的探险队。或者像已不复存在的国家的代表，仍怀着执拗的自尊心继续逗留在异国，而且是敌国的首都。

他们谈话不多。阳光透过枝叶茂盛的无花果树柔和地照在他们身上。如果他们中有谁开始说点什么，他很少指望有人回答。他们讲的意第绪语中夹着个别俄语或波兰语单词。比如克利格太太会说：

"这真让我发疯。我过去闭着眼睛也能穿针。"

或说：

"昨天的甜菜汤根本不能与罗宋汤 ① 相比。"

或说：

"我的花盆破了，我便把天竺葵植在罐头盒里。"

---

① 以牛肉、卷心菜、土豆或甜菜煮的浓汤，这个词来自俄语。

或说：

"我的安眠药片对我已不再生效了。"

而波多尔斯基先生经过相当的考虑后说：

"哎，哎。"

或说：

"那只老鼠昨晚又来了。我发现了证据。它吃了我的一块小甜饼。"

有时"密"会闭起眼睛说：

"在我们镇上有一个非犹太人。他的名字是特罗钦。他拥有树林。他是个可怕的反犹太主义者。但在所有人中偏偏只有他在那邪恶的日子里藏着一个犹太姑娘。两个犹太姑娘。"

一个老妇人，就是头发稀疏的那位，说：

"楼梯下的破布应该全部烧掉。"

这话与前面讲话的关系是不明确的。但是"密"责备地打断她的话说：

"没有盐的饮食使你丧失力气。我说的是全部力气。"

波多尔斯基先生听了这话发出一声愤怒的咕噜并摇摇头。他看看他的听众。然后他把一只坚定的手放在"稀"的手臂上，在这儿这是一种不寻常的姿势。"稀"哆嗦起来。波多尔斯基先生满怀信心地说：

"现在那儿的人可以保留一个小农场。不像在斯大林时代那样。"

那耸着肩的老妇人回答说：

"乌克兰人一直是最坏的。一千次地诅咒他们。对立陶宛人也应该一视同仁。"

克利格太太想用一个故事来证明这一点。

"在罗夫诺老家过去有个犹太人。他以前家境的确富裕。他有过自己的工厂。但是现在他干什么呢？他现在在海法附近当卡车司机。但是我认识他。他是个好人。一位圣人。他仍然是。这种人现在再也找不到了。他有三个女儿。其中一个……"

但是克利格太太被疲劳压倒。她的故事也瓦解而挥发在热空气中了。或者也许她停了下来，是因为耸肩的老妇人插进来说：

"茶就要来了。"

老人们都是从科韦耳附近来的。德国成员的父母都没活下来。有的平安地死去，如斯特拉·汉伯格外婆，有的死于非命，如鲁文·哈里希的父母和姐妹。

许多年前，在科韦耳，当我们的基布兹的未来的创始人热衷于复国主义青年运动之时，他们的父母试图阻止他们，有的用愤怒，有的用嘲笑，另一些则用讲道理的方式。但是后来情况逆转，他们不得不随他们固执的后裔到这里来寻求避难所。因此，他们对他们的儿子、女儿甚至他们的孙辈都十分有礼貌甚至恭敬。他们不像别处的老人那样提出劝告。他们毫无怨言地服从基布兹的一切规定。一种无言的恐怖似乎支配着他们与基布兹各机构的交往。如果有谁用托盘给他们送来茶，他们便半起身鞠躬，而且波多尔斯基先生还代表大家表示感谢。这正应了一句犹太格言："被热水烫伤后，对着冷水也吹气。"在基布兹的书记或会计或卫生官员面前，他们的举动就像见到了专横的非犹太人当局的代表一样。每天傍晚他们虚弱地拖着脚步到他们孩子的房间去与家人一起喝咖啡，并看看——而且仅仅看看——他们的孙辈。他们从不敢跟小孩子们玩或给他们讲故事，因为怕破坏那莫测高深的教育规则。当恶作剧的合唱队向他们唱"爷爷，奶奶，跳舞，跳舞，跳舞"时，他们就耸起肩，把衣领翻起来，似乎要抵挡狂风。毕竟，人们曾一而再地、得体而坚定地告诉他们，现代孩子不能打也不能训斥，以免伤害他们稚嫩的感受力。

他们的晚年显然因得到保护而免于贫困、免于受辱，但是他们却孤独地生活于自己的住处。为了避免碍事，他们竭力把自己收缩起来。他们笼罩在悲伤的气氛中。又有什么办法呢？他们最好的年华早已消逝，他们自己的孩子们已胜过他们，他们已半截入土，他们注定了要感到悲伤。即使那些常绿的松树，当微风触及它们的枝叶时，也会发出低低的呻吟。

中午餐厅里挤满了饥渴的人们。快一点时，大厅几乎空了。负责餐厅工作的成员开始清扫餐桌并为晚餐摆好餐具。他们熟练地、机械地工作着，他们的思想自由地想着别的事情。当然，有一定的限度。心不在焉肯定会影响工作效率。

两点钟埃兹拉·伯杰在提货单上签了字，从尼娜·戈德林那里领取了他装咖啡的热水瓶和三明治口袋便出发进行他这天的第二次旅行。

稍后，弗鲁玛·罗米诺夫出现在厨房的门口，她是用碟子来装幼儿的晚餐的。在厨房的另一头，赫伯特·西格尔喘着气把几个盛奶大罐从小手推车上卸下来。如果你走过院子，你会遇见鲁文·哈里希双肩微拱地领着一群游客。他的演说缓慢而富有思想，好像他是向他的听众吐露他的怀疑而不是用生气勃勃的口号向他们作高谈阔论的演讲。有时他热情高涨，他的声音便会颤抖，似乎想努力阻止情绪向上汹涌。他的听众并非不自然地说出了这样的话：

"这是一次真正宗教的体验。"

或者：

"一个真正的《圣经》人物。"

而后，在下午四点钟，又是那习以为常的休息：草地上的折叠椅，树林里风的飒飒声，玫瑰花和咖啡的香味，毛线针的嚓嚓声，晚报，放大镜，与东边山顶上的强光相呼应的晚霞，赫茨尔的手风琴，赫伯特·西格尔的小提琴，喷灌机的喷雾。就连见到奥伦·盖瓦和他的朋友们为着某种不知道的目的偷偷地爬上水塔顶上的观察岗，也不能驱散这儿的平静。

每星期六的晚上召开基布兹大会。兹维·拉米戈尔斯基戴上眼镜，用他的手拍打桌面，指责织毛线者，徒劳地招呼围着看下周工作分配花名册的人坐下来。

偶尔，有人争吵起来，但总是和和气气的。思想实际的人们提出实际的解决办法，而理论家们却攻击他们的解决办法，而且举出十来个事例证明，短期内看来似乎很好的办法在时间的长河中却会产生可怕的结果。兹维·拉米戈尔斯基巧妙地把争论引向以理想主义为一方和以现实主义为另一方的不同要求之间的妥协。

格里沙·艾萨罗夫做了关于安全问题的报告。格里沙演说的声音是粗沙的，但他的消息是好的：可怕的预言已证明是错误的。事态平静。没有可担忧的。可是仍旧不知道明天会发生什么。甚至今晚。我不是预言家。特别是当传来关于骆驼地的情况时。同时，正如我说过的，事态是平静的。可是，一九三六年，在大难发生之前，事态也是平静的。我记得一次，那年冬天，那时我在贝尔–图维亚 ①……是的，嗯。有一件事

————————————

① 贝尔–图维亚位于以色列西部。

我要说，同志们：这地方是个谣言窝。这很糟糕。的确很糟。就像那个
故事，说一个牧羊人老喊狼来了，狼来了，而当狼真的来了——你们都
知道那故事的结局，同志们。我想它的寓意大家都清楚。因此，要少讲
点话。就这意思。

星期四的晚上各种委员会开会。它们的气氛不利于发表宏伟的理
论，议事日程上全是些实际事务。在财务委员会上，芒德克·佐哈尔与
伊扎克·弗里德里克商议为区议会盖一所办公用房，它现在的办公用房
是间摇摇欲坠的棚屋。芒德克认为该是建一所小房子的时候了。而伊扎
克·弗里德里克却认为还不是时候，或者说还没有足够可用的资金，今
年是个歉收年。

在文化委员会上谈到了内赫米亚·伯杰博士即将来访的消息。正好
利用这一极好的时机组织一系列社会主义史的报告。对此事要进行讨论。

在教育委员会上，就紧迫的少年犯问题交换了意见。就这一问题进
行了激烈的争议，最后作出了意义深远的决定：把奥伦·盖瓦送去找特
拉维夫的一位心理咨询医生，这医生是受雇于基布兹运动的。这一决定
要严加保密。

星期四夜间，半夜前一小时，艾纳芙·盖瓦感到头胎婴儿分娩时经
常伴有的严重阵痛。托墨被搅醒了，而且有点儿恼怒地驱车把他的妻子
送往医院。他竭力使盖满灰尘的卡车尽可能平稳地行驶，并避开路上的
凹坑，以免使妻子遭受不必要的痛苦。

艾纳芙在将近一点钟时住进了产科病房。托墨又待了几个小时，这
时间够他抽八九支香烟并同一个高高的黑发护士开点儿玩笑。早上四点

钟，他请求夜班护士告诉他的妻子，他现在要回家了，但是午后他会再来。他得去监督收藏牛饲料的工作。他刚转过身去便听到夜班护士叫他别走。

"恭喜，是个男孩。"

托墨目瞪口呆地望着她。

"怎么，她……她已经生了?"

护士只是从桌上的纸张上抬起目光。

"恭喜，是个男孩。"

托墨脸变白了，他朝办公桌跳过去，拉住护士的肘部，羞怯地问道："请原谅，是男孩还是女孩? 是什么?"

"恭喜，是男孩，我已向你讲过五次了。"托墨在口袋里摸了摸，抽出一支烟，把它夹在嘴唇中，却忘了点火。

"我什么时候可以看孩子。"

她回答说他最好下午再来，他于是紧握自己的大手说：

"告诉她我祝贺她。告诉她我下午再来。告诉她在此以前我不能去看她，而且反正我也不能够，因为我们要收牛饲料，而且我得去那里，否则他们会割到别的地里，那块靠近香蕉的地，而且……别管它。告诉她再过几个小时我就来了。是的。这么说是个男孩，你说。那很好。"

还有另一件事也发生在同一个星期四的夜间。

绿松石像平日一样到外面去等待她那年岁大的朋友。公牛提坦透过栅栏望着她。它沉重地呼吸着。它的呼吸温暖而潮湿。姑娘见到公牛便拉长了脸。提坦的眼睛是充血的。

牛棚的后面露出拖拉机棚的轮廓。天冷，她有点儿哆嗦。由于冷也由于无聊，她轻轻地踮着脚跳来跳去。而后事情发生了。

那个星期四晚上十一点二十五分，诺佳在轻轻跳动时感到疼痛。痛得厉害。腹部痛。

她停止跳动并把一只颤动的手放在痛处。她的面颊失去了血色。嘴张开着。心也不动了。她突然猛烈地明白过来，而且联想起早期的其他症状。不。是的。

母——亲，她喃喃自语，眼睛暴出。冷变成了狂烈的发烧。脸上失去的血色又涌了回来。母亲。

然后突然发生了一件奇事。水塔顶上的探照灯光线与另一种光相撞。敌方探照灯的黄色光线。

两盏强光灯把喷射出的光直指对方的眼睛，好像竭力想使对方目眩而亡。

对面隐约可见的不相连的山影，被耀眼的紫红色光辉照亮。

两股光仍旧狂怒地拥抱在一起，刺穿彼此的眼睛，样子凶狠而固执，像杀人的剑或像喝醉的情人。

第二十三章
纯朴的渔民

她看看多星的天空。老王后斯特拉。公主。铃锤。吉卜赛人。他。

"开车去太巴列湖。去你的渔民那儿。同我一起。现在。"

"你疯了吗，绿松石？出去。你为什么上车？都快到早晨了。"

"我巴望你死，埃兹拉。我希望你倒在地上死去。马上。"

埃兹拉使劲拉一下帽子。他的脸扭曲成目瞪口呆的表情。他的嘴显出坚定的样子。他还不知道。他的孙子正挣扎着要出生。他不知道。诺佳不知道她在说什么。

"开吧，我说。我说开往太巴列湖。马上。"

在停了一会儿后又说：

"我希望我死了才好哩。你什么也不明白，不明白，不明白。你真笨，大熊。你对我干的好事。你不在乎你什么也不在乎汗津津的大笨熊你对我干的好事。"

他看看她。他累了。他伸出手去摸她的面颊。他改变了主意。发动引擎。调转车身重新面向沉寂的路面。他的面孔茫然。他冷漠地斜眼看看她并问：

"你的意思是……"

诺佳不回答。埃兹拉摇了几次头。他狂怒地低声说：

"不。"

一阵沉默。在齿轮发出吱吱嘎嘎的声音后，他又说：

"我对你干了什么？"

绿松石突然发出可怕的笑声，笑声中充满了不是笑的别的什么。

"嗨，我们要不要结婚呀？遇到这种情况一般都要结婚的，对吗？"

男的没有回答。可是，他的下颚低垂，看上去像在打呵欠一样，但却没打呵欠。在黑暗中他的面孔带有愧疚的神情。诺佳向他望了一下。她看见了。然而她仍用那听来好似猥亵的音调说：

"傻瓜。愚蠢的傻瓜。你是个坏人。我的父亲会杀了你。我的拉米会杀了你。"

突然他刹了车，把车开到路边，放开方向盘，急忙抓住她的双肩，并用粗鲁的吻涂抹在她的脸上。然后他放开她，点上一支烟。他又接着开车，慢慢地，好像卡车的负荷很重似的。他的头缩在双肩之中。

将近两点，在靠近沉睡中的小镇时，诺佳止不住要呕。她把头伸出窗外吐了。

饭馆里有烟味和烤鱼味。渔民们向埃兹拉和他的女友点头。他们没有表现出惊讶的样子。他们没有相互微笑。阿布希迪德穿着有污点的工作裙亲自走近他们的桌子问他们是否喝点咖啡。埃兹拉说那姑娘与他喝同样的咖啡。放点豆蔻。

其他的人静静地抽烟。阿西斯并不特别对埃兹拉说，一支桨断了，致使他们撞破了两盏压力灯。卡比利奥说按今天的价钱要买灯替代它们得花六十英镑，虽然它们只值一分钱。阿西斯认为不会超过四十。最多四十英镑。埃兹拉问巴巴德贾尼放出来没有。阿布希迪德高兴地说，放了，放了，巴巴德贾尼已经放出来了。他前一阵倒了霉。现在已经出来了。你永远不知道你会遇到什么事。命运藏在黑暗的角落里，而后突然跳出来让你栽个大跟斗。

埃兹拉问巴巴德贾尼现在在哪儿。阿西斯说巴巴德贾尼现在在水上。他可能过一会儿来。或者他可能直接回家去。你永远不知道别人打算干什么。

诺佳轻轻地问为什么这儿的渔民用划艇而不用汽艇工作。格尔雄·沙拉戈斯蒂笑了一会儿，然后止住了笑并说：

"我们只是纯朴的乡下人，亲爱的。"

咖啡很浓，有香料的醉人的气味。阿布希迪德向诺佳解释说这气味来自豆蔻。

微微的东风吹过湖面，带来一股浓郁的香味。夜色中响起了夜鸟的呼唤。格尔雄·沙拉戈斯蒂吸着一支味浓的外国烟。埃兹拉问能否给他一支。沙拉戈斯基没有给而表示道歉。他太累了，不能正确地思考。不管怎么说，最近这几天他有几处地方感到痛。日子不好过。上帝知道。如果你不健康，日子就不好过。埃兹拉，你一定知道《圣经》里关于这事是怎么说的。当你不再年轻时你就不快乐了。《圣经》里是不是说过类似这样的话呢？喏，吸一支烟吧。也为你的女儿拿一支吧。或者你还不让她抽？太年轻？给你自己拿一支吧。那么，那本好书里是怎么说的呢？

"'他的生命憎恶面包，他的灵魂憎恶精美的肉食，他的肉体已被毁灭以致看不见了，而他的灵魂走近坟墓，他的生命走近毁灭者们。'这话出自《约伯记》，其中有伟大的寓意。听着，卡比利奥，你也听着。它说一个人不该抱怨。为什么我们就该接受好的而不能接受坏的呢？我并不是信教的人，沙拉戈斯蒂，而是十分简单地说这番话的；你得把粗糙的与滑溜的一起拿。正如人们说的，有一天你舔蜜，而另一天你会嚼葱。"

"凭神圣的经书发誓，你是对的。生活是艰苦的。这是你的女儿吗，埃兹拉？她不怎么像她的父亲。我要说她有一个很漂亮的母亲。"

诺佳说是的，她的母亲是很漂亮。那渔民穿着粗陋的大衣，面颊上长着短髭，他说既然她母亲很漂亮，他父亲为什么到处游荡，像个没地方去的人呢？

"我父亲，"诺佳斜眼望一下埃兹拉说，"我父亲是个很特别的人。"

"一个很特别的人，凭神圣的经文，凭我的生命发誓，"阿布希迪德说，"一位纯朴的、没受过教育的人，但他懂得经文而且懂得生活。他是个聪明人。"

"聪明人头上长着眼睛，"埃兹拉慢慢地说，"而我的眼睛在哪儿呢？在地狱，那就是我的眼睛所在的地方，阿布希迪德。"

"埃兹拉，你为什么讲这种邪恶的话，你为什么当你女儿的面诅咒你自己？你不应该这么做。这样会给你带来厄运的，是的，上天不容。"

"我的女儿懂得。我的女儿不再是孩子了。她大了，懂事了。笨人用眼看，但聪明人却一直看到心里。不是吗，绿松石？"

"你无论说什么总是对的，爸爸。"

埃兹拉问诺佳她在这里是否愉快。诺佳说那当然啦。她以前从没到过像这样的地方。埃兹拉说她现在是否好些。诺佳说现在她什么感觉也没有。格尔雄·沙拉戈斯蒂对她笑笑并且又说：

"我们只是纯朴的乡下人。"

而后他又笑了。他的脸似乎总带着笑。

沉默。

阿西斯在他的角落里开始讲述那两盏几乎像新的一样的压力灯是怎样撞破的。卡比利奥在必要时补充些被遗忘的细节。阿布希迪德在柜台后面打盹。格尔雄·沙拉戈斯蒂也睡着了，倒在稍远处的一张桌子上。绿松石把头倚在她爸爸的肩上。埃兹拉以为她睡着了。但是诺佳醒着哩。她的泪水透过布满灰尘的衬衫抚摸着他的肩。

透过对面门口可以看见一片水。湖水。湖水黑色并带有几分寒意。

阿布希迪德醒过来并打开收音机，他转动旋钮，找到了一个播送舞曲的遥远电台。目光敏锐的人可以看到黑色湖水那边的山影。那儿有黄光闪烁，神秘地悬停在水与星星之间，这情景是难以解释的，除非你知道那山就倒映在黑色的湖水中。此时已是早上三点钟了。

沙拉戈斯蒂和阿西斯站起来要走。

"巴巴德贾尼没来。"卡比利奥说。

"我们不能等到早上。"格尔雄·沙拉戈斯蒂说。

"有话给他吗？"卡比利奥问。

"没有。只是叫他避开不幸。"阿西斯说。

"而你们紧跟好运，你俩。"阿布希迪德说。

东风微微地吹。水上微波荡漾。群山之根深藏在海底。万籁俱寂。月亮已经落下。在沉寂的深水中住着鱼儿。用鳃呼吸。有的成群游着，另一些却更喜欢孤独。浩瀚的水面展示在他们面前。他们可以任意地自由漫步。空气是潮湿的。响起了一声噼啪声。诺佳问那奇怪的声音是什么。埃兹拉凝视着她，好像不大认得她似的。他停了好一会儿，好像他忘了，好像他永不回答了。沉默过去后他的答话模糊不清。

"桨的声音。阿西斯和沙拉戈斯蒂在划船。"

诺佳轻柔地喃喃说：

"哦。"

第二部

铃　锤

第二十四章
一位不受欢迎的人物

六周以后春天的最后迹象也消失了。小麦地在白光下变得灰白干燥。郁郁葱葱的植物让位于骨骼状的刺藤。一种致命的气压似乎从高山上倾泻而下。长长的、耀眼的、令人目眩眼花的白天。但是却有三日虚假的秋天成了主宰。

有时这种虚假的秋日发生在我们的夏季。早晨从西边吹来一阵令人舒服的清凉。乌云像一队闲逛的游手好闲之徒为我们挡住了那可怕的阳光。微风在树叶和松针中沙沙作响，清凉的潮气也成了这一新的统治时期的见证。深呼吸扩张了胸部。甚至眼皮的紧缩的肌肉在忘却残酷的强光的恐怖后，也稍稍松弛了一下。每个人都大口地吸入那大受欢迎的新鲜的、秋天的空气。

但这低低的云层，这些不守信的流浪者是善于骗人的。早上他们向我们献殷勤，但是到中午，他们的假面具就不见了，他们暴露出他们真正的凶猛。潮气和令人压抑的重压无情地压了下来，那熟悉的铅灰色又回到天空。不一会，白光也回来了，清晰、明亮而且凶恶。

在这种假秋日的一个清晨，在早餐的时候，一辆长的黄色出租车驶到餐厅前面。一位身穿黑色服装、打紫色领带的男人走了出来，左手拎着一只蓝色的箱子。有一会儿工夫，他视察周围的环境，闭一只眼而睁大另一只眼，沉思地展开下唇。他的脸突然扭曲成好似勉强的笑。他放下箱子，取出手帕并仔细地擦擦前额、下巴和双手。然后他点了一支烟，并向那透过车窗望着他的司机随便地挥动一下手臂。司机理解他的意思，便往绿色皮座后一靠，准备多等一会儿。

那人并未显露出匆忙的迹象。他像扎根在那地方似的站立着视察周围的环境。男男女女从他附近走过，他们走在环绕餐厅的小道上，向他投来好奇而友好的目光。新来的客人以微笑回报他们的目光，甚至礼貌地点点头，但他并不与谁讲话。最后，他看见半隐藏在草地边缘的树丛里的一张长凳。他拿起手提箱走了过去。他的步子轻松活泼。显然箱子不重。他十分安静地坐着，专心致志地抽烟，好像要从每口烟中吸取每一个滋味粒子似的。有一两次他把握烟的左手的大拇指举起来搔眉毛，这令人迷惑的姿势并不表示窘迫，而只表示心不在焉或者是思想集中——还有一点焦虑，因为有一瞬间那燃烧的烟头几乎碰到了他的黑发。

来客的脸长满了褶皱，好像他的皮肤太多，因此没铺展开，而任其松垮垮地挂在头骨上。在他的上唇上有小小的无形的胡子，在它的周围可以觉察出一种奇怪的活动，好似他的鼻子及其附近由于某种神秘的活力而老在抽搐一样。

最后，他挤压烟蒂，直到把剩余的烟草都挤了出来；他站立起来，提起箱子，朝餐厅门口走去。他微微弓着腰，就像步入强逆风之中一样。

似乎是工作花名册的协调人波多尔斯基对来客表示欢迎并问他是否需要帮助。来人操着措辞讲究、音调优美的希伯来语用沙哑的男低音问他在什么地方能找到伯杰同志。波多尔斯基问他指的是埃兹拉·伯杰还是他的儿子托墨。客人笑了，但那样子显然引起另一人不安。他要找埃兹拉·伯杰同志，那位父亲。波多尔斯基摇摇头说：

"埃兹拉？他出车了。他早上六点钟离开的。但是托墨在餐厅。我来喊他。"

客人对他引起的不便表示道歉，但是他说，如果不太麻烦的话，他宁愿先见到布朗卡·伯杰同志。

波多尔斯基建议他到餐厅去吃点喝点什么，同时他，波多尔斯基，便去找布朗卡。他回答说基布兹一向以好客著称，这儿的好客给他留下了深刻的印象，但是他宁愿在那边长凳上等一等。不必匆忙。他并不忙。他有的是时间。我有点事想了解一下，他又说，一面说一面调整他的紫色领带，尽管它一点儿也没有错位，他想了解，喏……怎么说呢……是否……是否伯杰家里有什么新闻。当然，他知道添了一个可爱的小丹尼，但是他想知道的是……家里的一般情况怎么样，因为，唉……他本人就是家中的一个成员而且……他想在会见布朗卡之前了解些事实。他的对话人自然不是非回答不可。

波多尔斯基思考了一会儿，然后说：

"似乎他们仍有问题。请你原谅，我要去告诉布朗卡你到了。"

十分钟后布朗卡出现了，穿着工作裤并系着白围裙。泽卡赖亚拥抱嫂嫂并礼貌地吻了她的双颊。布朗卡多皱的脸布满笑容，她问他什么时候到以色列的，什么时候到麦茨塔特·拉姆的，他走哪条路来的，他是否感到闷热，他为什么不发个电报说他要来，他有什么计划，他身体怎样。最主要的是，可惜，真可惜，埃兹拉不知道他是今天来。她说话时拎起他的手提箱为他带路。看我尽用闲话来烦你，你一路来一定累坏了，而且还又饿又渴。

泽卡赖亚从布朗卡手中拿过箱子并把他的手坚定地放在她的髋部。

"请允许我离开一会儿，"他说，"出租车里还有一些箱子。我必须付给司机钱并让他离开。还有给全家带的礼物。"

　　原来泽卡赖亚是乘坐斯堪的纳维亚航空公司的飞机在黎明时到达的，而且他已在特拉维夫通过电话与各方面的人联系过。他原打算在特拉维夫住一两天，处理紧急的商务。但是当他通过海关时，一股强烈的怀旧感情使他不能自制，于是把一切抛之九霄云外而直接来到这里，他的可爱的家。什么东西比家更重要呢，我亲爱的布朗卡？这整个广阔的世界就没什么比家更重要。因此我便来了，急着宣布："我是你的弟弟约瑟夫。"你必须原谅我感情的冲动，感情就是这样子的，它让人情不自禁，哈哈，是的，感情就是这样的。

　　当他们进入关着百叶窗的房间时，泽卡赖亚急忙打开他的一些包裹。他坚持在接过布朗卡递给他的那杯果汁之前先让她看看礼物。

　　"布朗卡，看这块料子。摸一摸。很精美吧？是的，布朗卡，是给你的。你可以用它做一件漂亮的衣服。美丽的布料送给美丽的夫人。这盒子里是送给年轻夫妇的一台录音机，这是给亲爱的小丹尼的羊毛套装——我真想抱他、亲他、为他哭一场。这电动剃须刀是给我可爱的哥哥埃兹拉的，我也没有忘记我们亲爱的奥伦——他肯定会喜欢这火车模型的。看，布朗卡，它在自己的轨道上运行，就像欧洲巨大的铁路系统一样。不，我没有忘记原则。我是个有原则的人，而且我也尊重别人的原则，包括基布兹的集体主义思想。当然，当然。但是即便如此，难道我就不能给我喜爱的人一些小的、纯粹象征性的礼物吗？布朗卡，让我们再也别谈这件事了。只字不提。如果你不要我的礼物，那就表明你不欢迎我。我就立即离开。你肯定不想得罪你亲爱的小叔子吧？那就行了，布朗卡。我已听过了你的一切理由。你说不出新东西了。看吧，布朗卡，看吧，看看这磁带录音机：它是最新式的，三轨，四速，带高灵敏度的扩音器，你可以录下最复杂的音乐。愿上帝让这些肮脏的德国人腐烂在地狱里——但是他们的工业却是好样的。这是世界上最著名的式样。啊，布朗卡，我亲爱的，他们造的机器真奇妙！”

当泽卡赖亚滔滔不绝地讲着有说服力的论据而不让他嫂嫂插入片言只语时，他瘦瘦的、多毛的手指抚摸着从包装盒和包装箱里拿出来的物品。他的动作熟练而灵巧，就像旅行推销员的动作一样，而且他的声音带有坚定不移的音调，推销员在说服昏头昏脑的受骗者购买商品时用的也是那腔调。

布朗卡给他倒了一杯冰冷的果汁。泽卡赖亚噘起嘴美美地呷了一口。他的眼睛充满了强作的欢乐。他用绿手帕擦擦嘴，然后像魔术师一样熟练地把它放进口袋里。

“对一个疲劳的人来说，”他说，“它凉爽而提神。”

布朗卡问他想不想洗个淋浴。泽卡赖亚用一连串的礼貌用语拒绝了。别客气，别客气，他一定很打扰她了，她有她的工作要做，她可以丢下他继续去干工作，他不会偷，也不会打破东西的，她可以相信他。

布朗卡爆发出响亮的笑声。

“不，我不必回去工作。我们到托儿所去看看丹尼，在路上我进去说一声，告诉他们上午我不再工作了。毕竟我们不是每天都有像你这样的客人的。自上次相聚已过了那么多年啦。你是在一九四八年当难民时回来的，一年以后就离开了。可是，现在我们别谈过去吧。当然，埃兹拉会为他不能在这里欢迎你感到难过的。但是那不是他的过错。那是你的错，因为你决定要让我们大吃一惊。泽卡赖亚，你是有过失的一方。”

“是的，我是有过失的一方。”泽卡赖亚说时用他的大拇指搔他的眉毛和他的小胡子。稍后，好像想起自己应负的责任，他笑了。

布朗卡并不喜欢他的笑。他一笑，上下两排牙全暴露出来，那样子并不好看，倒是有点令人害怕。

客人脱下茄克，把衬衫塞进裤子里，松了松领带，然后便跟着布朗卡在基布兹作第一次散步。

当他们缓步前行时，他拿出一支烟，并用一个镀金的打火机把它点着。他一边点火一边说，他曾把同样的打火机作为礼物送给哥哥埃兹拉。总的说来，他继续说，尽管他们兄弟之间相隔遥远，但在他内心深处，他觉得离他们两人很近。他们的困难就好像是他自己的困难一样令他痛苦。感情就是这样的，它能征服距离。

布朗卡决定换个话题。她指着一所白房子说，这便是托儿所。他们可以进去看一看小丹尼。丹尼睡着了，粉红色的头颅上覆盖着黑色的小软毛，一个紧握的小拳头放在柔软的颊旁。

泽卡赖亚的脸突然皱了起来，他看上去像个流泪的老人。但是或许只是由明亮的阳光下突然转到黑暗的室内才扭曲了他的相貌。

他们来到室外。

泽卡赖亚·西格弗里德·伯杰说：

"父亲的第一个曾孙，愿上帝让他的灵魂安息。我并不想说反对你们这儿风俗的话，但是我认为他应该取名拿弗他利-赫什，或拿弗他利，或者起码是兹维，如果你们想要一个更现代化的同等名字的话。当然，年轻的一代必须让他们高兴干什么就干什么。他们向前看，而我们向后看。世道就是这样。不会反过来。"

布朗卡说：

"那儿是马厩，里面是些马。"

泽卡赖亚的嘴松垮垮地张了开来，布朗卡一瞬间感到了爬虫或青蛙的模糊印象。但是这印象马上就消失了。这时他热情地喊着：

"马！马好极了。我不知道基布兹还使用马。我喜爱马。"

布朗卡没有吱声。她的客人谨慎地、殷勤地向她表示彬彬有礼的关注，走到一边去给她让路，微微鞠躬，每次遇到障碍就向她伸出手臂或是挽住她的肘部。布朗卡感到很荣幸但却有点儿窘。这是否只是外国的礼貌？肯定这并没有别的意思。他们在基布兹里大约又转了半个小时，布朗卡穿着她蓝色的工作裤和白围裙，西格弗里德穿着衬衫系着领带。在操场外面他咧嘴笑了并拦住他的女主人。

"秋千！真好极了！"

"孩子们没人看管在这儿一玩就几个小时，他们的习惯……"

"布朗卡，坐在秋千上吧。让我们一起荡秋千。请吧。我感到快活极了。"

布朗卡不理睬这奇怪的要求，他们又继续闲逛。他们来到娱乐厅。他们里里外外视察一遍，布朗卡向他描述基布兹的文化生活。

泽卡赖亚说：

"伊娃叫我向她以往的家庭致意，并让我带来了一些小礼物。"

布朗卡说：

"她在那里幸福吗？"

泽卡赖亚说：

"幸福？什么是幸福？我可以告诉你，艾萨克·汉伯格能满足她的一切需要，物质的和智力上的。那高高的篱墙是否通电？没有？我以为，或许，为了安全……请原谅我的无知。"

布朗卡简要地叙说托墨是怎样受伤的。泽卡赖亚两手拍在一起，发出大声的呻吟，似乎在表演一个害怕的女人。

"上帝呀，好险，九死一生。诅咒以色列的敌人们，他们永远不让我们过和平的生活。"

回到房子后布朗卡建议他躺下，休息到吃午饭时。埃兹拉一点半回来，不消说，他今天不会再跑第二趟了。要说明他哥哥为什么自愿干两个司机的工作是不容易的。

布朗卡怀疑泽卡赖亚对情况已略知一二了，她宁愿他了解真实情况，因此她设法给他暗示。

泽卡赖亚脱去鞋子，躺在长沙发上，并点着一支烟。他用指头摁熄了打火机的火苗。布朗卡发出一声惊叫。泽卡赖亚露齿一笑，并说他总那么做的；如果他感到困了，就碰碰火苗，就会清醒起来。布朗卡睁大了眼睛，但是她却用平静而有节制的声音说：

"但是……为什么呢？你可以打个盹。这对你有好处。埃兹拉要到一点半才回来。"

泽卡赖亚回答说：

"我不想睡，但是如果你不反对，我会保持安静。我想想一想亲爱的、可爱的小丹尼。"

沉默。

布朗卡端上蛋糕、水果和咖啡。泽卡赖亚闭上一只眼，睁大另一只眼。他像第一次才见到她似的看着她。最后他说：

"亲爱的布朗卡，我感到完全像在家里一样舒服。"

沉默。

布朗卡心想：我仍然不了解这个人。一方面他身上有着埃兹拉的某种特点。是什么呢？埃兹拉是个沉默的人，而这个人话很多。或许他们的强作愉快是共同的。另一方面，他们又各不相同。我不会喜欢这个人。的确，他很多礼。但是他的礼貌似乎掩盖着骨子里的粗俗。我不知道关于他，鲁文会说些什么。

一只小鸟把消息传开了，或者可能是波多尔斯基吧。从德国来了一位客人，是埃兹拉的弟弟。从他带来的许多行李判断，他似乎打算住一阵子。在存衣房，在厨房，在洗衣房，人们都在唠叨这件事。有的说这家子的问题快要结束了。另一些人却说，正相反，问题才刚刚开始哩。

埃兹拉刚关掉引擎从车上下来，就有人告诉他，他兄弟来了。不是耶路撒冷的那位，是德国的那位。他雇了一辆黄色出租车在早餐时突然到来。是波多尔斯基带他去见布朗卡的，而且他还带了许多行李。

埃兹拉脱下落满灰尘的帽子，在膝盖上拍了两次，便急忙往他的房子走去。说来奇怪，在此刻可能产生的一切感情中，他感到的却是心不在焉。

听到通往阳台的台阶上沉重的脚步声，泽卡赖亚以与他的年龄和社会地位不相称的敏捷跳了起来。门打开了，两兄弟面对面地相会了。泽卡赖亚看到他哥哥衣服上的油斑。埃兹拉看到他弟弟的胡子，这可是个新事物。奇怪的是，在那一瞬间他也注意到胡子的神经质的抽动。

他们继续相互看了一会儿，然后便投入彼此的怀抱，捶打对方的脊背，咕噜几句意第绪语，分开来又重新紧紧地拥抱。

布朗卡让他们用几分钟品尝他们的快乐。然后她选择恰当的时机，当拥抱停止了而她丈夫粗糙朴实的面孔上露出难为情的神态时，她把干净的衣服递给他，并建议他马上去洗个淋浴。埃兹拉心怀感激。他向客人表示歉意后便去沐浴。当然，在一刻钟之内他还得回来，但是，在这段时间里他可以集中一下思想。布朗卡的体贴关心和理解又一次帮助了他。他不得不承认这一点。

　　下午他们都坐在外面的草地上。

　　布朗卡一次又一次地装满水果篮和饼干盘。埃兹拉向他的邻居芒德克·佐哈尔借来一张多余的折叠椅。他们的谈话很顺畅。比如，他们谈到世界的政治情况。布朗卡说以色列的形势有赖于列强之间的关系。埃兹拉认为在现代世界上已不再可能进行一场大规模的战争。并不是因为预言已经实现，狼与羊躺在一起了——他不想被人当成傻子——而是因为没有羊了。羊已全部被狼吃光了。预言已经实现，只是狼和狼躺在一起了。他并非只是讲讲风趣话。国与国不会兵戎相见，只不过因为它们都研究过战争，而且它们将继续研究战争。

　　布朗卡说，单独一个疯子就可以毁灭整个人类。

　　泽卡赖亚欣然地而且以惊人的热情表示同意。他还说下一次的战争将是一场激动人心的景观。不能肯定他说此话是否是认真的。

　　他们也讨论了基布兹的诸多原则。布朗卡表示难以接受泽卡赖亚的礼物，它们使她感到困扰。泽卡赖亚庄严地重复说他尊重基布兹的原则，因为他自己就是个有原则的人。但是他有权要求他自己的原则受到尊敬，而他认为给他的家人送些小礼物是个原则问题。他可以说，现在他是个有钱人了。而有钱人有与其亲戚分享财富的道义上的义务，因为家庭的联系是极其神圣的。而且，他至今仍然记得他如何赤条条地、一文不名地于一九四八年第一次来到这个国家，而他亲爱的哥哥埃兹拉和内赫米亚毫不犹豫地与他分享他们的一切。

　　泽卡赖亚然后描绘在新德国的生活。主要的思想家们把他们全部的时间用来苦修。他们的每个毛孔中都渗透着人道。即令我们认为德国是老婊子扮演年轻的处女，我们仍然可以欣赏她们的窘态并全心全意地嘲笑她们笨拙的扭捏。

大约四点钟时艾纳芙和托墨来了，还带来了小丹尼。泽卡赖亚毫不局促地与婴儿玩耍，并对艾纳芙作出过多的喜爱的表示，恭维她的美貌和她婴儿的漂亮。他说丹尼继承了他母亲秀丽的面貌。他有这么一个美丽的母亲真是幸运。那娃娃的笑简直与他母亲的笑一模一样。在事关美女的问题上，他可称得上是个行家，如果他们能原谅他有失谦虚的话。

托墨见叔父转动精明锐利的目光问他是否相信死后灵魂继续存在，他感到吃惊。

他还没从惊讶中缓过气来，奥伦就到了。他被介绍给叔父，于是几乎立即面临同样奇怪的问题。他相信灵魂继续存在吗？

奥伦皱着眉头、望着地面说，"灵魂"是个文学词语，而他，奥伦，憎恨文学。泽卡赖亚笑得把下唇里面的粉红色肉都露了出来。然后他把他带来的礼物交给托墨、艾纳芙和奥伦，说它们象征着他对他们的爱。布朗卡说：

"这事还没决定下来哩。"

他们喝咖啡。泽卡赖亚抱怨说他已塞饱了食物和饮料。布朗卡说他可能习惯于更精美的饮食。泽卡赖亚回答说重要的是思想。感情比食物更重要。他原本打算先去特拉维夫的，但是那天早上在机场时，一股怀旧之情使他不能自制，他于是推迟了商务活动。可是明天，至迟后天，他必须前往特拉维夫。身不由己。他得去寻找以色列的歌舞艺人。观众迫切需要刺激性的新奇玩意儿。德国人急于想品尝这个国家精选的水果，新以色列的令人开心的味道。有乳房的男人，唱歌的鱼，白皮肤的黑人和以色列的犹太人——没有犹太人特点的犹太人使他们激动。

关于新以色列的特性，布朗卡与泽卡赖亚的意见不一致。泽卡赖亚认为新犹太人与老犹太人正好相反，他认为甚至智力迟钝的北欧日耳曼人也知道这一事实。布朗卡承认海外犹太人与以色列人之间存在着差异，但她声称新的以色列是犹太人历史的合乎逻辑的结果。泽卡赖亚表示反对。托墨于是直言不讳地发表意见：

"由于以色列的威力，连海外的犹太人也能高昂起头了。"

泽卡赖亚转而面对着他。他把脸贴近托墨强壮晒黑的面孔，他的鼻孔和胡子抖动，好像他在嗅那小伙子的肉似的。

"高昂着头？任何人高昂着头就不再是犹太人了。"

艾纳芙说：

"多么奇怪的想法。我根本不同意。"

托墨说：

"犹太人是人，而人都是昂着头的。一个骄傲的犹太人从不弯下腰来。"

"从不弯腰的不是人，"泽卡赖亚说，"他超出了人：他是个超人。像你一样，我亲爱的侄儿。我已听说了你全部的英勇事迹。但是我说的是普通的犹太人。英雄是不同的。"

托墨想了一会儿，然后回答道：

"泽卡赖亚，你说起来好像'犹太人'与'英雄'是对立的。而这是不确切的。"

泽卡赖亚用大拇指搔一下浓眉说：

"我们可别争吵。你们人数可比我多得多呀，而且不管怎么说，我是你们的客人。"

于是出于礼貌他们都笑了起来。

艾纳芙把小丹尼从婴儿车里举了起来。

"丹尼说晚安。丹尼要去吃晚饭然后睡觉。"

布朗卡和埃兹拉对他们的孙子道了晚安。托墨对艾纳芙低声说了些什么，于是泽卡赖亚被允许吻了婴儿。他也吻了艾纳芙的前额和一边面颊。托墨看到这些时心想这人最好尽早离去。那么个人什么事都干得出来。

一刻钟后奥伦一句话没说就离开了。客人提出了一种见解，他想去别的什么地方把它思考半个小时左右。

至于托墨，这正是他每天游泳的时候。他请求离开一会儿。我们会再见的。或许我们会再见的。是的，我们会再见的。或许晚餐后。

西格弗里德令他的主人们意想不到地问托墨他是否可以与他同去。他喜欢游泳，虽说不是游泳健将。如果托墨能等五分钟，他就可以把游泳裤拿出来与他同去。

托墨吃了一惊，但是仍强作笑容说：

"为什么不呢？请吧。完了我再把你带到这里来。"

泽卡赖亚对他哥哥点点头并对他嫂嫂眨眨眼睛。布朗卡有一霎感到惊讶：那是含义微妙的眨眼。他想干什么？无聊。什么意义也没有。

在去游泳池的路上，托墨出于礼貌对走过的每座建筑物都加以说明。在每次解释之后，泽卡赖亚总是谢谢他并且还高兴地拍拍手，好像他从托墨简要的话语中学到了什么伟大的真理似的，其实托墨讲这些只不过是为了预防尴尬的沉默或叔父的难以对付的谈话。

"那是医务室，是这儿的最早的建筑物之一，已有大约三十年的历史了。"

"三十年？那是很长的时间。"

"那边他们挖了个掩蔽所，以防炮击或空袭。"

"噢！"

"那是艾伦·拉米戈尔斯基的纪念碑。他是这儿的创始人之一。他是工作时死去的。它也纪念其他的死难者。"

"谢谢你。谢谢你的好意，亲爱的托墨。"

但是托墨的努力并没有取得他希望的效果。西格弗里德的确讲了令人尴尬的事。他利用停顿的间隔说：

"告诉我，亲爱的侄儿，你们如何设法解决女人问题的？"

"什么？"

"女人问题。我的意思是多样化，奇遇。我的意思——你懂——你是个健康的小伙子。嗯？你有时去镇上吧？或者你设法在这儿的基布兹寻欢作乐？原谅我的好奇心。我是作为男人对男人与你谈这话的。"

托墨说：

"这里……我们这里的风俗不同。我们……"

西格弗里德：

"风俗可能不同，但是到处的男人都一样。你肯定不是想告诉我，在这儿的基布兹你们强健的年轻人，如老希伯来话说的那样，就把你们的手懒散地放在自己的口袋里。不，我不会相信的。这里男人们早上、中午、晚上都看见邻人的妻子而什么事也没发生，这可能吗？不能相信。

说吧，我不相信。我无法想象。毕竟，我们是现代人嘛。"

托墨：

"唉，可能有奇怪的小事。但是总体上说……"

西格弗里德：

"你呢？"

"我？我没有。"

"不必介意。你不要紧张。我随便问问，作为一个男人。但是自然你不是必须回答。抽一支？"

托墨犹豫地点点头。他们抽烟。他们到达游泳池，于是更衣。已是傍晚了。水中映着松树扭曲的倒影。微小的细浪吹皱水面，破坏了倒影。托墨说明水很清澈，因为每三天换一次水。游泳池与灌溉系统是相连的。泽卡赖亚表露出过分的热情，好像这是一种激动人心的技术革新似的。

沉默。游泳的人不多。高空中已有暮光的迹象，西边的太阳正在五彩缤纷的色彩中下沉。柔和的光亮在水上闪耀。一些姑娘在对面嬉戏，从跳水板顶端跳下，相互溅了一身水。浪花被落日的光辉一照，像成串的珍珠散落在空中，或像爆竹的火花腾入空中又落入水中。客人擦擦眼睛叹了一口气。

"准备好了？"托墨说，"天就要黑了。"

"这里真美。这么完美的寂静。我几乎想要祷告哩。"

"是的，这儿很好。"

两人走向前去，潜入水中。说真的，托墨还真感到担忧。那老家伙真会游泳吗？或者他只是骗人？还是当心的好。

泽卡赖亚·西格弗里德很快缓解了他侄儿的疑虑。他在水中推进时划水的动作准确而利落。他顶着黑发的白色身体在微波中切出一条完美的直线。托墨跳入水中，横跨游泳池游了过去，然后在对面的拐角处浮出水面。为了平定他的内心的担心或是为了寻求叔父的赞赏，他向后者投去一瞥。泽卡赖亚正几乎一动不动地仰身浮在水面上，以腿的迅速而准确的运动支撑自己。

托墨摇摇头说：

"你真会游。"

泽卡赖亚眼睛仍盯着正变暗的天空，喃喃地说：

"哪一天你的叔父会对你讲吉卜赛人和一条狗的故事。不是现在。现在我们在游泳。等别的什么时候。你不像你父亲，托墨。你是个以色列人，像用坚硬的凿子雕出的一样。我们说什么来着？噢，吉卜赛人和一条狗。等别的什么时候告诉你吧。我们会成为好朋友的，小伙子。"

过了些时候他又说：

"这水妙极了。像个女人似的温暖而柔和。像这样子游泳好似被爱抚一样。它引起人的欲念。"

托墨没有说话。他感到厌恶，便从客人身边游了开去。他横着游过水池然后爬出水面。按逻辑说泽卡赖亚应该跟在他后面。但是泽卡赖亚并不按逻辑行动，也不接受暗示。他放慢了腿部的动作。有一会儿他一动不动地躺在水上，也不呼吸，像死尸一样。突然，他的身体开始下沉。托墨看见水扭曲了他奇怪的头部的轮廓，他的眼睛开着。最初他以为他只是在玩耍。但是那一动不动的身体继续下沉，直到它消失在阴暗的池底。年轻人大吃一惊。从一开始他就预感到这位客人会带来灾难。现在他的心猛烈地跳动。他绷紧肌肉，使肺吸满空气，然后潜入水中，尽量下沉。在黑暗的水底，他在周围摸来摸去，但是他的手却没碰到任何固体的东西。他于是回到水面。恐惧使他无法平静。即使在他受伤的那天夜里，他也没有感到如此害怕。他又吸了一大口气，准备再次潜水。这时在水池的另一头，他叔父像支黑箭一样射出水面，挥着手，深深地吸气，并用他那露出下唇内侧的可怕的笑容向托墨微笑。

"你把我吓坏了。"托墨说。

"对不起。我很抱歉。"

"是回家的时候了。我们上去吧。"

"再游一会儿吧，"泽卡赖亚恳求，"只一会儿。"

他的声音中带有调情的恳求音调，像个女人或固执的小孩。

他们又游了一会儿。

泽卡赖亚不重复先前的动作。他有节奏地、缓慢地游着，欣赏着每一划动。他让水冲洗面部，然后抬起头来。他抬头并展开双腿。他的双腿像一对强有力的活塞杆一样动个不停。坚硬的肌肉在他背上的白皮肤下面突起。托墨感到惊异：那身体穿上衣服后丝毫也不显露它的本性。

突然，在水池的中央，他的身体露出水面，他的背脊弯成弓形，他展开双臂，在水中翻了个优美而惊人的后空翻。在那一刻，当他正作那迷人的表演时，当落日使景物的线条柔和并显示出周围景色的浑厚时，诺佳·哈里希第一次看见了泽卡赖亚·西格弗里德·伯杰。

她正站在松树林的边缘，那林子通往游泳池。她在散步沉思时逛到了这儿。从人们的闲谈中她已知道那位弟弟的到来。但是第一眼望去，她把他当成了另一个人。她看到泽卡赖亚·西格弗里德时，她的思想糊涂了，以致一霎间她几乎冲向池边去。但是冲动立即就消失了。姑娘一动不动地站着看看那人。最后，当客人按托墨的示意爬出水面并用毛巾擦干身体时，诺佳转过身去并再次消失在林子里。她从另一条路走回家去。

　　托墨和他叔叔开始朝伯杰家走去。已经是晚上了。第一批蟋蟀已开始唱它们悲伤的歌。和风吹拂着松树的树梢，它们像平常一样发出轻柔悲伤的呻吟。

　　"如果我们不赶快，就会吃不上晚餐了。我通常在游泳池不超过十分钟。"

　　当然，当然，泽卡赖亚不想打破常规。他为招致延误表示了衷心的歉意。没人比他更了解时间的重要性。每一刹那都是宝贵的。"顺便问一声，当我从水里出来时，有个漂亮姑娘站在另一边看着我。当一个漂亮女人看我时，我总能觉察出来。这是一种本能。她是谁？你没见到她？可惜。一种真正东方的美。依我看，我亲爱的托墨，这个国家生出了令人惊叹的美人。她们不像那些白肤金发蓝眼的日耳曼女人。但是，当然，这是个审美情趣的问题。你的想法如何？你有何意见？"

　　托墨的意见很明确。他不同意叔父的意见。托墨对泽卡赖亚·西格弗里德·伯杰的印象是不好的。

第二十五章
你是我们中的一员

为了阐明即将发生的事件的性质，让我们简短地把我们的注意力放在哈西亚·拉米戈尔斯基身上。我们本可以转向埃丝特·克利格——即埃丝特·艾萨罗夫——或尼娜·戈德林，或格尔德·佐哈尔，或甚至于像伊斯雷尔·奇特朗或门德尔·莫拉格那样的男人，他们全是努力工作的人，靠自己的汗水养活自己，而且严厉地批评自己和别人。我们之所以选择哈西亚·拉米戈尔斯基，并不是因为她的丈夫是基布兹的书记——这一事实既非有利于她也非不利于她——而是因为我们见过她并与她交谈过。然而她的话是基布兹的任何成员那时都可能讲的。

哈西亚并非愚蠢的年轻姑娘。艰苦的岁月在她的脸上和心上留下了它们的痕迹。经验已教给她一些简单的真理，如正是存在例外，才证明有普遍规律。生活并不受规则支配。生活是由无数小的行为组成的，即使伟大的人物也通过这些行为被人评说。哈西亚还知道悲伤、焦虑和日常工作的时间比欢乐、高兴的时间多，尽管生活并不全是痛苦，也有欢乐和满足。

必须承认，哈西亚并不这样地说出她的思想。她不喜欢说出真理或编造口号。而我们在这儿要做的正是这种事。正因为如此，哈西亚就不住手地干活，而我们——说来羞愧——却把手放在手臂上，把手臂放在书桌上，望着窗外的她，用我们的笔在空中划划，什么也不做。我们在这儿表达思想。我们不逃避我们的任务。我们为哈西亚表达她所未表达出来的。但是我们的心是苦涩的。我们感到不安。这一次我们要让她自己讲出来。

"一个人应该始终努力做到完全规矩。这事并不总是可能的，但是有些人努力，而有些人不努力。而且越是困难，越能看出他是怎样一个人，或者他到底是不是个人。如果至少他作了努力，那么他是人。如果他的行为像头猪，那么他就是猪。重要的，我亲爱的，是个人的榜样。至少对我来说是这样的。以鲁文·哈里希为例。在这一切之前他真是个有名的人物。我不是说他没有错误。他当然有。我已认识他许多年了，而且我了解他诸多的方面和他所有的问题。他不是个普通的人。他经历过许多困难。但是他是个人物。他作出了榜样。至少，他总是努力做到规规矩矩。比如，当伊娃离开时。但是现在呢？他正得到报应。所有的复杂情况都是由于他而开始的。我不是在指责他。像他与布朗卡之间的那种事发生了，当然。他这种年龄的男人仍是男人。但是当他有了少女的女儿时就不是的。这是个很难对付的年龄。作为教师他应该明白这一点。问题就出在这里。一旦你失去理智，正是这样，你便失去一切克制——不论你是不是知识分子。还有另一件事——你应该始终知道你连累了谁。我们长期以来就知道埃兹拉有点奇怪。他们怎么想呢？认为他不知道？他不在乎？他不也是人吗，而且还是个性格复杂的人？不管你信不信，去年冬天，还在诺佳开始之前，我就对我的兹维说过，埃兹拉会做出点事让我们大家惊异和关注的。并不是说他会杀人或自杀。不，他不是那种凶暴的类型，虽然他看上去很魁梧。但是与那姑娘弄出点名堂来——那正是他报复的方式。你可以判断。去年冬天我已有预感。你还记得我们这里一两个月前放映的一部电影吗？那部法国电影，有弗朗苏瓦·阿努尔的那部。记得吗？那里发生了同样的事情，将军与中尉的妻子调情，中尉则以与将军的女儿调情来报复。完全相同。到处的人们都一样。看过电影后的第二天，我对在厨房工作的尼娜也讲了这样的话，你可以问她，尽管当时她并不同意我的意见。她说并不相同。当然，并非完全一样。我并不是说情况会完全重复。但是到处人们都遇到同样的事情，毫无例外。可是，说真的，我想说的并非这事。我想告诉你完全不同的事儿。在许多小说里也都读到这种三角恋爱。特别是像这样一种情况，有一个诺佳这样的姑娘，她与她的母亲一模一样。你知道我这话的意思。我认为遗传很重要。你无法改变：如果你天生如此，那就只能这样。好。到此为止我都能理解。就连她因埃兹拉而受孕也丝毫没使我感到惊讶。我在收获节就对我的兹维说过这事，我说埃兹拉会让她怀孕的。她什么也不懂，没人教她呀。这是另一个问题，顺便说一下，我们这儿得改一改：对青少年进行性教育很重要，因为少年是个难以对付的时期。而埃兹拉完全不是那种能采取预防措施的人。好吧，做过的事也没办法。这样的事在别的基布兹发生过，甚至在我们这里也有过。不久之前，艾纳芙结婚时已怀孕四个月。当然那是完全不同的——年龄不同，环境不同。可是，这样的事的确发生了。但是我要跟你说的并不是这些。前面讲的这一切还是容易理解的。当然，不可宽恕，但是可以理解。但是有一件事我开始无法理解了。我简直弄不懂。他们说那姑娘绝对不肯流产。多怪的念头！她有种种罗曼蒂克的想法。而且她谁的话也不听！鲁文为此事难过极了，而她根本不管。而埃兹拉，当然，只是他自己过去的影子。他仍照旧引用《约伯记》和《传道书》的诗文，像……我现在不羡慕他了。就连布朗卡——亏她想得出来！——也去求那小女人去流产。但是说什么都没用。她的决心已定。她说那是她的孩子。她不会让步。她已被开除出学校，即令赫伯特·西格尔说一定不要开除她。我对赫伯特的行为感到惊讶。通常他要严格得多，而且温情也少得多。好吧。我要讲的并不是这些。她不去看鲁文。她躲着埃兹拉，或者也许是他躲着她。因此，她还剩下谁呢？你永远猜不出。那位游客。埃兹拉的弟弟，现在他在这儿已住了两三个星期了。当然他的鼻子已嗅到这一丑闻。我有一种感觉，他属于喜爱丑闻的那种人，你知道，是个虚无主义者或存在主义者，有几分像垮掉的一代，而他已变成了诺佳精神上的父亲。你知道这事已走了多远吗？你知道他们关于他是怎么说的吗？他们说正是他给了她坏的影响。他劝她不要做人工流产。就是说，就这样把孩子生下来。你们知道发生了什么事吗？你们知道吗？如果我是布朗卡，我就把他踢出去。让他到别处去惹是生非。他们全是一样的，那些战后又回到德国去的犹太人。他们不干好事。形形色色的下流社会成员。你能想象他们是些什么样的人。长话短说，当一个人开始越出正轨，并不再按规矩行事时，你永远不知道这会有什么样的结局。鲁文何曾想过他与布朗卡的暧昧关系会引出这种事呢？相信我，如果那孩子出生在这个基布兹——我决不再在托儿所工作了。我这也是合乎人情的。你知道我这人一直努力做个规规矩矩的人。但是如果他们不把那游客赶走，即令他是埃兹拉的弟弟和伯杰家的客人，那么我告诉你我真不知道我在这里干什么。每件事都有个限度。他对那姑娘有可怕的影响。正是他促使她如此疯狂。我不会惊讶，请注意我的话，我不会惊讶，如果这一切引向灾难性的结局。但愿不要这样。我只希望我的推测错误。而且，相信我，这事令我伤心。"

在深夜访问过太巴列湖的渔民之后十天，诺佳把她的情况告诉了父亲。鲁文无法控制自己，当她的面流下眼泪。诺佳也哭了。然后鲁文鼓起他最后的勇气说必须采取某种措施。诺佳冷冰冰地说她不同意采取任何措施，这使他摇晃了一下，于是她紧抓住他的椅背。她决不同意做流产。她要这个孩子。为什么？就为了让人伤心并进行报复吗？不，只是因为她必须接受惩罚和责任。她必须受苦。痛苦可以使她净化。愚蠢的小姑娘，它们只是言辞，只是一个爱梦想的姑娘的言辞。亲爱的爸爸，纯洁的爸爸，你是个小男孩，我是个成年的妇人。你永远也不会理解的，爸爸。你就像……你就像一个善良的小男孩。像盖。你总是以为世界是由言辞构成的。你总是总是总是希望它是善良的。它为什么应该是善良的？为什么？它为什么不应该是坏的？为什么不？嗯，坏的。如果它再坏些，那么它就更真实。更有生气，我告诉你。但是你无法明白我所说的，亲爱的爸爸，你太纯洁，太好了。别哭，大小伙子，别哭。看着我。我没哭。好了吧？甭告诉我我要把一个可怜的私生子带到世上来。这事我想过。是的，想过。你奇怪吗？别奇怪，爸爸。如果不感到痛苦就谈不上生活。如果你不是个可怜的私生子，你就没有生气。空空的。我不是说你。你现在正感到痛苦。我可怜的小姑娘，你根本不懂……那将是可怕的，诺佳，可怕的……

诺佳·哈里希坚持她的观点。基布兹的人竭力反对。只有赫伯特·西格尔除外，他的眼睛隐藏在他圆圆的淡色眼镜后面，他反复对教育委员会说：我们一定不能毁了她。但是当时别的人谁也不肯接受他的意见。

鲁文·哈里希——说来难以置信——会见了埃兹拉·伯杰。他在令人意想不到的时间——星期六早上六点在汽车房找到了他。他们面对面地站着，目光并不看着对方。鲁文喃喃地说：

"我……我碰巧路过。"

埃兹拉结结巴巴地说:

"油料供应不畅。也就是说,我这么认为。我打开了发动机罩……"

鲁文考虑了一下,然后突然皱眉蹙额用一种奇怪的声音说:

"要出什么事了?告诉我。要出什么事了?"

埃兹拉的脸色像死人一样苍白:

"我……我求过她。恳求过她。我还能怎样……"

"你……你怎……你怎么能……"

埃兹拉一声不响。突然,好像他们两人谁也没说话,好像他们甚至彼此没看见。埃兹拉一下子滚到卡车下面去并开始猛烈地胡乱摆弄发动机,在狂乱中给自己覆盖上黑色的油脂。仿佛鲁文·哈里希不在那儿。仿佛他不存在。

鲁文走开了。

布朗卡去到诺佳的房间。她与她谈了好一会儿。她说她跟她谈话就像跟自己的女儿谈话一样,如果她有个女儿。她一直梦想有个女儿。从现在起;如果诺佳愿意,她们就是母女。时间会治愈一切的。时间和爱。就像什么也没发生一样。从现在起,一切都会变化。甚至她与鲁文之间。"不能怪你,亲爱的诺佳。你吃苦了,你吃过多少苦呀,而我从来不知道。这一切都怪我。但是现在不同了。只要你明白……"

当她说了好长时间后,诺佳厌倦地说:

"听着,布朗卡,到时候我需要一个年岁大些的女人帮助我。你知道我是怎么想的吗?我想你可以做那个女人。我想我希望你做那个女人。你愿意帮助我……几个月的时间吗?"

"但是，诺佳，亲爱的……"

"你愿意吗？你愿意吗？"

泽卡赖亚·西格弗里德·伯杰有事去了特拉维夫，并去耶路撒冷去
看望了他的哥哥内赫米亚。他待的时间不长，他急忙赶回山谷，到麦茨
塔特·拉姆，因为他的另一个哥哥陷入了麻烦。他怎能不赶忙回来帮助
他呢？但是如果你听听我的意见，埃兹拉，还是别搅在这件事情里为好。
那就是说，还是由她照她的想法办对我们更好。客观地看，这不是灾难。
一个农家姑娘将生一个私生子，不过如此。这种事以前在成千的村庄里
的数以千计的姑娘身上发生过。从主观上看，亲爱的哥哥，我们可以获
取明显的利益。社会将摈弃堕落分子，她与婴儿将永远消失。也许她的
父亲也会随她而去。把这事的财务方面交给你的弟弟泽卡赖亚吧。这点
钱我不在乎。我考虑的不是她而是我们。我们可以摆脱困难并医治好家
庭的裂痕。人应该为了家庭而尽其所能。而我的家庭，亲爱的哥哥，是
你，布朗卡，托墨、艾纳芙、亲爱的小丹尼和奥伦还有我们的哥哥内赫
米亚。我是个孤独的人，埃兹拉。除了我的家外，我在这世上一个亲人
也没有。我希望我们幸福。把那小婊子和她的私生子赶出这里后，我们
的幸福就完满了。然后，我亲爱的埃兹拉，我们回到理智，我们又会成
为一个幸福的家庭。你和布朗卡还有你们的孩子和孙辈，如常言说的那
样，像橄榄树的嫩芽一样，围在桌子周围。是的。

对于诺佳·哈里希，西格弗里德却说着不同的话。你一定要坚持到
最后。你是个聪明的姑娘。不要让那些像羊一样胆怯的饶舌者来支配你。
要响应血统的召唤。一个以色列人也不能杀害，因为杀一个犹太人就相

当于杀死整个人类。即令那人只是个胎儿。你必须把那正在你体内形成的生命带到世上来，因为什么快乐也比不上做母亲的快乐。而且，独自骄傲地对抗群众的敌意是一种最为优美而高贵的姿态。顺便说一句，这也是你母亲的想法。我写信去问她对这事怎么看。她的看法和你的一样。你的母亲深深地爱你，她每天祈祷，希望你不要恨她。你可以相信我。在她的新家中，我是她的密友和知己。但是，那不是主要之点。我亲爱的，主要之点是：你必须跟我，你亲爱的泽卡赖亚叔叔，到你母亲那儿去。到你母亲的家里去。那儿有森林和湖泊，有金黄色的树叶和低低的、灰色的云朵和绿色的、如梦境一样安静的小山。安详的死亡居住在那儿，我们就在他的怀中。你的孩子将在那儿出生。你将属于那儿。你不属于这里，亲爱的。你一定要与我一起到你母亲那儿去。你不属于这里。你属于我们。你是我们中的一员。

第二十六章
一个冬令型的人

泽卡赖亚·西格弗里德·伯杰结束了他在特拉维夫的事务。在三四天的时间里他签约雇用了一批舞蹈演员,这些人跳过《圣经》题材的舞蹈,还跳过牧羊人舞和先驱者舞。他还雇用了一位女诗人,她用一种未来的语言进行写作,这是不同语言的大胆的杂烩,词的选择重在声音而不在于意义。她将为西格弗里德的顾客朗诵——或者,更确切地说,表演她的诗歌。

他还找到三个漂亮的姑娘,她们既不唱歌,也不表演,但是她们有金黄的头发和暗淡的眼睛,身材健美。他签约雇用她们是想让她们穿上卡其布军装出现在慕尼黑他的餐馆里。她们可端上冲锋枪描绘战斗的以色列妇女的生活情景,如占领要塞或审问被俘的阿拉伯军官。

任何人想在娱乐业中取得成功,泽卡赖亚对诺佳说,必须了解人们秘密的要求和隐藏的欲念。如果我要站起来与我职业上的对手竞争并把观众吸引到我的酒吧里来,我必须了解人们内心深处想些什么。我要是弄上些丑角、杂技演员和表演脱衣舞的女郎,我就比不上慕尼黑的其他人。但是如果我弄些令人兴奋的精巧节目,我就能倾倒慕尼黑。一个被谋害的犹太祈祷文领诵人的儿子使慕尼黑神魂颠倒,我最可爱的诺佳——你想象不到这事多够味。试想象:一个姑娘,一个犹太姑娘,一个漂亮的、强健的犹太姑娘站立在激发联想的灯光辉煌的舞台上,手握冲锋枪,脚踏一个身着破旧军服的敌方士兵,他扭动身体,匍匐爬行并吻她的脚。这会让观众们欣喜若狂。

泽卡赖亚及时结束了他在特拉维夫的事务，便去访问我们神圣的首都，看望他心爱的、博学的哥哥内赫米亚。访问并不成功。兄弟俩的谈话从回忆开始。往事使他们心烦意乱。他们于是转向今天的民族问题并很快地吵了起来。内赫米亚怀疑客人用嘲笑的语调赞扬犹太人的社会主义。他发了脾气并大声说出他的怀疑。泽卡赖亚被深深地刺伤了并愤懑地说：

"我爱社会主义，我爱犹太教，而且我认为自己是个热心的人道主义者。但是如果兄弟不再相信自己兄弟讲的话，那么整个世界就要回复到混乱状态了。只要想一想该隐与亚伯吧。"

内赫米亚回答说世界回复到混乱是由于无政府主义。说这话时他微笑了，仿佛是说："我只是给你点暗示。"

泽卡赖亚立即同意他的意见。他甚至一字一句地重复哥哥的讲话。然后他们讨论埃兹拉的问题并一起研究复杂的家庭情况。两人都得出结论，即家庭的纯洁最重要，无论就个人和就社会而言都一样。泽卡赖亚说明他想劝那姑娘与他一同去德国，去她母亲那儿。她已决心要小孩。小孩的社会地位将难以保障。他不能生活在麦茨塔特·拉姆，而在德国，当然，气氛就完全不同。为了他们的亲爱的兄弟埃兹拉的缘故，他本人可以处理各种手续和其他麻烦的细节问题。

内赫米亚建议他在城内做一次短程观光。泽卡赖亚同意了。但是当泽卡赖亚叫了出租车并不断地让他享受昂贵的消遣时，两兄弟之间的友情又一次破裂了。内赫米亚感到生气，但是他并不设法剥夺泽卡赖亚谨慎地篡夺去的主导作用。在观光结束时，西格弗里德宣布我们的首都是个神圣的、诗意的城市，其中有些地区风景如画。

内赫米亚建议弟弟留下住一晚。然而他有事必须当天赶回特拉维夫，这样他们彼此都感到释然了。他打算从特拉维夫直接赶回麦茨塔特·拉姆。他决定在那儿待到他能使问题完满解决并能挽救他的哥哥埃兹拉为止。两兄弟分手时进行了拥抱，并相互在面颊上吻了吻。内赫米亚劝他的弟弟正直行事，并祝愿他走运。他的心，不消说，是沉重的。

泽卡赖亚办完了事并尽到他对长兄的义务后就回到麦茨塔特·拉姆。我们并不高兴看到他回来。这人好像在打什么主意。我们怀疑他的动机。他不能获得我们的信任。他缺乏坦诚。有些人认为他并非为自己的利益而来，他是由我们过去的同志伊娃派遣来的。弗鲁玛·罗米诺夫像往常一样，直截了当地表达出我们一般的感觉：

"那家伙使我想起拉皮条的人。"

埃兹拉·伯杰一日两班地工作。他现在几乎一半的时间是在卡车的驾驶室里度过的。他也与太巴列湖他的渔民朋友度过一些时间。他不再见到诺佳。或许他在躲着她，或者是她藏着不愿见他。或者也许赫伯特·西格尔说得对，他说一种共同的负疚感使他们彼此分开。

诺佳每天工作五小时，按规定，像她这种年龄的男女学生在学校的假期都工作这么长时间。她帮助赫茨尔·戈德林做些园艺工作。赫茨尔·戈德林是个令人不愉快的人，喜欢大发雷霆。但是他对待诺佳·哈里希相当温和。他甚至对她工作的时间也不严格。如果她迟到或早退，赫茨尔也装作没看见一样。他们一起弯腰修剪灌木时，他就设法讲她童年时代的故事来使她高兴。赫茨尔的女儿还在婴儿期便死于白喉，她与诺佳是同时出生的。他记得她们一岁时坐在游戏围栏里玩彩色积木的情景。他回忆时心情十分平静，仿佛那情景就在眼前，仿佛此后什么事情都没有发生。他回忆往事的方式拧痛了诺佳的心。他记得那积木的颜色。是他亲手给积木涂上彩色的。一个淡黄色的头紧靠着一个黑色的头，发卷挨着发卷，两个美丽的小女孩，诺佳，两个很特别的小女孩。但是你怎么会记得阿斯纳特呢？你已经忘了。

七月的一天弗鲁玛·罗米诺夫在存衣房外面叫住诺佳·哈里希并对她说：

"你的肚子开始凸出来了。你已经怀了几个月了？三个月？四个月？"

诺佳转身要走。

"等一会儿。你还没听完我要说的话。"

"请别在现在，弗鲁玛。"

"耐心点。就一分钟。你不可能在这时候去看你的爸爸。对吧？不，当然不。那么你到哪里去吃午后茶点呢？你不吃？那不好。你现在必须照顾好自己。多吃水果，多吃新鲜蔬菜，多吃奶制品。你喜欢奶油干酪吗？你需要吸收许多钙。是的。你知道我为什么说这话。我想，我建议，或许你下午会来和我一同吃茶点。我总是孤单一人。我可以给你做点小吃，你所需要的食物。我能搞到一些麦芽啤酒。以后我会解释啤酒为什么对怀孕的人很重要。你也可以与我一起听广播，甚至开录音机听。我不是音乐家，但是我从不反对听一两首曲子。男人可能背弃你，但是事物总是忠实的。生活就是这样。那么五点钟左右来吧。如果你高兴，你也可以帮我熨衣服。为了你的缘故，不是为我。"

诺佳谢谢弗鲁玛，但是拒绝了她的邀请。她宁愿睡上一个下午。这些天来她感到很累。一定是因为天热。不管怎样，她会记住弗鲁玛说过的话。她匆忙地背过身去，因为她的眼里饱含泪水。人们一直告诉她热心肠和关怀是与恶意对立的。正如白天与黑夜是对立的一样。而现在是弗鲁玛。

赫伯特·西格尔召集诺佳班上的同学开会，讨论问题。我作为一个有生活经验的人想与你们谈谈。我不是来做报告的。我是来交换意见的。我希望你们知道是我自己想召开这个会的，我并没有与教育委员会商量过。我们的讨论将严格地限于我们之间。你们不会使我为难的。我相信你们。我知道只要暗示一下就足够了。好，让我们开始吧。我们讨论的题目是你们的朋友诺佳的困境。不，那是不对的。困境是你们的困境。我们的困境。

为了表达他心中的想法，赫伯特不得不解释两个概念。他向孩子们解释"悲剧"的意义和"乖巧"的意义。借助这两个名词他开始进行一场压低声音的、庄严的讨论。结论是由孩子们说出来的。赫伯特同意了。诺佳不必受处罚。我们一定不要像无知无识的人那样对别人的痛苦幸灾乐祸。解决的办法也不是虚伪的同情。那种同情比直率的侮辱还令人伤心。她不必受处罚。不论她是否应为她的命运负责，她正在受苦。我们必须对她的痛苦有敏锐的感觉。我们必须，用赫伯特的话说，处事乖巧。而且，顺便说一下，按他的意见，责任的问题，一般说来，不是个简单的问题。它是个哲学问题。

赫伯特·西格尔是个卓越的人。他的话生效了。不再有嘲笑和讽刺。或许奥伦严肃的讲话有助于抑制一般的情绪。达芙纳·艾萨罗夫对待诺佳就仿佛她是个病人。她在她们共同的房间里踮着脚尖走来走去。并不是每个人都能幸运地与一个可能成为一本悲剧小说的女主人公的姑娘住在一起的。达芙纳意识到赫伯特使全班，当然，特别是使她牢记的责任。

至于奥伦，他与一个在军中服役的较大的小伙子发生了激烈的争斗，因为后者竟敢讽刺地对他说，伯杰家将庆祝一件喜事，将为小丹尼生出一个新的叔父啦。奥伦并没进行什么精湛的表演。没有佯攻或深奥的计谋。他直截了当地攻击。他正中要害，在对方最敏感的地方狠命地踢了一脚，这使他的支持者和贬低者同样感到失望。

他不恨诺佳。我们不必费劲来解释。有一天他把一个叠成小方块的纸条塞给她，里面写着：诺佳你是对的如果你感到你必须那么做因为你必须做你认为对的而不必做别人认为对的你的朋友奥伦·盖瓦。

或是他自己高兴，或是某种黑暗势力的影响所促使，奥伦把门德尔·莫拉格所喜爱的猫淹死了。他用一把军用匕首把皮剥了下来，抹上盐，把它晒干，又用绿色大理石替代猫眼，为诺佳的床边制成了一块柔软的毛皮地毯。不消说，姑娘拒绝了这份礼物。但是必须加一句，奥伦对她并不怀恨。

日落时在花园的一条长凳上身着蓝裙和鲜艳短外衣的一个姑娘与外来的客人坐在一起，那客人穿着白色衬衫，系着桔黄色的领带，领带上印着著名影星的照片。

路过的人假装没有看见他们，或是因为他们的判断力已达到饱和点，或是由于这儿的居民经历经过微妙而复杂的过程后，已形成了最终的结论。关于鲁文·哈里希他们说：

"他完全不与人来往了。"

"她从不去看他。"

"他不是那种不堪一击的人。但是他顺从了,他屈服了。这真可怕。"

关于埃兹拉·伯杰:

"渐渐地他会回到布朗卡身边去。他们会相互迁就的。会有一段忧郁的时间,但是他会回去的。这事必然发生。"

"时间。时间最重要。时间可以医治一切创伤。冬天要到了。他不会总是日夜开车了。再也没地方让他日夜去了。夜也变长了。他将回到布朗卡那里。上星期六他与孙子在草地上玩。有两次他哈哈大笑。那天傍晚人们看见他在格里沙的阳台上,与格里沙下棋。时间没有静止不动。他只是在避开他的客人。他对他有不良的影响。"

那男子的目光盯着他握的香烟。姑娘弓身坐在长凳的远端。她的小肚子使看到她的人都意识到她的腿多么细,多么长。(但是已许久没人看她了。他们像被烧炙一样立即把目光避开去。)

树上的树叶沙沙作响。欧椋鸟在空中表演了一个非常可笑的舞蹈。它们落在电线上,然后轻轻地鼓翼朝水塔方向飞去,但是中途改变主意并突然一致改向牛棚的洋铁屋顶飞去。

泽卡赖亚继续抽烟。

灌木丛中的一条小树枝轻轻推了下诺佳的肩。她把玩它,然后把它推开,而它像根弹簧一样又回过来再次朝她的肩捅了一下。

泽卡赖亚观看她的游戏,抿着嘴轻声地笑了。

"那不是笑,是个鬼脸。你不会微笑。"

泽卡赖亚告诉她许多年前一个苦命的女人对他讲过类似的话。

诺佳问那女人怎么啦。

"她现在一定已经死了。那又怎么样呢?"

诺佳说她相信他这一生中一定见过不少事。

泽卡赖亚开始描述伊娃·汉伯格现在的生活。诺佳既不追问细节,也不打断他。他停止谈话。把香烟压熄。燃着另一支。

"我不迫使你讲话,"他说,"我知道你是谁。你是我们中的一员。"

"天愈来愈黑了,"诺佳说,"让我们去吃晚饭吧。如果我们迟了……"她没有讲完。显然她思想不集中。

泽卡赖亚站起来并把手臂伸给她。诺佳没理会他的暗示,她拒绝别人搀扶。她走在那男子旁边,连碰也没轻轻碰他一下。

晚饭后诺佳到她的房间去。她上床睡觉。如今她每天花十二到十四个小时睡觉。她老是感到极为困倦。

泽卡赖亚坐在他哥哥的房子里。布朗卡不会暗示他应该离去,即使她有此愿望。她给他一次又一次地端上冷饮,因为他不习惯这儿的气候。他的喉咙总是干燥。布朗卡一再告诉他他应该就像在自己家里一样,如果感到需要随时自取饮料。泽卡赖亚却说经布朗卡倒出来的饮料味道更好。有时他对她讲述奇怪的故事。她听着,因为他是客人,又是她丈夫的弟弟,但是她回应的话不多,因为她不喜欢此人。

比如说,他告诉她他在德国的最初几年。那是一九五〇年,或一九四九年末。他来德国是为了向他们索取一些赔偿费,当他的申请接受审查时,他却身无分文。因此他得寻找工作,任何工作都行。那时日子很艰难。到处是废墟。他找到一份奇怪的工作,那年头也挑剔不起。他被汉堡市卫生部吸收为一名临时工。他被编在一队被迫离开祖国的难民中,夜间工作。他们的任务是围捕失散的狗,按捉到狗的数目支付报酬，那时失散的狗日益增多。有的仍显出纯种的特征，但是它们的纯度在战争年代已受到污染。我们常常欺骗官方。我们抓到了狗就把它们交给负责的官员，每只狗可以取得一张经官方盖印的收条，这一切都按最严格的德国式的效率进行，然后我们就把它们拿到垃圾场去把它们毒死。现在你也许已经猜到，我亲爱的布朗卡，其中大有文章。我们没有弄死狗。我们常常把它们放了。一两小时之内，它们重新出现在郊区。第二天夜间我们又尽职地把它们围捕起来，并为每一条狗再次赚得真正的德国币。官方对它们异乎寻常的繁殖力感到惊讶。他们愈是骚扰它们，它们愈是成倍地增长。至于我们，我们与我们四条腿的挣钱工具交朋友，而且甚至给它们取名字——海因茨，弗里茨，弗朗茨和赫尔曼。它们常常自动投案，因为它们喜爱前往市垃圾场的旅行。它们有时能在那里找到好的食物。失散的狗的生活是不幸的，从经济上或特别是从心理学的观点看都是如此。狗需要被爱。他需要一个名字。需要被承认。我们常常抚摸它们，在它们的耳朵后面搔痒并叫它们的名字或外号，弗雷迪，汉西，鲁迪，鲁多尔菲。毕竟它们是失去了主人的狗。狗为了一点儿感情的表示可以牺牲自己。狗需要有自己的主人。我相信这你知道，布朗卡。亲爱的，我们并不吝惜疯狗的生命。我们不是罪犯，我们的确意识到某种道德责任。不管怎么说，最后，如你所知道的，我的申请得到官方批准，然后，我亲爱的嫂嫂，然后在我眼前展现了新的地平线。但是我恐怕未能用我的故事使你开心。托马斯·曼① 在《魔山》中描写一个令人厌烦的人物，他总是用老一套的含有道德意义的故事困扰人们。他患了肺病，得了肺结核。你不必听我讲。我爱你，亲爱的布朗卡，即使你

---

① 托马斯·曼（1875—1955），德国小说家，一九三三年因抨击纳粹政策被迫流亡国外，一九四四年加入美国籍，曾获一九二九年诺贝尔文学奖。

脸上带着讨厌和厌烦的表情望着我，因为我们两人都属于同一家庭，而且我爱我的家人，无论他们如何看待我。像我这样的人愿意走遍天涯海角去寻求一点儿感情的表示。家庭并非有限的人群。家庭是一种命运。人必须爱自己的命运，因为他别无选择。请你给我倒一杯橘子水好吗？因为我的喉咙太干燥了。我不停地谈话，而我不习惯亚洲的气候。我——怎么说呢？——不，不是欧洲人，我是——让我这么说吧——我是个冬令型的人。

第二十七章
铃声和悲伤

鲁文·哈里希足不出户。他没有课上。现在是暑假期间。他本该花时间准备即将到来的新学年的功课。他试着做了，但是只觉得文字绕着书页跳跃。他在书桌前坐下并打开书本。书上的字却形不成句子。他又打开另一本书。他的头垂在桌子上。他站起来，用冷水洗洗脸，呷了一口咖啡，再回到桌前，他的手又一次把书本推开，他的目光开始转来转去。咖啡是由慷慨的尼娜·戈德林供给的。尼娜已和善地担负起照料鲁文·哈里希的任务。既然布朗卡和诺佳都不上他的房间来，尼娜便高兴地执行这关怀人的差使。鲁文身体不好。他的双肩似乎更下垂了，他那像鸟一样的侧面比以前还要尖瘦。就连他明亮的绿眼睛有时也变得模糊了。看上去他像个由于缺乏睡眠而精力衰竭的人。实际上他并不缺乏睡眠。他的睡眠深沉无梦而且时间长，正像他的女儿一样。他的脸有时无缘无故地流着热汗，头晕又使他躺在床上。在情况不佳时，基布兹的医生禁止他做任何体力活。他坐在阳台上的一张折叠椅里，从大串葡萄上摘取葡萄。他会突然在早晨阳光的暖气下昏昏睡去，并且睡上几个小时。

有时他回忆起一次夜间的旅行，冰冷的暴雨倾盆而下，拍打着他们乘坐的卡车。在他的幻觉中他听见一个声音，一只手指纤细的白手温柔地碰碰他的膝盖。和手一起出现的还有幻影。大鸟，暮光，远处教堂的钟声。在那朦胧的影像里隐藏着某种纯洁的、水晶般透明清澈的东西，某种无以名状的东西。鲁文惊异而感到悲伤。怎么回事，亲爱的上帝，这是怎么回事？它显得很远很远，那雨和钟声。

　　这时盖·哈里希的表现令我们感到欣然惊奇。他已变好了。我们并非教育上的新手，我们并不期待发生奇迹。但是这个男孩已变得比较安静，比较严肃。就连他的举止态度也有了改进。这事必须归功于赫伯特·西格尔，他主动找孩子谈话并直率地向他说明这场悲剧的意义以及乖巧地对待此事的重要性。

　　盖以他热情的黑眼睛望着赫伯特并问他那小婴儿将属于伯杰家还是哈里希家。赫伯特叹口气并回答说小婴儿不可能幸福，因为它没有真正的家庭。伯杰家或哈里希家都不会提供一个可爱的家。

　　盖静静地考虑这个问题。最后他宣布他可能爱这样一个婴儿，因为这婴儿特别需要人爱。

　　赫伯特眨眨他的近视眼。他不安地动着自己的手指，仿佛是在触摸那男孩的话语。盖又说，他的母亲也爱上一位外地来客，正因为如此他和诺佳才没有母亲照看他们长大。他并不生妈妈的气。但是在内心他已决定永不恋爱。恋爱老是导致不幸。

　　赫伯特若无其事地望着地下，故意避开孩子的目光。他略带迟疑地解释说，情况并非总是这样，爱情有时使人幸福。盖同意就男人之间的爱而言是这样的，如他对父亲的爱或托墨对奥伦的爱。但是人永远不该结婚。也不该爱女人。人应该像你，赫伯特这样生活。不与任何女人一起生活。因为你是个聪明的男人。

　　赫伯特·西格尔默默无言。

　　盖问，按赫伯特的意见，该责怪谁：父亲还是母亲，诺佳或者埃兹拉。

赫伯特简单地说明生活有时是复杂的。在某些情况中你无法说 X 是有罪的一方而 Y 是受害者。使赫伯特·西格尔大为惊讶的是，盖回答说犹太人与阿拉伯人之间的矛盾就是这种情况的一个例证。双方都说他们的祖先生活在这块土地上，而且双方都是绝对正确的。其中的教训是什么？教训很简单。教训就是强权即公理。

赫伯特没有立即回答，他想找到反驳盖的奇怪的结论的一个简单而有力的论点。在最后时刻他想起了他的职责不是击败孩子而是激励友谊。他因此克制自己不去行使我说了算的权力。当他们在门口台阶上分手时，盖直视赫伯特灰色的眼睛并答应两件事。第一，他不会对父亲或诺佳或其他人谈家中发生的事。第二，他会不时访问赫伯特，聊聊天或进行争论。赫伯特也竭力劝说盖让他为他演奏音乐，因为音乐可以抚慰情绪并激发思想，而它们正是我们生活的真正特性。盖没有马上回答，他思考一下最后说他晚上在睡之前有时有思想。但是白天呢？白天只有当他必须想时才想。他握手后离去。

当他走开时盖对自己说，从现在起照看爸爸是他的责任，因为爸爸有了问题。这想法使他激动。赫伯特在思考那男孩热情的黑眼睛。他得出结论，那孩子就年龄而言已很成熟，如果他能做他精神上的父亲那真好极了。赫伯特·西格尔喜欢盖·哈里希。

夏季已失去它早日的某种茂繁景象。目光敏锐的人能觉察出变化的征兆。的确，暑热仍顽固地横行霸道，像个老人力图以连续的、气恼的大发雷霆来掩饰他衰减的精力。然而，白天正明显地变短。黑暗的时间、温和的时间变长了。阳光的威力在消退。暮光更加绚丽。

拖拉机日夜三班轮番翻挖土地，准备播种冬季作物。金黄色的田野屈服于铁犁之下，翻转身子，露出了黑色的内脏。果园里的忙碌达到高潮。傍晚餐厅里挤满了精疲力竭的人们。夜间大部分时间室内的空气令人窒息。愈来愈多富于冒险精神的人喜欢睡在外面阳台上，或者甚至睡在草地上，用白床单裹着头以避免蚊子狂攻乱咬。黎明你可以看到四周躺着一种分散的大群的鬼魂，包在白色裹尸布里。但是你看到的只是虚幻的外表。当东方露出微微的亮光时，值夜人就用肘推醒睡觉的人。于是裹尸布松了开来露出了活生生的男男女女，疲劳的男男女女，他们发着牢骚，容易偶然地说些闲话和为点小事而恶语相加。我们一定不要严厉地批评他们。季节迫使他们大家进行精疲力竭的劳动，而我们又干了什么呢？只有目光敏锐，能觉察鸟的活动和植物色彩的微小变化的人，才能得到某种安慰。微弱的迹象，正像秘密的信息一样，预示着另一种力量开始起作用。

泽卡赖亚·西格弗里德延长了他在麦茨塔特·拉姆的逗留时间，免不了要强令会计伊扎克·弗里德里克按月接受他一笔钱以支付他的生活费。埃兹拉的抱怨和布朗卡的讽刺都无济于事。我是个有钱人，花富人的钱是对的也是恰当的。如果不叫我付钱，我会生气的，而且我会立即离开。难道你们想赶我走吗？

布朗卡内心的确希望他收拾行李离开。其他许多成员也一样。但是埃兹拉却珍视他的陪伴，正像我们的一位姑娘一样，她因一件尴尬的事件而只好处于孤寂之中。

泽卡赖亚继续待下去的决定引起众多的解释。他自己的说明是与他的亲人在一起比与整个世界上任何别人在一起更为可贵，而且他喜欢待在这儿，因为在这里他可以观察我们古老民族的新国家的建设。

其他的人则认为他脑子里正策划着肮脏的诡计。谁能讲得出它的目的是什么？也许他是按伊娃的指令来这里规劝诺佳·哈里希与他一同回到德国。这是布朗卡的意见。或者大概他自己想得到这姑娘。托墨这么想。弗鲁玛·罗米诺夫的解释更加令人不快：他的行为就像个狡猾的拉皮条的人，他把一个困难无助的姑娘置于他的羽翼之下，帮助她把私生子带到这世上来并获得对她的肉体和灵魂的绝对支配权。

泽卡赖亚给人的第一印象是坏蛋，如果人们不了解他的背景、观点和对家庭的感情。他对埃兹拉解释说，是我对家庭的爱使我担负起这令人不愉快的工作，来解除那姑娘的疑虑并规劝她前往欧洲。但是这里也有个原则问题：她应与她母亲在一起。她娇嫩而且被宠坏了，她在欧洲会比在这儿战争前线得到更好的发展。而且，如果我们能从伊娃的观点看这件事，让她们母女俩享受一起抚养那小孩的快乐，那真是妙极了。至于我的知心朋友艾萨克·汉伯格，我相信他的性格中艺术性的一面会在他与他的新的女儿及他未来的孙辈之间形成爱的纽带。而且我可以顺便告诉你，我的朋友最近的来信表明他们完全赞同我的计划。

除非你怀疑泽卡赖亚·西格弗里德谈话的真诚，那么你必须承认它们的逻辑性，即便这一点只在较深入的思考后才能发现。

泽卡赖亚的行为也是合乎逻辑而有计划有步骤的。他找上门去陪伴诺佳·哈里希。有时他设法引起她的好奇。她大部分时间只听到他的声音，却抓不住他话中的意义。他的声音使她感到安慰。当他在身边时，她感到轻松。他对她的沉默寄以谨慎的希望。他相信这姑娘已在他的控制之下。他不知道事实上只是一种轻微的麻木使她与他待着。而且即使这也是虚幻的。

泽卡赖亚也力图赢得盖的友谊，作为这一家的朋友，这样做是合适的。盖对他的主动姿态没有反应。我们必须等着瞧瞧施魏格曼牌的自行车的效果如何，西格弗里德·伯杰先生作为给他令人钦佩的年轻朋友盖·哈里希的礼物订购的这辆自行车此刻正在从慕尼黑邮往麦茨塔特·拉姆途中。

　　当然，泽卡赖亚也没忽略那位父亲。他是主要的障碍。他如果垮掉，那姑娘可受不了。只消一两滴眼泪就会使他小心建起来的整个大厦像用纸牌搭成的房子一样倒塌。这事情需要仔细的考虑。鲁文·哈里希是很坚定的。把他的诗选以小小的德文版发表出来并不能收买他的同情。庸俗的办法在他那儿行不通。这里存在着原则与原则的抵触，就像铁与铁的碰撞一样，或者借用我们亲爱的先驱者自己的比喻，像高山与山谷之间的矛盾一样。当然可以用奉承逐渐地赢得他的友谊。但是这种方法需要长期努力，而它的结果远远不是确定的。另一方面，这位哈里斯曼正患着病，它的详细情况值得细心的关注。有的疾病在异常情况下受到一点打击就会使人送命。如果万一发生不幸，那姑娘就合法地归母亲照管，这样就可以不必再巧立名目了。而除了这些可能性外，还可以采取其他的行动。我们可以说服法律站在我们一边。对于体面的守法公民来说，这是恰当的途径。或许我们需要的是一位聪明的律师。让我们仔细考虑以下事实：一对夫妇有两个孩子。父母已离婚多年。两人都头脑正常。两人在财政上都能抚养孩子。在这种情况下，法律的常识会建议父亲监护儿子而由母亲监护女儿。那会是一种真正意义上的平稳解决办法。母亲至今未采取步骤行使她的合法权利这一事实，当然，决不减损这一权利的法律有效性。而且，特别是，陪审团的先生们，由于父亲以自己的行为从道德上和法律上取消了他监护孩子的权利。我们为必须公布他已卷入私人丑闻这一事实而深感遗憾，我的当事人可以方便地提供此事的细节，而一位卓越的心理学家将证实此事对孩子心理上的有害影响，我们在适当的时候将请他出庭。另一方面母亲已经幸福地再婚，而她的道德是无可指责的。对此我们同样将出示无可辩驳的证明。先生们，合乎逻辑的不可逃避的结论是：基于法律和道德上的原因，有权监护孩子们的不是父亲而是母亲。然而我的当事人准备表现出极大的慷慨。她并不坚持完全严格执行法律。她准备不顾他的不端行为和一般表现而达成合理妥协的解决。我们的建议是直截了当而非常大方的：他可以保有儿子。但是让我代表我的当事人警告他，如果他敢于拒绝我们的考虑周到而宽宏大量的建议，那么我们就会对他保有儿子的权利也提出挑战，那时他就会发现自己一无所有。

本人就案情所做的陈述完毕。但是这办法是最后一着。我们想获得的是不受伤的鹿。落入网中的而非击中的鹿。我来不是为了拉走一个哭叫着踢脚蹬腿的姑娘。我想得到哈里斯曼的祝福。而且我一定会得到的，他是个有理想的人。我将用他的理想突破他的防御。他将给予祝福，而我将屈尊接受它，视之为恩宠。我将出于人道主义动机予以接受。他将请求我带她走。

不消说，客人的思想活动从外面是看不出来的。他的外表整洁而时髦。他散发着奢侈打扮的气味。他的时间一部分用在他哥哥家里，一部分用来对诺佳进行理论说教，一部分用在小丹尼身上。他能提供许多乐趣，一部分花在游泳池里，那儿人们常常见到他并对他的肌肉的意想不到的力量变得习惯了。他每周一次前往特拉维夫或海法，次日返回。布朗卡与埃兹拉不知道他外出的目的，正像他们不知他逗留的目的一样。但是对托墨，因考虑到他年轻，西格弗里德却说得坦率。

"我去享乐。每周就一次——谁也不能指责我过度。的确，人们不能期待我过完全没有女人的生活。我亲爱的托墨，当你最后决定与我一起去的时候，我将为你服务，我乐意并期待有一天向你提供大量快乐。"

诺佳很注意她的身体。以前她从未这样清晰地意识到她肌肉的运动或肉体的温暖。她仰面躺在床上，双目闭着，静听身体的声音。太阳穴处和手腕处血管的轻轻跳动，消化液不时在体内产生的咕噜声，呼吸的节奏，它与思想的节奏相连，还有她腹内深处轻柔的快感。

以前诺佳并不喜欢她的身体。她不喜欢可触摸实体的粗糙。要避开身体逃进一个脱离肉体的五彩缤纷、形态各异的梦幻世界是并不困难的。只要用两个指头逐渐地压按眼球就足以形成有鲜艳色彩的螺旋体把你带到另一世界，一个铃的世界，而你就是那铃锤。现在乐趣改变了。现在是进入体内而不是离它而去。进入自己的体内。每晚都是那不切实际的梦想：做你自己体内的胎儿，蜷曲在那封闭的温暖中。

这种心情所要求的姿势：坐在床脚地板上，膝盖抬起来，头放在两膝之间，双臂交叉抱住头。或者另一个可能性：仰面躺在床上并轻柔地、慢慢地抚摸腹部。

赫茨尔·戈德林并不给诺佳过多的工作。当她离开得早时，他装着没看见。如果他认为他听见了呻吟声或看见她的面部有恶心的抽动时，他坚持要她放下锄头回去躺下。一次，没有任何开场白，他便用一种尖刻的语调说：

"听着，你不必要那个婴儿。"

诺佳感到惊讶又有几分好笑地说：

"你怎么知道?"

"尼娜也这么想的。还有其他的人。许多人。"

"你是否建议我应把这事交大会投票表决?"

"啊,不,上天不容。当然,这是个人的事,完全是私事,别人无权决定。"

"现在你说对了,赫茨尔,绝对正确,而当你正确时,谁也不能与你争辩。"

"争辩?打消这念头吧。我不是想争辩。但是我感到我应该道歉。"

"你?道歉?为什么?你干了什么?"

赫茨尔张口结舌。最后他说:

"哦,我很抱歉,我真的很抱歉,诺佳。很抱歉。"

不消说,赫茨尔·戈德林不再重复他的错误。他永远不再谈这个问题。

像赫伯特·西格尔这样的好心人煞费苦心地、谨慎地影响一般舆论的情绪并使诺佳包围在宽容和友好的气氛中。并非因为赫伯特为她的行为辩护,而是因为理性和同情这次都引向同一的结论。这姑娘正面临着强有力的引诱,要使她离开基布兹和这个国家到她母亲那里去。走这条道路的人从没回来过。而且,鲁文·哈里希是我们大家的亲密朋友。他的困难就是我们的困难。我们可以想象,如果他的女儿去与她的母亲一起生活,鲁文·哈里希会出什么事。在时候到来时我们将聚在一起决定那孩子的命运。但是我们不会伤害那姑娘。我们将推迟批评而宽容地对待她。赫伯特·西格尔早些时候就得出这一结论,而且还做了许多工作让别人接受这一看法。他以不同的方式表述它,但基本的思想是相同的。

于是人们便齐声说:

"不该指责她。毕竟她来自一个破裂的家庭。"

"她决心要这个孩子，说明她性格坚强。"

"把她撵走？那么鲁文呢？"

"我们一定不要感情用事。这事需要多想一想。"

引导我们基布兹的公众意识是一个极其微妙的过程。你不能站立起来对一些成熟的老于世故的男女群体进行说教。你得个别地谈话。你得明智地选择与谁谈。谦虚的赫伯特·西格尔自己承担起这一需要小心处理的工作。他的第一着就是召集诺佳同班同学开会；他没有行使权威，而是使他们理解实情。奥伦·盖瓦不妨碍他了。下一步他转向盖·哈里希并与他签订了秘密协定。然后他谨慎地激发年岁较长妇女的母性感情。不是使用夸张的词语。他用暗示和旁敲侧击引起他们的同情。他扑灭了他们炽热的道德愤怒：把某人从他们中驱逐出去，从而保持军营的纯洁不受感染，这是再容易不过的了。但是以后会怎么样呢？我们作为一个群体，是否能心地坦然地正视自己。轻易的解决办法是软弱的表现。难道我们要用我们集体的软弱去反对一个可怜的、困惑的姑娘的软弱吗？不，我们一定不要受软弱支配。否则，我们就会失去道德上的正当理由和批评姑娘的权利。她是个受害者，她的父亲也是，我们必须一刻也别忘记这一点，因为我们对我们中的每个人的幸福负有责任，因为鲁文是我们中的一员，他的女儿也是我们中的一员。我们一定不要把她作为危险和腐蚀性的影响来对待。这种观念是与我们的精神不符的。她既非危险也不是影响，她是个十六岁的姑娘。我们一定不要像愚昧无知的有偏见的农民那样作出反应。你们能想象把这姑娘扔到街上去吗？

临近夏末，一股同情的浪潮席卷我们的整个基布兹。妇女们争相为迷途的羔羊做好事。她被同情和温暖所包围。真诚地邀请顺便过来坐坐谈谈话。你很孤单。为什么不来与我们一起吃茶，来休息一下，洗个淋浴，看看照片，诉说心中的烦恼？缝纫室的妇女们作出超越职务要求之外的行动。她们经过复杂的计算设法确定了诺佳当前的尺寸，而无需经过令人难为情的试衣。她们为她做了一套孕妇服装，而艾纳芙·盖瓦则把它们悄悄地送到她的房间。

埃丝特·克利格送给诺佳一本封皮鲜艳的书，说：

"给你的。读吧。别还了。留着它。只是保证别让我的达芙纳拿到它。"

"但是……为什么？它是什么书？"

"看一看就明白了。很有用的书。你感觉很好吗，亲爱的？嗯？你随时可以找我。即使在半夜里。别太害羞。你就像我自己的达芙纳一样。格里沙也是这样的。对于我们来说，你就是达芙纳的姐妹。是的。好好照看自己，我亲爱的。别忘了常来。"

诺佳打开书的包皮。孕妇指南。诺佳微微红着脸谢谢埃丝特·克利格。埃丝特感到高兴。

以后几天有人收集了下面几本书送给她：《无泪分娩》《性入门》《抚养孩子》，还有两本同样的《幸福的母亲》，一本是哈西亚·拉米戈尔斯基送的，另一本是格尔德·佐哈尔送的。

就连在餐厅，诺佳也受到精美食物的款待——鸡肝、乳制品、生胡萝卜、麦芽酿制的啤酒，还有通常为婴儿和小孩子们储存的糖果。

执拗的人啊。在短短的人生中她一定受了苦，以致她竟拒绝女人们慷慨的好意而宁愿接受访问基布兹的一个颇为卑劣的游客的孤独的陪伴。

此外，她花了过多的时间睡觉。

弗鲁玛·罗米诺夫向健康委员会建议，诺佳·哈里希下几个月应该被送到海法一家私人产科医院去。首先，从心理学上说，她需要换换环境。第二，从身体上说，这姑娘体重不足。她的臀部太窄。她需要在分娩前增加体重，否则她的分娩可能很难。第三，说真的，应该是第一，她应脱离某种有害的影响。弗鲁玛的建议未被采纳。委员会接受了它的书记格尔德·佐哈尔的论点：这姑娘应待在这里，因为她需要经常的关怀——不是医药上的关怀而是社会关怀。

每个星期四妇女们到洗衣房去并把不用机器洗的东西晾出去。有一次，弗鲁玛·罗米诺夫到得早并把洗过的诺佳的东西晒了出来。我们必须记住最近弗鲁玛常发晕眩症而且常常无精打采。虽然医生没有发现身体上的原因，弗鲁玛已停止了工作。她以前从没有这样过。她有三个星期没有离开她的房间。甚至一日三餐也由健康委员会成员用托盘送给她。弗鲁玛声言医生已与要她死的人串通一气。这不是他的过失。他一定是受人唆使的。她信赖她的直觉，它从未使她失望过。她一生已陷进了这个地方。她已牺牲了她的丈夫。她已牺牲了她的儿子。她还将牺牲她自己。而这毕竟是最容易的一种牺牲。如果基布兹有哪位官员能哪怕费点神叫拉米请假回来那就好了，那么他就可以在他母亲弥留之际与她在一起。但是，不。谁会为她做这事呢？波多尔斯基们还是拉米戈尔斯基们？嘿！弗鲁玛不会向所有的人宣布她的末日近了。她最近甚至两次梦见她死去。梦不可忽视。证据是可怜的奥尔特在被派到香蕉园并死去之前四天也梦见自己的葬礼。但是我什么也不想说。我一生什么也没说。现在在我最后的日子里我什么也不想说。再过一两个月。在我的葬礼之后，你们这些戈尔斯基和多尔斯基就可以为所欲为了，因为在这基布兹再也没一个人会令他们感到羞耻了。诺佳？诺佳并不证明什么。我理解她。我比任何人更理解她。如果你自己没受过苦，你就不能理解别的受苦者。你可能以为已发生的事是对她所作所为的惩罚；如果拉米不是这么一个敏感的小伙子，他会讲一些关于她的可怕的故事。但是我并不为此高兴。当人们真正受苦时我能体会他的痛苦。有一句谚语说：不要嘲笑你的仇敌的垮台。顺便说一句，我不喜欢夸口，但是我可以加上一句，我已为她尽了我的微薄之力。而且是在许多人开始给她送去爱和吻之前，因为时尚变了。不，还在几周之前人们把她看做癫皮狗一样。没人理睬。遭人瞧不起。受人遗弃。只有弗鲁玛走上前去并说："我的房门对你是开着的。"我不会对其他任何人讲这句话。只除了你，赫伯特，因为你……这已无关紧要。你将是在葬礼上为弗鲁玛·罗米诺夫致悼辞的那位。我不要什么多尔斯基戈尔斯基等等。我需要你。你可以开始准备你的讲话了。我不会让你久等的。

星期六的晚上，鲁文·哈里希出去作经常性散步。他的脚步领着他从牛棚后的小径走向鱼池。他在水泵旁停了下来。他深深地呼吸。他看见一只只的鸟。他听到风声。他回想起坐在埃兹拉·伯杰卡车里的一次长途旅行。铁条。他看见尘土中的小石子。他弯下身去捡起一些。瞄准一辆生锈的大车的车杠。没有击中。又深深地呼吸。突然他决定前去看他的女儿。他已经七个星期没见到他女儿了。到她的房间去。诺佳。

我跟她说什么呢？她不再是我的了。我会说我是来看她的。我会说我们不必谈话。让我们坐下什么也不说。你不介意吧？你可以说不。那么我就走开。我只是来待一会儿。这里。不谈话。可以吗？

诺佳说好。坐下，我要待在这儿床上，因为我累。不，我不会睡的。

坐下，坐呀。你来了我……我很高兴。

"真的?"

"是呀。"

沉默。

远处的笑声。歌唱声。在林子里。一首陌生的歌曲。空气炎热。电灯光黄黄的。一只鸟在近处尖声鸣叫。一只飞蛾向窗框里的蚊帐撞去，东摇西晃地扑向灯光。它一次又一次在顽固的绝望中猛撞着帐子，发出轻轻的撞击声。月亮的光线也设法穿透到房里来。帐子并不阻挡它们。它们轻易地便渗过帐子。它们没有身体，但它们在这儿，在室内，与我们在一起，只是由于灯光而无法看见它们。但它们就在这儿。熟悉的气味。痛苦的。父亲的气味。她的目光模糊起来。或许她的喉咙里有肿块。亲爱的。孩子。你像盖，爸爸。你是个大孩子。你可以做我的小兄弟。别难过，爸爸，别难过。我不会再做这事的。永远。我答应你。别难过。一切都会好起来。别发愁，爸爸。别难过。没问题。我看到你难过受不了。别。我答应。我已答应。

"爸爸。"

"唉。"

"你睡着了吗?"

"没有。"

"我也没有。"

"我知道。"

"爸爸。"

"唉。"

"让我们走吧。"

"去哪儿?"

"让我们明天就走。与盖一块儿。"

"去哪儿?"

"远处的某个地方。世界的尽头。"

"去哪儿?"

"在路上我们将停下来把她接回来。不可以没有她。我们四个人。"

"去哪儿?"

"别的什么地方。某处安静的地方。某处安全的地方。就我们。"

"你让我痛心,斯特拉。"

沉默。

达芙纳·艾萨罗夫小心地打开门,看见了鲁文,喃喃地说了什么,又把门关上了。

"爸爸。"

"唉。"

"你在想什么?"

"没想什么特别的事。"

"是什么呢?"

"威斯巴登。"

"什么?"

"威斯巴登。是个地方。一个市镇。在德国。"

"那里有什么东西。"

"温泉。当我是个孩子时,我看见……别管它。"

"你看到了什么?"

"别管它。我不是来谈话的。"

"不，说下去吧。谈吧。我想要你谈。"

"温泉。热气从地下喷出来。"

"是什么使你想起它的？"

"他们带我去那里的。那时我四岁。或许五岁。我的父亲在那里找到了一份工作。在威斯巴登。"

"它是不是个好地方？"

"我记不得了。"

"你为什么想到……那个地方？"

"威斯巴登。因为那些喷泉。那些喷泉。"

"什么？"

"我感到害怕。害怕极了。我能记得。热气带着可怕的嘶嘶声喷了出来。我只是个孩子。一切都在抖动。或许只是我在抖动。不。地球抖动了。一切。"

"就像在地震中那样？"

"你知道，斯特拉，好多年来我常做着关于威斯巴登的噩梦。而现在……现在它们又回来了。"

"什么时候？"

"现在。昨夜，或许是前天晚上。有几次了。这是一场噩梦。"

"你梦见了什么？告诉我。"

"我梦见它喷了出来，在我的脚下。就在我站立的地方。有什么东西突然在我脚下移动了，地上的一个小裂口，白色的蒸汽喷了出来，更大的裂口，一个裂缝。我跑，裂缝变宽了，水汽和沸腾的蒸汽追赶我。它……烫人。我尖声叫了。它是黑色的，像沸腾的油一样烤人。在梦里并不总是在威斯巴登。可能是任何地方。我恰巧在的地方。突然之间。"

"我……爸爸，我将到那里去。我将去并且看你讲的那地方。它离……很远吗？别管它。我要去。我将去那里。"

"斯特拉，别那么望着我。我不……我知道你会走。走吧。"

"那你呢？"

"不。"

"永不？"

"永不。"

"但是你怎能……孤单一人？"

"我不认为我能。"

"爸爸，那是怎样一个国家？"

"哪里？"

"那里。德国。"

"我就出生在那里。"

"是的。"

"美丽。一个美丽的国家。山脉，森林，风，湖泊，河流，古老的城镇，旅客，农民，浓郁的啤酒，城堡。还有威斯巴登。"

"而人民呢？"

"我不知道。我知道的所有的人，他们大家，或者杀人或者被杀了。但是那儿有强劲的风。你可以在湖上雇船航行，像你母亲那样。阳光也不太明亮。也许我的记忆有些模糊。总之是像曙光一样。不那么使眼睛疲劳。没那么多光。"

"你会恨我。"

"不，不会。"

"是的，你会恨我。"

"不，我……我始终不喜欢仇恨。我只恨……我不知如何说。只恨威斯巴登。"

"你要活着。"

"是的。"

"怎么活呢？"

"我会教书。读书。把盖培育成人。如果盖愿意留下。"

"悲伤。"

"或许不。或许不那么悲伤。或许像……像赫伯特，比如说。沿着一条长长的轨道生活下去。正直地死去。平静地。牙齿紧闭。枯燥地生活着。"

"你还记得什么？多告诉我一些吧。每一件事。"

"我记不起每一件事。我想忘却。但是我却忘不了威斯巴登。我害怕。我能记住一点点。比如，我记得铃声。"

"铃声？你是说铃声吗？"

"是的。铃声。每个星期天。傍晚。黄昏。无尽的田野，黑黑的平原，远处黑色的山脉。巨大的山谷。森林。森林中的小市镇。到处是声音，到处是铃声。见不到一个人，没有一丝风，空中没有一只鸟。铃声。仿佛一切都死了，只有铃声活着并歌唱，歌唱并活着，我害怕了，诺佳，我晚上害怕，我现在害怕。"

第二十八章
金短剑

　　埃兹拉·伯杰放弃了他额外的出车任务。

　　一天晚上他去看波多尔斯基，他是负责工作花名册的。

　　"波多尔斯基，我明天只出一次车。从明天以后一直如此。"

　　"出什么事了？"

　　"没出什么事。只是我累了。'难道我的力气是石头的力气吗？'"他开玩笑地加了一句。但是他忘了给这句玩笑话伴以笑脸。他的决定可能由于筋疲力尽，或者大概更可能是由于泽卡赖亚·西格弗里德的有益的影响。泽卡赖亚与他的哥哥进行过多次长时间的谈话。他的目的显然是重新铸造埃兹拉与布朗卡之间的链环。明显地，这种尝试是间接的。埃兹拉本人是否知道他弟弟的隐秘的目的还不清楚。

　　布朗卡以不显眼的体贴关怀着埃兹拉。她像对待一位新从远方到来的人一样对待他。有一次，黎明时，他们正巧一起醒来，于是便无言地恢复了他们已中断多时的关系。

　　由于丈夫与妻子以及女儿与父亲间的问题已经解决，显然埃兹拉并不怀恨，也不寻求报复。

　　不知怎的，像一棵树在伤口上不知不觉地长出粗糙的结疤一样，在伯杰家里又重新建立起老的常规——就寝前一起喝一杯茶，或是布朗卡耐心地为埃兹拉僵硬的腿按摩。

　　在吃过午后茶点后，西格弗里德会带着躺在童车里的婴儿去散步，托墨和艾纳芙到游泳池或篮球场去，而让布朗卡和埃兹拉像一对年轻夫妇一样单独在一起。

埃兹拉两点钟左右开完车后回家，洗过淋浴后躺在床上午休，正像过去那样。有一次，布朗卡说她希望新年过后他们俩一起出去度一天假，但是如果埃兹拉反对，她也不强迫他。埃兹拉昏昏欲睡地答应了。

有时他们偶然相遇，在餐厅或在哪块草地上。他们彼此点头然后把目光转向别处。像陌生人。不尴尬，不生气，只是像陌生人。奇怪的是，诺佳尽管很注意观察自己的身体，却很少把自己的婴儿与埃兹拉·伯杰联系起来。埃兹拉已走出她的思想之外。当诺佳看见那身体结实、面貌粗俗的卡车司机时，她感到仿佛他……仿佛那人在别的什么地方见过。就仿佛她的心已经失明。并不是说她忘却了事实，而是事实间的联系已不存在。

埃兹拉那方面也发生了某种类似情况。有时晚上他坐在桌旁用平淡的声音朗读《圣经》的选段，突然因豺狗发出的疯狂的嚎叫而哆嗦，并自问，我干了什么，什么时候，许久之前。但是他设法避开它。使自己与它脱离开来。回到《圣经》上来。有时他让记忆在微小的细节中经受长时间的折磨。使他奇怪的是，回忆与其说是痛苦的，不如说令人疲倦。回忆已分解成一堆不相干的，没有意义，也……没有联系的词语。

这是难以理解的。我们原以为他们是相爱的。但却不是。或许他们是相互利用。或许——虽说这话难于开口——或许诺佳和埃兹拉相互抓住对方，就像抓住一个工具或武器一样。由于目的达到了，工具也就从疲乏的手中掉落下来，剩下的是强烈要求休息的欲望。

慢慢地，仿佛疲惫不堪地，埃兹拉恢复了原状。有时布朗卡曾梦想过戏剧性的和好。她压抑了自己的梦想。埃兹拉对波多尔斯基说：我累了，看来这话含着深刻的真理。我没有石头的气力。我累了。

布朗卡并不是出于疲惫而制定自己的行动方针。有时她仍然思念鲁文。她毅然拉断了线。她现在明白了。她目光看得远了。而且她是个坚强的女人。

伤疤变成粉红色，然后变成灰色，然后消失了。或许因为埃兹拉和布朗卡从未恨过对方。即使在那些痛苦的日子里，他们之间也存在着淡淡的、微微的同情。只是他们相互疏远了。现在他们又回到彼此身边，因为他们迫切需要依靠。他们互相依靠。

有一天西格弗里德拧一下艾纳芙的面颊并欢乐地低声说：

"看他们，亲爱的，看那两只年老的情鸟。他正给她读《圣经》哩；她取下了眼镜望着他的嘴唇；他们都感到轻松；这是真正的蜜月。她已把他置于她的羽翼之下而成为他的母亲和姐妹，如像我们的民族诗人所说的。嗯？"

客人的讲话有一定的真实，尽管它有些言过其实，而且充满了淫荡的欣喜。并没有什么蜜月。而是有——我们使用以下名词时带有几分迟疑———一种兄弟之情。而且仍旧夹杂着灰色而凄凉的沉默的长长时日。而且看来它们将延续到终了。那笨重的大钟还会滴答滴答地响。如果他们不把自来水龙头拧紧，它还会继续嘈杂地滴水。

泽卡赖亚有个想法。请全家人一起出去度一个美好的夜晚，到别处一个愉快的地方去。换换空气和熟悉的环境对曾破裂的感情是一种安慰。

晚上八点钟，吃过晚餐而且丹尼也睡着后，他叫了一辆出租车把他们开到太巴列湖。他们把出租车坐得满满的：伯杰家年长的，年轻的，那晚充当主人的客人，还有埃兹拉邀请的格里沙·艾萨罗夫。埃兹拉与格里沙近来成了好朋友。每星期有三四个晚上他们在一起玩多米诺骨牌或下国际象棋。格里沙会讲很动人的故事，而埃兹拉则断章取义地用《圣经》里的诗文扼要地说出故事的寓意。

　　泽卡赖亚穿着一套黑色服装，并在扣眼里插着花。埃兹拉和托墨都穿着白色开领衫。格里沙——为了改变一下形象——穿了条短裤，显露出多毛的双腿。至于艾纳芙，她穿了件领口开得低的、特别留着外出时穿的服装。

　　晚会开始的两小时是在加利利海边一家大旅馆的酒吧度过的。那儿有一支小的管弦乐队。格里沙捻着胡子吆喝畏缩的侍者拿这拿那。

　　泽卡赖亚向艾纳芙鞠躬并邀请她到笼罩在蓝色灯光中的舞池跳舞。萨克斯管又笑又哭。艾纳芙靠在泽卡赖亚的肩上并感到自己成了一个新女人。他们在一起跳了很长时间，这时布朗卡和托墨在一旁愤怒地望着他们，虽然各自原因不同。泽卡赖亚吸引了许多羡慕的目光。他跳舞不费力而且舞步惊人地准确。涂脂抹粉的女游客试图以微笑引诱他，但是他却对他亲爱的艾纳芙保持忠诚。她的脸红光满面，她的跛腿也看不出来了。

　　埃兹拉和格里沙在进行愉快的喝酒竞赛。泽卡赖亚在舞间短暂的间歇喝酒超过了他们两人，并取笑他们，不过——不消说——他的玩笑不会超过友好风度的界限。酒也没有让他醉倒。

　　但是埃兹拉和格里沙由于场景转换和饮酒而十分激动。半夜前后他们放声地唱起精神饱满的歌曲，吸引了酒吧里其他顾客愉悦的注意。

　　托墨不爱喝酒，也不喜欢往日的歌曲，他沉默不语，只是生气地怒

视着妻子的腿。布朗卡跟踪他的视线，而后宣布她累了。其他人也勉强
同意并站起来离开。当然他们中最有钱的那位支付了账单。

　　他们在湖边散了一会儿步。格里沙和埃兹拉手挽着手，声音嘶哑地
说着话，走在前面。然后是泽卡赖亚和艾纳芙，他的手搂着她的腰。布
朗卡和她的儿子温顺地走在最后。

　　这是一个温暖、明亮的夜晚，圆月当空。水上荡漾着微波，波光闪
烁。对面显示出山脉的轮廓。市镇上闪耀着黄光。一阵微风吹过。格里
沙和埃兹拉交换着过去美好的开拓时期的回忆，布朗卡偶而插上一两句。
泽卡赖亚向艾纳芙介绍欧洲的最新时装。在艾纳芙与托墨之间酝酿着一
场放低声音的争吵，但是他们控制着自己，以免破坏晚上的愉快情绪。
泽卡赖亚与格里沙就第二次世界大战期间在西部沙漠战斗中的一个事件
发生了争论。从逻辑上说泽卡赖亚是对的。格里沙提出了一个毁灭性的
反驳：我在那儿而且我亲眼看见了。

　　泽卡赖亚叹口气后认输：

　　"你赢了。"

　　格里沙感到高兴。

　　最后，他们转向太巴列湖的大街上寻找出租车。突然从他们后面传
来一个声音：

　　"嗨，埃兹拉，怎么回事，你到了这儿却不进来看看我们？"

　　"格尔雄·沙拉戈斯蒂！"埃兹拉大声喊道。

　　他们大家又不得不一起来到阿布希迪德的饭馆。埃兹拉把他的朋友
们介绍给他家的人，又把他家的人介绍给他的朋友们，主人用咖啡欢迎
他们，这样的咖啡在太巴列湖的任何其他地方都找不到。这咖啡像夜一

样黑、像铁水一样浓郁，如约瑟夫·巴巴德贾尼所说。

"怎么回事，埃兹拉？"卡比利奥惊讶地问道，"你的女儿在哪里呀？你的可爱的女儿，多么可爱的女儿呀，她在哪里呀？你怎么没带她来呀？她没病吧？愿上帝不让这样的事发生。"

埃兹拉抓住卡比利奥的肘部低声地说：

"闭嘴，卡比利奥。"

卡比利奥睁大了眼睛。他似乎不理解地望着埃兹拉。然后他立即明白了。他的表情改变了，他长长地呼出一口气，对埃兹拉眨眨眼，咧嘴而笑地低声说：

"当然。我明白了。现在我明白了。我一个字也不会说的。你的妻子……还有那位你说是你女儿的情人……我知道了。当然，我会闭嘴。像蛤蜊一样闭起嘴来。你可以信赖我。"

因此他们便坐下来与渔民们谈话，大约谈了半个小时左右。

格里沙本人就是渔民，他在五分钟之内就赢得了听众的心。在他与巴巴德贾尼之间已经打了赌，赌注是一瓶亚力酒①，赌的题目只渔民朋友们了解。

格尔雄·沙拉戈斯蒂被艾纳芙的美征服了。他把他的感情用言词表达出来。艾纳芙满脸通红，笑了一下又赶忙收起了笑容。托墨被激怒了，他低沉地对那渔民说，住嘴，否则……西格弗里德发现情况不妙，便插科打诨地就妇女的美貌讲了一大串的生动的定义，引起哄堂大笑。西格弗里德自吹自擂地说，正像有的人是品尝酒的行家一样，他是个专业的品尝女人的行家。大家又大笑了，布朗卡除外，她已睡着了。艾纳芙用

---

① 用椰子汁、糖蜜、米或枣子酿制的一种亚洲产烈酒。

她的小手捶击着桌子高喊：令人作呕！你们都令人作呕！但是托墨发现自己也在笑。埃兹拉说，有两种女人。泽卡赖亚打断他的话说：有三种——他想说的那两种和……西格弗里德又说出第三种的名称。有些人狂笑得浑身无力。艾纳芙又满脸通红，难过地说：

"那不是个令人愉快的笑话。"

埃兹拉暗自笑了。

"我还有一个。一个令人愉快的。"

他讲了。不消说，渔民们都不甘落后。格里沙也是。连托墨也伸出脖子简要地讲了一个女人与一辆特快列车的故事。埃兹拉感到高兴。我们以前没见到他高兴过。即使在他兴高采烈时也看不出他有什么喧闹和粗鲁的行为。尽管埃兹拉是个普通的卡车司机，但是他却知道他弟弟永远学不到的一件事：如何使事情适可而止。最后格里沙开始讲一个战争中发生的惊人故事。我们将遵守我们对他的诺言，在这儿逐字地重述它，只有一两处作了可以理解的省略。

"有一次我得到一把镀金的短剑，上面用德文老式字体刻着鲁登道夫①的名字，而下面用方方的大写字母刻着阿道夫·希特勒怀着敬意赠给格拉茨贾尼元帅。你们看见这只手吗？你们大家？摸摸它。就是这只手拿过那把短剑。一把有历史意义的短剑。我想鲁登道夫把它当作一把裁纸刀，而在纳粹时代他们把它从博物馆拿出来给了希特勒，而希特勒又把它送给了意大利法西斯分子格拉茨贾尼元帅。关于这把短剑有两个奇异的故事：一，它是如何落入我手中的；二，它是如何从我手中被拿走的。

———————————
① 艾里希·鲁登道夫（1865—1937），德国将军，第一次大战时创立"总体战"理论。

"在意大利败北后我找不到自己的部队。我只不过在值勤后出去短暂休息，而等我回来时，他们已不等我就离开了。说老实话，我并不难过。那时的罗马好玩极了，我正想留下来哩。我怎么生活呢？一部分时间与英国人在一起，一部分时间与美国人在一起，而大部分时间与意大利姑娘们在一起。嗬，这些意大利姑娘！有一次，我与她们中的一位在城外散步。我们来到一座豪华的别墅，它是由美国士兵守卫的。我穿着巴勒斯坦的制服。我是陆军上士。现在我是上尉。就是说我曾经是上尉。在我们的军队里。但是现在我们没有军队，只有许多不愿打仗的士兵。因此我不再使用我的军衔。好了。因此，我们看到这个有人守卫的别墅。我与警卫们说些小小的笑话。当然他们全都喝醉了。我告诉他们我为英国秘密情报部门工作，而且负有特殊使命。他们告诉我，两个师的补给品都存放在这里。我指着手臂上的徽章说我在绝密处犹太军团工作，负责搜索各类战犯。他们告诉我，这是格拉茨贾尼的别墅。他们喝得烂醉，我的讲话给他们留下深刻印象，但他们没见到证件仍不让我进去。我拿出我的工会会员证给他们看。上面写的全是希伯来语。他们喊来他们的长官。如果说他们醉了，那么他们的黑人长官就醉得神志不清了。他穿着睡裤，几乎手脚着地地爬行着。信不信由你，他被那会员证蒙住了。他用指头摸摸，又嗅嗅本·古里安的签名，仔细看看与我一起的那个姑娘，并说，我向你敬礼。他甚至试着敬了个礼。

"于是我们走了进去，我与这位姑娘，我们在花园里走了一会儿。我们看见一些俘虏在照料奇异的花朵，我叫他们鼓起劲来，他们没怎么听见，但是他们却像乖孩子似地笑了；是，先生，是，先生。然后我们视察房子，搜索战犯。多漂亮的房子呀！语言无法形容它。我们发现了格拉茨贾尼的卧室。全部装修成蓝色。像个梦一样。我们把门锁起来并犯了一个小小的战争罪行。在那里，在卧室中，我突然发现这把金的短剑规规矩矩地躺在梳妆台上。我拿起它，看了看，把它对着光，翻过来翻过去。我看到了拼写不完整的鲁登道夫希特勒格拉茨贾尼，格里沙，我对自己说，格里沙，你拿上这个吧，可以用它向你的孙辈显示他们的爷爷是怎样一个人。因此，我就拿了它。

"现在我再告诉你一个更加奇异的故事。我是如何失去它的。

"一九四七年当我作为非法移民被遣往罗马尼亚时，我在那里丢失了短剑。我的意思是，想你们也猜得出，我没有丢失它。它被人偷了。它是怎样被偷的呢？你们永远猜不到。它是一件艺术品。人们料想我要会见布加勒斯特的一位共产党政府的官员。是的，在东欧我是'哈伽拿'卫军①的主要代表。那就是说，主要代表之一。喔，我被邀请到这位部长的住宅。我们谈这谈那。原来他是一位反纳粹地下组织的成员，反正他是这么讲的。我们成了朋友。我在他的房间度过了大约四个小时。我向他谈到犹太人的斗争。我心想，在这儿你可交上了一位好朋友啦。在我遇到过的人中数他讲的笑话最下流。反正，由于某种原因，我把短剑从我的公事包里抽了出来。（我常带着它到处跑。那时候我还年轻。）我把它拿给他看。他感到惊讶。他说他必须把它拿给他的妻子看看，她也是反纳粹的，是敌后游击队员以及诸如此类。好吧，我说，为什么不呢？请吧。我把它递给他。他走进隔壁房间。几分钟之后，他回来了。递给我短剑。我把它放进口袋里。当我回到旅馆时，我看看它，我看到了什么？它不是同一把短剑。那某某人一定在离开房子时把它调换了。我有什么办法？引起一场骚乱吗？不可能。别忘了我们得关心自己

---

① 一九二八至一九四八年间活跃在巴勒斯坦的犹太地下军事组织，后来成为以色列军队的核心。

的利益。附带说一句，我仍然保有那把罗马尼亚短剑。等什么时候我会把它拿给你们看的，以此证明格里沙说的是真话。但是它值多少？几分钱。如果我把它拿给我的孙辈们看，他们会说，爷爷是怎样一个傻瓜呀，甚至在他年轻的时候就是这样。难怪有那么多的笑话讲罗马尼亚人是小偷哩。"

他们又交流了小偷与盗窃的故事。埃兹拉讲了"找"与"找到"的笑话。然后他讲了所罗门的床和六十个勇士的故事。每个人都笑了。

清晨将近三时，他们叫醒了布朗卡，喊了辆出租车，然后回家。一路上好似狂欢的旅行。每个人，埃兹拉，泽卡赖亚，托墨，格里沙，大腹便便的司机，都喧闹地开着玩笑。只有布朗卡和艾纳芙睁不开眼。她们倚在彼此的肩膀上打着盹儿。

泽卡赖亚看看他的哥哥，并对自己说：

好。很好。

第二十九章
赫伯特·西格尔进行反击

夏季结束了。

离新年还有三周时出现了连续五天的假秋天。气温陡然下降，天空布满了乌云，树梢在微风中沙沙作响。温和的五天。在第五天弗鲁玛·罗米诺夫死了。她是早上七点钟去世的。死前她去找一位管卫生工作的官员。她想告诉他，松树上出现了一种虫子，它会使孩子们的皮肤和眼睛发炎。树上必须喷射能杀死虫子而不伤害孩子们的杀虫剂。

卫生长官答应在午饭之前来。弗鲁玛说她想亲眼看这事办妥。

她开始朝托儿所走回去。途中她见到一只小黄猫在草地上玩一只球。她停下来观看。她感到一种静静的忧愁。动作柔和的活蹦乱跳的生物。敏捷。柔软。轻盈。这景象使弗鲁玛感到惊讶。她对自己苦笑一下。但是那球，我为什么没更早地发现，这球是那些小孩子的。

弗鲁玛弯下身去捡球。她这么做的时候，她听见她的耳朵里一种细小的、刺耳的哨音。她转过头去想看看这声音来自什么地方。当她转动头的时候，她的身子也转动起来。她于是跌倒在草地上，她的脸上流着汗。她想用围裙擦去汗。她的手哆嗦，下垂。弗鲁玛用尽全身的力量想站起来，因为她看到有人向她走来，而她羞于被人看到大清早躺在草地上。她发出一声空洞的哭泣。她垮了。艾多·佐哈尔赶紧来到她身旁，问她是否不舒服。弗鲁玛的脸皱了起来而且怒容满面。她的眼睛湿润。艾多感到他在打扰她。他转身走了。走了十来步他又改变主意，又回转来想扶她起来。弗鲁玛的身体很重。艾多挽着她的手臂感到难为情。他呼喊起来。弗鲁玛的嘴唇发出低低的声音。现在她的眼睛开始转动，大颗的泪珠舔着她瘦削的面颊。她的呼吸沉重而不平稳。突然，她的嘴唇张开来，显露出她全部的牙齿。艾多惊恐起来，又大声呼喊。传来了奔跑的脚步声。达芙纳·艾萨罗夫哆哆嗦嗦地走上前来问出了什么事。艾多低声地说了两次：医生，找医生。达芙纳满脸通红。弗鲁玛用一种令人不寒而栗的深邃目光，盯着孩子的脸。艾多脑子闪出个念头，问她要不要喝水。弗鲁玛什么也没说。她凝视艾多面孔的目光不活动了。

　　而后，赫茨尔·戈德林和门德尔·莫拉格仿佛穿过灰色的迷雾似的出现了，并带走了弗鲁玛。他们把她瘦弱的臂膀放在他们的肩上。弗鲁玛由两个男人抬到了诊所。医生试着打了强心针并延长了人工呼吸的时间。他对赫茨尔·戈德林说：

　　"还有希望。快去叫辆小汽车。把她送往医院。"

　　联合一致的行动似乎有了某种效果。弗鲁玛的脸微微地颤动，她下巴的肌肉松弛了，她的嘴张开了，而且手指也慢慢握紧了。医生检查了她的脉搏。最后，他摇摇头并有气无力地说：

　　"只是一种反射作用。"

　　赫茨尔·戈德林冲了进来宣布车子正等着。医生说不需要了。由于某种原因他又说：

　　"非常感谢，赫茨尔。"

　　下午两点钟拉米到了。赫伯特·西格尔把他带到自己的房间，让他坐在一张扶手椅里。

　　拉米说：

"太突然了，他们告诉我……突然，他们说，突然……"

赫伯特用他的小手遮住他的圆圆的眼镜说：

"这也是没法的事。"

拉米用疲惫的目光凝视着他。过了一刻他喃喃地说：

"这事太可怕了。这么突然。"

赫伯特抚着拉米的一边肩膀说：

"要勇敢，我的孩子。"

这话原是说来鼓励他的，但事实上却起了相反的效果。拉米把头低下来，倚在桌子上哭了起来。他的声音响亮而奇怪，像是捂住嘴大笑。赫伯特端给他一杯凉水。拉米睁开眼睛，用似乎不相识的神情看着赫伯特。他的眼睛是干的。他伸手拿过杯子喝了一小口。然后，他突然坚决地把杯子推开。赫伯特站起来，走到窗前，关上了百叶窗。拉米迟疑地问，他是否可以看看……她。赫伯特坚定地回答：不，现在不行。

沉默。

赫伯特打破沉默，问有没有什么亲戚需要通知的。有一会儿拉米似乎不大记得。然后他说，他母亲有个姐妹在吉里亚特·海伊姆，父亲侄子的家在里松尔-茨昂。我们自上次葬礼后就没见到他们。约什的葬礼。过了一刻他又加上几句：

"母亲不喜欢他们。他们很自私。他们只想着自己。"

赫伯特说：

"这事现在已无关紧要。"

拉米忽然注意到他穿的衣服，哭泣着说：

"我……我直接从训练场来。看，赫伯特，我的衣服是脏的。这……这不可能……这么突然……"

赫伯特重复说：

"这无关紧要。你穿什么衣服，现在这事不重要。"

仿佛记起一个重要的公式似的，拉米忽然询问这事如何发生的。什么时候。在什么地方。赫伯特极为简要地回答了每个问题。拉米似乎没有好好地听。他沉重地倚在扶手椅上。闭着眼睛。两腿交叉。然后他改变主意，把它们伸展在他的面前。

赫伯特有件急事出去了几分钟。当他回来时，他发现小伙子异乎寻常地平静，仿佛这期间他美美地睡了一觉似的。他异乎寻常地平静地说：

"夏季就要过去了。我要被送去进修而成为一名下士，诺佳·哈里希将生个儿子。"

赫伯特盯着拉米看了很久。这时一个令人激动的念头闪现在他的脑海里。像他通常所做的那样，他的嘴唇紧拉成一条细细的直线。

哀悼降临在麦茨塔特·拉姆。除了赫伯特·西格尔外，谁也没有停止工作，因为哀悼不中止工作。但是到处人们都静静地、几乎阴沉地工作着。兹维·拉米戈尔斯基拉着芒德克·佐哈尔一起到坟地去。兹维已用电话把讣告通知基布兹运动报了。现在他拿起铲子与芒德克一起来到墓地。许久以来兹维除了园艺之外没参加任何体力劳动。他的手起了泡，而且气喘。他长得胖，两肩微微下垂。土壤坚硬、干燥而且难以对付。铲子发出铿锵声。墓地在松树林的边缘。松树发出持续不断的呻吟。

弗鲁玛的坟该挖在哪儿，是紧靠她丈夫奥尔特的坟，还是靠近她儿子约什的那座位于对面地段上的坟，芒德克对此不愿发表意见。兹维闭起眼睛来思考。最后他说：

"当然，紧靠奥尔特。那就对了。丈夫与妻子在一起。我憎恨死亡。"

他突然附加说，表现出一阵少见的勃然大怒。

土壤，我们已说过，坚硬。铲子发出金属撞击的声音。石头发出丁当声。

那天傍晚餐厅的门口披上了黑纱。事先没有任何安排，基布兹的所有成员在晚餐后全都聚集在餐厅外面的黑暗广场上。话语很少。面孔严肃。七点钟时，包括鲁文和布朗卡，格尔德和芒德克在内的一群人到赫伯特·西格尔的房间去陪伴孤儿。拉米仍旧坐在同一张扶手椅里，只是他的脚支在赫伯特体贴地提供的一张小凳上。他们坐了下来。

鲁文·哈里希叹口气说：

"记住，拉米，你并不孤独。你有一个家。"

拉米点点头，没吱声。

格尔德说：

"你吃了点什么吧？"

因为小伙子不回答，甚至也不看她，她便转向赫伯特·西格尔问道：

"他吃过了吗？"

赫伯特做了个发愁的姿势，似乎叫她别打扰他。

兹维·拉米戈尔斯基迟疑地说：

"冬天要来了。对骆驼地得作出决定了。我们肯定要经历一个困难时期。"

在短暂的沉默后拉米说：

"那二十三德南 ① 的地不值得那么大惊小怪的。"

---

① 西亚和东欧某些国家衡量土地的单位，大小不一，略少于一英亩。

赫伯特向兹维露出了微微的笑意，似乎是说：干得好，小伙子终于说话了。继续吧。兹维心领神会，继续说：

"对于土地我们决不能让步。土地是世界上最重要的东西。"

拉米请求给他一支烟。芒德克·佐哈尔急忙递给他一支。小伙子吸了一口并伸出他的下巴。他把烟吸入肺里，闭起眼睛。没睁开眼他就说：

"过去我也是这么想的。现在我认为这世上有比土地更为重要的东西。"

赫伯特竖起眉毛并把这些话记在心中。其他的人有点儿困惑。在这种时候开始争辩是否合宜？真的，为什么不呢？他需要分散注意。鲁文·哈里希回答说：

"你说得十分对，还有比土地更重要的东西。但是没有土地，它们就无法存在。"

拉米出其不意地中断对话而问是否安排了什么人为他母亲守灵。一定不能让她整夜孤单一人。他感到一阵战栗。赫伯特透过他的金属框眼镜严峻地望着他并严肃地说：

"没问题。这事你别担心。"

拉米显然忘记了讨论的问题，向鲁文·哈里希问候诺佳。鲁文无力地回答了一声，便低下了眼睛。拉米说他为诺佳作出的决定而对她非常钦佩。他认为她是在做某种异乎寻常的事。

赫伯特也在心中记下了这句话。其他的人，鲁文，布朗卡，都不敢与他争论。

来了三四个年轻人，其中有托墨和艾纳芙。新来的人脸色苍白。他们听到房子里传出的讲话声惊讶不已。拉米像主人似的迎接他们。

"请进。请坐。"

赫伯特又加上一句：

"进来坐在这儿。"

艾纳芙说：

"拉米，我真的很难过。"

然后，根据赫伯特的示意，年轻人便开始讨论冬季作物的播种问题。他们说轮作制的安排不尽完善。存在着忽视作物自然规律的危险倾向。布朗卡和格尔德到烹饪间去沏茶。赫伯特低声对她们说，不要纠缠拉米或强令他喝茶。但是拉米打断他的谈话，并对布朗卡说：

"请别给我放柠檬。我讨厌柠檬。"

赫伯特·西格尔很机灵。他充满了一种新的责任感。有好几个小时他一直在研究这个小伙子。他变了。不是由于他母亲的去世。这一噩耗还没来得及给他留下印象。它不是这变化的根源。他整个的态度改变了。这小伙子去部队时雄心勃勃。现在我在他身上看到另一种不同的品质，对欲望的某种约束。现在人们发现——怎样才能最好地表达它呢？——一种敏感性和关心。人们可以看出一个有责任感的人所具有的某些苗头。当然，还没有定型，但是只要给予他明智的帮助，就会大有裨益。我过去认为他一定会成为一个死板的、傲慢的傻瓜。我的想法错了。他具有成为负责人的素质。弗鲁玛过去一再固执地重复说他喜爱动物和植物，也许她是对的。弗鲁玛是个有洞察力的女人。但是他本人得有洞察力才能知道她如何有洞察力。

赫伯特·西格尔的神智敏锐。他的新的责任感有节律地在他的血管中运行。他和蔼地看着拉米·里蒙。

第二天我们安葬了弗鲁玛。

　　拉米·罗米诺夫靠在赫伯特的手臂上，走在灵柩的后面。有时，看上去倒像是拉米搀扶着赫伯特，因为拉米比他高得多。基布兹整个群体，男男女女和年轻人，静静地跟随在他们后面。我们记得，整个葬礼举行期间，有三四架喷气式飞机在山谷上空盘旋，破坏宁静的气氛。它们高飞，盘旋，并骤然下降。它们的轰隆声激怒了空气，使之像有生命的东西似的尖叫或嚎叫。

　　赫伯特·西格尔在挖开的坟墓旁做了如下的讲话：

　　"我的朋友们，弗鲁玛不再同我们在一起了，而我们的心却拒不相信这一点。或许我比我们其他人稍微接近弗鲁玛一些。但是你们大家也像我一样知道她的生活不轻松。根本就不轻松。或许她可以使她的生活更轻松些，但是她不是那种寻找轻松生活的人。她在几年之内不得不承受命运相继两次的打击。最初她失去了奥尔特，此后不久又失去了约什。我自问，别的人有谁能像她一样忍受如此沉重的打击。我的朋友们，弗鲁玛具有巨大的承受力。她知道如何正视命运。而这是不容易办到的。只有坚强的人，非常坚强的人才能正视命运而不被击倒。我们知道，我们大家随时可能垮掉。而我们的防御能力是很脆弱的。弗鲁玛是一个坚强的女人。她具有某种坚定、果断的品质，这正是英雄的标志。不，弗鲁玛不是英雄。不是我们通常所说的那种英雄。她的眼界并不高。但是在她的自我克制中却有着某种英雄的特点。还有她的坚定、果断。她对我们严厉，而她对自己更为严厉。我们谁也不会忘记，在那几年困难时期她是怎样帮助她的丈夫的。弗鲁玛具有一种顽强而不妥协的正直。我记得，我的朋友们，有一次在教育委员会的会议上，弗鲁玛如何以她习惯性的一针见血的坦率说，她不同意集体主义思想的某些方面。但是她立即非常简单地进一步说明，既然原则是原则，我们就要遵循。不，朋友们，弗鲁玛的性格是不妥协的。"

赫伯特停了一会儿，等那些喷气式飞机愤怒地飞过去，并望着那张口的坟墓，光秃秃的灵柩就放在里面。突然他取下眼镜并露出一张清秀天真的面孔，多少年来他一直把它隐藏在眼镜后面。他闭上眼睛，用一种令人窒息的声调继续说：

"弗鲁玛，我们的朋友，你在生活中没有尝到多少欢乐。你受苦了。你总在受苦。而我们没有始终……我们没有始终注意……朋友们应注意的……原谅我们……人都是有缺点的……我们将想念你。我……会……"

空气又被一声猛烈的嚎叫声所撕裂。飞机出现了，下降，转弯并飞走了。赫伯特等待它们消失。当一切重新平静后，他犹豫了，他的嘴唇颤抖；突然，他后退两步，把脸藏在眼镜后面，没有把话讲完就消失在他的听众之中。

泥土砸在棺木上发出砰的一声响。拉米闭上了眼睛。一只苍蝇落在他的前额。拉米没有挥手赶走它，却把头低垂在尼娜·戈德林的肩上，孩子气地跺着脚，大声哭了。(那儿还有一个名叫艾多·佐哈尔的小学生，他也无法控制自己的眼泪，因为他总是对悲伤做出反应。但是他的眼泪不属于我们的故事之内。)

葬礼之后两个小时，赫伯特·西格尔前去看望诺佳，问她是否愿意到他房间去陪伴拉米。诺佳问他，他是否真的认为那……那是个好主意。赫伯特说对这事他已进行过仔细思考。你应该来看看他。他曾两次问到你。

诺佳向赫伯特·西格尔投去锐利的绿色目光。赫伯特并不回避，而是回敬以灰色的坚定目光。同时，他们两人的眼睛都显露出微微的笑意。

诺佳说：

"为什么不呢？我会去的。"

赫伯特回答说：

"我一刻也没怀疑过。我相信你会的。"

拉米·里蒙舒展着身子躺在赫伯特·西格尔的床上。有谁把一张报纸塞在他手上。它奇异地吸引着他，仿佛每条大字标题都是单独为他写的。但是文中的含义他却完全抓不住。他一见诺佳走了进来，就跳了起来，靠在桌子上，并注视着她的身体。他没向上看她的脸。诺佳追随着他的目光，并问道：

"我变多了吧？"

拉米含糊其词地说：

"不是你要来的。是赫伯特。赫伯特叫你来的。我知道是他。"

"坐下，拉米。你累了。"

拉米听从了她的意见。

"别这样看着我。我不喜欢。"

"我……我是无意的。对不起，诺佳。对不起。我……"

"等等，我来冲点咖啡。让我们喝点咖啡吧。我相信赫伯特不会介意我使用他的东西的。"

"不，诺佳，我不应该在这种时候喝咖啡的。这不是喝咖啡的时候。"

"不，你要喝咖啡。全准备好了。别争论了。"

在精细地计划好的一段间歇之后，赫伯特·西格尔回到自己的房间。他发现两个年轻人正全神贯注地争论有关行星的问题。拉米说金星是最靠近地球的行星。诺佳坚持说，火星要近得多，因为那上面有智能动物，它们挖掘了运河。他们都根据在校时便记得牢牢的一些知识，提出决定性的论据。每个人都指责对方记得不对，混淆了事实。拉米意想不到地用胳膊肘碰到了诺佳的肚子，他的脸变得通红。他们的争论并不激烈。一定的友好情谊使之平添生气。赫伯特·西格尔暗自思考，撇去时间和地点不谈，你会认为这是一种兄弟般的友爱。赫伯特一刻也没忘记他们各自的处境。在那一刻他突然意识到他本人的孤独的沉重分量。他需要音乐。他就像醉鬼渴望酒一样地渴望曲调。他控制住自己。现在情况已经好转，我应该感到满足。不。他在静静的不安中注视着前方。他似乎见到了弗鲁玛，他对她说：弗鲁玛。他咬着嘴唇并把它们拉紧成一条狭窄的线条。他命令自己保持清醒的头脑。他遵从这一命令。他召来那形象，又把它驱走。

拉米说：

"这姑娘那样子好像她什么都懂。"

诺佳说：

"不要羞于承认你错了。这事用不着害羞。人总会有错的。"

赫伯特温和地解释说，金星通常更靠近地球，但是在某些稀有的情况下火星离地球更近。另一方面，火星就其外表而言较为接近地球。诺佳和拉米都同意赫伯特的裁决。他们谁都不真正想赢得这场争论。赫伯特又告诉他们他所知道的有关较近行星的知识，并说明有关它们的尚未解决的秘密。他又继续解释天文学与占星学之间的区别，这区别象征着人类智力生活两大潮流——神话与理念——之间的反差。

谈话继续着。赫伯特使他的客人激动而惊讶。近傍晚时尼娜·戈德林送来一盘食物。诺佳和拉米非常专注，以致看也没看她一眼。尼娜退出时惊呆了。她需要与她的某个朋友分享她的惊讶。她正巧遇见哈西亚或埃丝特。于是这消息就不胫而走了。

　　至于赫伯特和他的客人，他们之间已经形成了几乎可以摸得到的感情的纽带。

第三十章
有利的一面

拉米·罗米诺夫在七天服丧期中一直与赫伯特·西格尔住在一起。赫伯特已回到牛棚工作，但空闲时他与拉米坐在一起并对他谈音乐。如果不是为了遵守服丧规定，他还可以演奏一些典型例子。他的描述非常生动，拉米几乎能听到音乐。

即使赫伯特工作时，拉米也不会陷入孤独。有诺佳与他作伴。在第三天她主动要求给他读些她喜爱的诗。拉米认为那样做不恰当。诺佳回答说，悲伤是个感情的问题，它与规定和风俗无关。拉米同意了。

到第三天末尾他们已亲近到这样一种程度，拉米问诺佳什么时候分娩。诺佳凝视着窗外朝高山望去，轻轻地摸着肚子，梦般地回答说，在冬末。她渴望冬天到来。夏天沉闷而空虚，冬天黑暗、深沉而有生气。

拉米继续温和地问她打算干什么，那就是说，她有什么……什么计划。诺佳承认，如果不是因为她父亲，她老早就决定到她母亲那儿去，到遥远的地方去生小孩，在那儿住上几年，尝一尝另一种生活的味道。但是她很难决定怎样做对她父亲更好，是走呢还是留下。这是疯狂。但是她没有解释两种选择的哪一种是疯狂。

拉米说：

"最初，我的母亲希望我俩结婚。我也一样。后来她恨你，我也一样。特别是那个星期五，还有那次空战，还有你对我粗鲁无礼。我几乎……那天晚上我几乎做了件可怕的事。什么时候我会把这一切都告诉你。在鱼池旁，在格里沙的小屋里，我站在那儿而且……我很心烦意乱。为了你，诺佳。是你的错。但是现在我不……我的意思是，我想，我想告诉你……现在我尊重你所做的。也许尊重这字不十分正确，但是我真这么想的。真的。我指的是你决定要这孩子。我真这么想的。"

诺佳似乎对拉米的话感到高兴。她伸出手来碰了他的面颊。她立即又收回手指。她没有笑。

拉米告诉她他要参加进修的事，但为此得进行复杂的预备性训练。有一次，我想过我要成为一名伟大的士兵。现在我认为我过去太梦想成为另一个约什了。现在我认为人是不同的。并不是所有的人都完全一样的。我的意思是存在着不同的人。人们有着各种各样不同的性格。别笑。你不会相信我，诺佳，我……比如说，近来我读了一些关于艺术的书。别笑我。是的，你刚才笑了。

诺佳，当然并没嘲笑拉米。

看起来拉米很快恢复正常。连尼娜·戈德林也注意到了。当然赫伯特·西格尔对此一直很关注。赫伯特充满了无言的骄傲。不消说，他掌握着情况而且没向任何人泄露。

有一次盖·哈里希来到这间房子里，带来满满一篮鲁文从自己的花园采来的草莓。现在谁在照料花园呢？盖本人。姐姐央求他留下来与她和拉米谈谈话，他没听从。他得回到爸爸那里去。他已答应了要把阳台上的桌子油漆成蓝色。他正在养成遵守诺言的习惯。

诺佳吻了一下他的尖下巴。

在第五天拉米再次显得阴沉。他想到墓地去。诺佳问也没问就跟着去了。在那土堆和轻薄的木制墓碑旁，小伙子站立了几分钟，他的嘴因为悲伤而绷紧了。他的脸上露出惊讶的表情，仿佛他已忘记为什么来到这里。

在回去的路上他们经过游泳池旁的树林。在他们脚下，落地的松针发出的沙沙声唤起了他们的回忆。拉米说：

"那好像是多少年前的事了。"

诺佳表示同意。

一周的服丧期过去后，拉米回部队去了。两天后，诺佳收到他的一封长信，措辞富有感情。第二天赫伯特·西格尔也收到他的被保护人的一封信，详细地叙述了他的生活，除了那些不能向平民百姓讲的细节。自那以后，拉米几乎每天给诺佳写信。给赫伯特·西格尔，他通常每周写两次。经拉米的特别恳求，赫伯特为他订了一本文艺杂志。他要求拉米把对杂志的印象写在信中与他分享。拉米照做了。

不消说，事情的进程没有逃过我们关注的眼睛。大家的意见不一。有的说：

"这事不得体，至少可以说。弗鲁玛一定在坟里感到不安。他怎能，甚至在一周服丧期过去之前……而且同谁呀？同那么一位怀孕的姑娘……"

别的人说：

"赫伯特拉的线。他有他自己的计划。"

还有人说：

"毕竟，他们都不幸。因此他们现在有某种共同之处。事实上，也许这样子最好。毕竟，这有什么错？"

在诺佳与拉米在赫伯特·西格尔的房间里度过的这段时间内，她没与泽卡赖亚·西格弗里德·伯杰在一起。更准确地说，她已停止会见他。另一方面，我们不能否认，她渴望见到他并聆听他，特别是听到他说话的声音。有一次，泽卡赖亚·西格弗里德曾带着古怪的微笑对她说，他是作为一远方大国的密使来这儿的。诺佳认为，她发现他有吸引力是因为他奇特而且充满了意想不到的事。现在她重新考查他的讲话，发现它含有动人的诗意。

有时夜间她会突然醒了过来。她坐在床上，像跳舞那样把双臂伸向前面，并低声地说：灰叔叔，带着我，带着绿松石去别的某处，离得远远的，带她到她母亲那里去，到黑暗中去，到你们那些黑暗的森林中去。

有一天早上穿衣服时，她感到体内一阵痉挛。她焦急地摸摸自己。痉挛停止了，有几天没再发生。那天早上她原想去找泽卡赖亚的。她的经验使她改变了主意，于是决定不去看他。但是她无法解释因果之间的联系。她也不努力尝试。她却前往父亲的房间。

她发现鲁文躺在床上，被药丸和药品包围着，在读一本旧的德文书。她与他待了两个小时。她请他谈谈弗鲁玛·罗米诺夫作为一个年轻妇女时的情况。鲁文乐意地照做了，但是他讲话时声音疲倦。

奥尔特·罗米诺夫身体一直不好。然而他总是不肯去看医生。我们常常看到弗鲁玛在医生旁边跑着，向他问许多问题，并诉说病情。弗鲁玛与奥尔特，虽然性格不同，却总是相互挚爱的。可是奥尔特几乎每件事都听她的。弗鲁玛是个坚定的女人。

诺佳身上发生的变化没有逃过泽卡赖亚的注意。有一次，他用开玩笑地向孩子讲外语的方式，把自己内心的思想告诉了托墨。他是这样说的：

"你和我，作为男人，可能感到难于理解她怎么回事。我本打算她与我去到她应该去的地方去。有时候虔诚的传教士与狡猾的拉皮条的男人使用很相似的引诱手段。但是这相似只是表面的。传教士也很知道这种相似，但是他们同样知道它的限度。只有傻瓜才把传教士与拉皮条的混淆起来。顺便说一下，那样做对你爸爸也有好处。你也很明白，亲爱的托墨，那小婴儿将使你父亲面对一个困难的抉择。而我打算——你知道，我的朋友，女人并非男人，这乃是生活中的一个首要原则。我对这些引人注目的动物有着特殊的感情。这事现在无关紧要。顺便说一声，你，如果你花点力气丰富你的经验……但是那是题外话。我事先就知道她会反抗挣扎的。我也想到她的父亲。我当然想到了。顺便提一下，从严格的法律的观点……别管它，这事现在也不相关了。你知道，托墨，我可爱的侄儿，童年纯真的爱会复萌，使人充满了对贫苦孤儿的同情。单纯、宽容和进步的教育招致突然的故态复萌。你知道复萌是什么，我的孩子，对吗？不知道？我会解释的。说真的，也没有必要。那不是美中不足。什么是？美中不足的是一个名叫西格尔的人。他就像个从机关里出来的神① 突然出现，并把你亲爱的、忠诚的叔叔，泽卡赖亚，十分精巧地编织的整个精致布匹竭力撕裂。你知道从机关里出来的神是什么意思吗？不知道？等等，我会解释的。说真的，那也是多余的。我可以使用另一种说明。被暴露而易受攻击的侧翼。你知道，我亲爱的朋友，被暴露而易受攻击的侧翼是什么，对吧？是的，你当然知道。你是我们新的犹太部队的真正的精力充沛的军官。当然，我喜欢你看我的样子，好像

---

① 古希腊、罗马戏剧舞台上在关键时刻利用特制的机关使神仿佛从天而降，于是矛盾迎刃而解，男女主人公逢凶化吉。

我是个疯子或小丑。那说明我使你神经紧张。而这，我的孩子，使我感到特别高兴，一种多品味的高兴，每种味道都比蜜甜，一种你永远品尝不到的高兴，因为……因为你我之间的差异，我亲爱的侄子。是的。嗯。别管它。这与本题无关。我们在谈西格尔。从机关里出来的西格尔。我结我的网，他结他的。我破坏一对婚姻，而拉皮条的人又促成另一对婚姻——如果允许我使用取自真实生活中的隐喻。这样，我的锤子便碰到了他的铁砧，或者不如说，两位仙女为一个天真的女孩发生了冲突。好仙女是西格尔，而邪恶的仙女是你可笑的叔父，西格弗里德，也就是我。好仙女从机关里出来，以为我已被捆住手脚，塞住嘴巴，躺在她的脚下。请原谅我用我的谈话使你厌烦；我有时非常喜爱自己的聪明。但是有一件事西格尔不了解，那就是他谦卑的对手曾经打败过比他还大的挑战。他的对手懂得赫伯特先生所不了解的东西，因为他生活在一个虚幻的世界里。他知道机关已被拆开，它再也没用了。顺便说一句，我说的机关——machina 一词源于古希腊语，现代英语中的机器——machine 就借用了这个词，两个词的意思相同。可是，这话也不相干。你仍然犹豫不决，不能确信谁会成功吗？嗳，你这缺乏信心的人呀。相信你可爱的叔父吧。他将得到那姑娘。而且不用暴力。赫伯特·西格尔的计划将被挫败，因为他是一个具有进步原则的人。我将用神迹奇事赢得她。但是不用暴力。我憎恨暴力，托墨，我的天使，因为暴力是钝的，而我们必须比针还要尖。"

泽卡赖亚中断了滔滔不绝的谈话，燃着一支烟，用鼻子嗅了会儿打火机的火焰，然后把它吹灭。他的脸打颤，松弛的褶皱从颊骨上挂下。他的样子可笑。他看上去十分吓人。托墨利用他暂停的时机困惑地问道：

"赫伯特·西格尔？赫伯特·西格尔与这事有什么关系？"

西格弗里德原想对他微笑，但笑却变成了鬼脸，他忧虑地说：

"有些东西具有强大的力量。海洋。宇宙。法律。像……现在不多说了。托墨，我亲爱的儿子你今晚愿意与我一起去海法吗？去吗？与我一起去吧，托墨，尝尝生活的味道。我乐意承担费用，而且我会给你许多快乐。你张开嘴，我就让它塞满快乐。来吧，最美的男子。来吧，让我们一起去会见可爱的人。怎么样？"

托墨不肯去。

托墨对他的叔父感到厌恶。然而，他渐渐地明白一个事实：泽卡赖亚计划带着诺佳·哈里希离去。这样再好不过。为了这一目的，让这讨厌的犹太流浪者再多呆些时间也是值得的。从那冗长的谈话中他得出一个结论：那老色鬼晚上要去海法。如果他去海法，那么他晚上就不在这里，而这，托墨宽慰地自忖，是有利的一面。每个硬币都有两面。

第三十一章

一棵枯萎的树

我能忘了提及由遥控器操作的火车模型吗？不，的确不能。它是个极好的、迷人的玩具，是按照欧洲铁路完美的比例模型设计的。两个月之前，泽卡赖亚·西格弗里德带了它来，作为送给他的小侄儿奥伦的礼物。看上去似乎送礼者对它的兴致不亚于受礼者。奥伦和他的叔父连续花几小时玩火车。然而最初，那男孩却不愿碰礼物。但是泽卡赖亚引诱他的侄子。他在埃兹拉和布朗卡房间的地板上铺上铁轨，架上信号机，连上控制器，就独自玩了起来，而奥伦却嚼着糖站在一旁，面带屈尊俯就的微笑。最后，西格弗里德耍了个花招。他把一个机车上的两个前轮全拿了下来并装着还不了原。奥伦静静地捡起机车，用了两个巧妙的动作，啪啪地把两个轮子都装了上去，脸上带着轻蔑的表情。泽卡赖亚说了许多恭维他的话，并宣称奥伦表现出非凡的工艺技能。奥伦阴郁地低头望望控制器，并带着厌烦的表情胡乱摆弄它。五分钟之内，他们俩就使火车快速地运转起来。玩具对他们指头的点拨作出灵敏的反应，并显示出隐秘的潜在价值。

泽卡赖亚和奥伦在夏天有很长的空闲时间。他们接收了支撑伯杰房屋的支柱之间的秘密空间，在那里西格弗里德建造了复杂的铁路网，这些铁路越过山丘和狭谷，穿过隧道并跨越桥梁。还有联轨站、车站、坡道和以丰富的想象力铺设的支线。

奥伦个子不高，但是他的身体宽阔、结实，他的脸宽而紧凑。他的头发剪得短短的，乱蓬蓬的。西格弗里德常说：

"好一副男子气的相貌。好一副男子气概。足以制伏皮肤洁白、身材苗条的娇弱柔美的女子。她们会迷恋你。因为你健壮。"

奥伦发现他浓浓的眉毛下像阴影似的闪过下流的微笑，伴随着一只眼睛闭上而另一只眼睛睁大，仿佛心不在焉，或者正好相反。

房柱之间的空间阴凉而暗淡。这是个隐秘的藏身处。花园的植物把它遮蔽起来，因而走在通往阳台台阶的小径上，你看不见它。的确，不论是西格弗里德还是奥伦在这儿都站不直。但是，他们都不打算直立。他们俯身观看闪亮的玩具，手持把手、控制杆和电开关，伸着头而蜷曲着身子。他们几乎不大讲话。连西格弗里德也压抑着他平日愉快的谈笑。有时他一边玩，一边抽烟。有一次，奥伦敢于漫不经心地向他要一支烟。西格弗里德高兴地咧嘴笑着说：

"的确不行。我不能让你抽烟。你太年轻。"

奥伦认真地表示同意：

"是的，因为这事不对。"

泽卡赖亚撇着下唇，露出粉红色的内侧。

"是的，不对。不合适。不容许。"

奥伦说：

"违反了原则。"

西格弗里德说：

"使人堕落。"

奥伦说：

"而且很讨厌。"

西格弗里德说：

"它伤害青年的纯洁。而青年的纯洁是再宝贵不过的。"

奥伦说:

"比什么都宝贵。"

西格弗里德发出低声的暗笑。奥伦没笑。他们不声不响地抽烟。

让我们看他们,那男人和男孩,各自向着对方快速地开出机车,直到砰地一声响,两车相撞。如果他们继续这样玩下去,他们很快就会以毁灭这迷人的玩具而告终。如果把这个玩具给予了我们,我们就会把它藏在小橱里,并且在没人看的时候,用完全不同的方式玩。我们不会为它的毁坏而兴奋不已。我们爱好秩序和和谐。

首先,控制器有不同色彩的开关,红的、绿的和黑的。通过它你可以用两个指头控制整个复杂的装置。你可以操纵联轨站并升降自动横道门。你可以让一列火车开快点,或使它中途停下。你甚至可以操作一个小火车站的一辆转轨的火车头,而且能使一辆货车与列车脱钩后再挂到另一列火车上。还不仅如此,通过复杂的发条装置,你可以使整个系统,连同各种道岔和联轨站,自动运转。它全部的操作都按一个精确的时间表进行协调。但是这样做,你就失去了游戏的乐趣。

机车的形状是端端正正的长方形,它们使人感到权力受约束的明显印象。透过挡风玻璃,你可以看见戴着鸭舌帽的司机的小小塑像,还有长着浓密小胡子的司机助理。小小的旅客从写有德语文字的红色车厢向外探望,有穿着套服、戴着礼帽的令人尊敬的绅士,有穿着灰色外套的商人,有穿着旅行服的女士。连小提包和手提箱也没忘记。它们被整整齐齐地堆放在座位上方的架子上。

指头轻轻地抚摸一下控制器就能决定许多人的命运,世界上有什么事引起的激动能与这种绝对控制权给人的激动相比?但是,唉,我们也能看出这一高尚的娱乐在一些肆无忌惮的投机者手中如何堕落成对奇异、迷人和反常事物的贪得无厌的追求。

西格弗里德和奥伦把火车朝对方迎面开过去，并欣赏碰撞声和火花。有时西格弗里德把手臂放在奥伦的肩上并亲热地说：

"我的孩子。你健壮而坚强。你不必向他们让步。"

奥伦眼睛里发出奇怪的闪光，回答说：

"不，我不让。我要争取。可惜你要走。你和我可以。昨天我在林子里炸了一颗手榴弹。我把它扔进火里。它把火扑灭了。"

泽卡赖亚说：

"灭掉这火焰。不，不要吹。像我做的那样。用你的手指。就这样。"

"我希望你告诉我，你为什么来这里。你说谎话。你卑鄙。"

"不，我的孩子。你可以信赖我。在我办完事以前我不能离开。我不会抛弃我的代理商。"

"我能给阳台上的栏杆安上电线。让他们触电。"

"不，不必这样做。一定别这样。有人会受伤的。"

"等到你离开而我独自在这里。"

"我的孩子。你可以自己想办法玩。你坚强。温和的女人喜欢坚强的孩子。"

几分钟后，奥伦把一辆灰色的货车横放在铁轨上，使一辆迅速行驶的火车出轨，他说：

"嗨，叔叔，你怎么回事？你是个小丑？你病了吗？"

西格弗里德非常严肃地说：

"安静。我是病了。我的病很严重。癌。我很快要死了。真的，我到这里来是为了死在圣地。我们可怜的泽卡赖亚兄弟，愿他的英灵得到祝福，愿他的灵魂与生命紧密相连，他是一个奇异的、有趣的和有独到见解的人。愿他的遗骸得到安息，赫伯特·西格尔说。"

奥伦眯着眼睛，伸着下巴说：

"什么时候？多久了？"

"嗬，傻小孩，我不过开开玩笑。我没生病。我还活着。我不会死在这儿。我将死在森林之中。在敌人的土地上。我来这里是为了向你的父亲和母亲致敬。"

"你就像我的父亲，不过更亲。"

"你，也是，儿子。我们两个。我不是我兄弟的兄弟，你不是你兄弟的兄弟。该隐和亚伯①。你是个坏苹果。你会从好树上落下。"

"不，我会传染它们。它们全部。"

"外表坚硬而干净，里面比好果子还甜，还多汁。甜蜜的腐败，腐烂之精髓。"

"你疯了，西格弗里德。我母亲就是这么说的。"

"你的母亲有善于识别性格的敏锐的眼力。"

有时海浪把一块腐烂的木板抛到海滩上。海水使这发黑的物体来回颠簸，随着令人忧郁的、有节奏的潮涨潮落把它猛冲到沙上或把它拖回去。你会以为这木板将永远不断地随波颠簸，来回往复。但是，水是靠不住的。突然它抛弃自己的婴儿，让它孤苦无援地躺在岸上。从此它就属于荒凉的沙滩，遭受烈日暴晒，成了一个孤独的黑点。

又是下午。草地又一次贡献出它柔软的斜坡。斜阳再次穿过树叶，

---

① 据《圣经·创世记》，该隐和亚伯是亚当和夏娃生的两兄弟，亚伯被兄杀死。

用摇曳的光点给绿草地绘上图案。

　　艾纳芙和托墨穿着白色短裤在玩网球。艾纳芙白肤黄发，大脸盘，身材柔美。托墨皮肤浅黑，手臂上长着浓密的毛，动作简练利落。球在两个球拍之间划着优美的弧形。运动员球技高超，他们的动作几乎难以觉察。臀部轻微地扭动，手臂快速地猛一挥动，目光追随着球的飞行。

　　两三个孩子望着他们夫妻俩打球，相互交换偷偷的傻笑和耳语。西面远处一辆忙碌的汽车发出嘎嚓声，因离得远而使声音变得柔和。空气里充满了一股浓烈的咖啡味。赫茨尔·戈德林在他的花园里工作。他把他的那片地修剪成非常整齐的正方形。他的妻子尼娜戴着老花镜，从阳台上观看。她正忙着写一封信或给基布兹小报写文章。鲁文·哈里希出来进行傍晚时的散步。像平常一样，他二十分钟之内就会回去。

　　格里沙·艾萨罗夫和埃兹拉·伯杰，他们结实的身体，赤裸到腰部，正坐在翻转过来的纸盒子上的一张棋盘前下棋。门德尔·莫拉格站在那儿低头观战，提供诙谐的建议。埃兹拉在抽烟，而格里沙则吸着那没有点燃的烟斗，它的样子弯得很精致。

　　在弗鲁玛·罗米诺夫的房子里，已经从窗框取下了窗子。家具已经搬走。通过开着的门可以看见油漆匠的梯子。一对年轻的夫妇将搬进去，他们被选中是因为他们年岁较大。

　　我们亲爱的斯特拉·马里斯走出丛林，并坐在树荫下的绿色长凳上。她手上拿着一个小皮箱。她把它放在膝上，并用手指咚咚地敲。埃兹拉从棋盘上抬起目光，仿佛他认识她。诺佳注意到他的目光。她咬着上嘴唇，闭起眼睛。格里沙·艾萨罗夫用他的手背敲击盒子。埃兹拉一惊，深深地吸了一口气，又回到棋上来。托墨用三个长长的跨步救回了将要滚下斜坡的球。艾纳芙用裙子的褶边抹了她潮湿的脸。她的跛步使她格外迷人。她的身材出众。尼娜·戈德林喊赫茨尔喝咖啡。咖啡煮好了，如果他不赶快去，它就要凉了。赫茨尔放下大剪刀，擦去手上的灰尘，然后爬上阳台的台阶。诺佳打开她的皮箱，取出一张叠好的纸和一支红铅笔。她把纸展开，但却把铅笔夹在她的牙齿之间。她又闭上了眼睛。格里沙一定讲了什么可笑的话：埃兹拉发出一阵粗俗的笑声。赫茨尔·戈德林向他投去责备的目光。布朗卡从娱乐厅的方向走了过来，推着轻便婴儿车，丹尼躺在车子里，手臂和腿在晃动。她问艾纳芙和托墨，他们是否要继续打。他们可以继续，她很乐意与丹尼多待一会儿。丹尼和她玩得很开心，她俩刚做过一次美好的散步，现在又要开始了。

从伯杰房子下面的隐蔽处，一个长着稀疏黑胡子的瘦男人走了出来。他从诺佳的背后走近她并把他的影子投在她面前展开的那张纸上。诺佳的眼睛是闭着的。那男子伸手轻抚她头发附近的空气，头发这时梳成脑后圆髻。他的影子也相应地在纸上移动。

姑娘不感到惊异地睁开眼睛，她慢慢地转过头去。他微笑地露出了嘴唇。诺佳指着她左边的位子说：

"坐吧。别站在我身后，坐下。我不喜欢别人站在我后面。"

泽卡赖亚故意用力地坐下并说：

"祝福你，亲爱的。你对老人友好。老人被你的友好所感动。"

"等一等。停。告诉我途经哪些国家。"

"哦，你可以选择，我亲爱的，你可以选择一条令人兴奋的路。所有的边界都开放。一切都是可能的。你喜欢看哪些国家：意大利？瑞士？法国？斯堪的纳维亚？"

"我并没有答应嘛。我还在这儿。"

"你的了不起的母亲来信也是这么说的。我昨天收到她的信。你不知道你的决定带给了她多大的快乐。然而，虽然她渴望见到你，她也建议你不要走最直的路。不，你必须看看世界。亲爱的伊娃是那么写的。你必须让她看看美丽的地方。你不必匆忙。尽管我很想念她，但是我可以再等两三周才拥抱我的女儿。我夜不能寐。我们已在阁楼上为我们自己的斯特拉·马里斯准备了一个可爱的房间，三面都有窗户，慕尼黑就在她的脚下。可以看到城市全景、湖泊、森林和大公园。我们已命令园丁乌里奇在花园的外侧，在沙沙的冷杉树之中，为我们亲爱的女儿拉起一张吊床。连艾萨克也感到激动。他简直等不及了。我们用整天的时间来做计划。但是我们可以等。你一定要带着我的孩子做一次长途旅行，西格弗里德。你一定要让她看看世界。而在冬天，在那件喜事后，我们将把婴儿留给多玛莎，她是艾萨克堂兄弟和我的保姆，而我们大家将前往西班牙。我们在马略卡岛① 有春天的预订房。把有关马略卡岛的情况全讲给我的孩子听。代我吻她的前额和她可爱的下巴。"

"我仍旧没有答应。我还不是你的。"诺佳用平淡的语调说。

"你知道，亲爱的，我很喜欢一种措辞：'当选总统'。试想一想，我可爱的人。他还没有掌权，但是在大家都知道的某个确定的日期，他将入主总统办公室。同时，他几乎可以亲口品尝到那滋味。它肯定是他的。他知道。别人也都知道。就像你慢慢地剥开的一颗糖果。就像你不马上拔去塞子的一瓶饮料。但是它是你的。甚至比饮料流进你的喉咙时更加笃定。期待是很甜美的。就像仍然锁在火柴头里的火苗，而你在指间转动着火柴。顺便问一下，你是否让我……"

"让你干什么？"

---

① 位于西班牙东部。

"执行你母亲的指示。"

不等诺佳讲一声，西格弗里德已弯下身吻她的前额和下巴，如伊娃所写的那样，并轻轻地抚摸她的头发。诺佳机械地碰一碰他的嘴唇碰过的地方，似乎皮肤被烫过了一样。她低声地说：

"现在让我独自待着。我并没有答应你。"

"是的，你没有，我的小圣人，但是你的心已答应了，而且我听到了。我听到了，我的小斯特拉；一个心听到了另一个心的声音。"

"现在走开。别待在这里。"

"我会走的。马上。我想与你谈谈服装，但是下一次我再来。你心不在焉。你在想他。"

"什么服装？想谁？"

"新服装，为我们的伟大旅行准备的特别服装，夏日服装和冬日服装。但是此刻你思想不集中。你现在正想着你那位有马脸的年轻的骑士。我猜对了吗？对了？当然猜对了。只要寻找，就会发现。赫伯特·西格尔把那个小兵交给了你。而你已接受了这份责任。你为他难过。听我说，你为那当兵的难过，但是要你整天时时刻刻都记住你得为他难过是不容易的。因此你得不断地提醒自己他是多么可怜的一匹小马。"

"走开，西格弗里德。走开。"

"你有一颗宽厚的心，我的姑娘。一颗仁慈的、忠实的心。即使在困难的时刻，你也想着别人。你有多么好的心肠呀，我的孩子；你是个孤独的、遭人憎恨的、被抛弃的人，受到赫伯特之流的迫害，而你却照样克制自己的痛苦并迫使自己想着别人。为别人而生活。帮助他们。为他们服务。为了你的父亲而牺牲你自己、你的愿望和幸福，而你的父亲在他外出寻找情人的时候，连一刻也没有想到过你。为了一个糊涂的、令人讨厌的遗孤而放弃你的未来，他昨天抛弃过你，明天还会抛弃你，因为他没发疯，决不会与你这样的女子结婚。你是个圣徒，我的孩子，你决定为不爱你的人牺牲你自己。你是一个真正的圣徒。"

说到这里，西格弗里德用一个奇怪的、夸张的姿势跪倒在他年轻朋友的面前，面颊上流着两串细细的泪珠。

旁观者，托墨、艾纳芙和戈德林夫妇，恐慌而惊异地瞪眼望着他。尼娜对赫茨尔说：

"好一个小丑。"

托墨对艾纳芙说：

"他疯了。疯了。"

艾纳芙说：

"正是。这正是我想说的。对于他这个词非常确切。"

诺佳站立起来并以快速的小步离开那地点。她头也不回。泽卡赖亚立起身来，礼貌地向他的观众鞠了一躬，摸摸他的胡子并耸耸肩。

格里沙·艾萨罗夫和门德尔·莫拉格交换了匆忙的一瞥。格里沙把手放在埃兹拉的手臂上并轻轻地说：

"走哇。轮到你了。"

埃兹拉呆滞地瞪着眼，慢慢地用一只手掠过靠近前额的地方，最后喃喃地说：

"什么？什么？啊。对的。当然。很对。轮到我了。是的。"

同时，西格弗里德已不见了。情况又平静下来。安静再次取得支配地位。

布朗卡决定与泽卡赖亚坦率地谈一谈。那天晚上，她去了他的房间。

（他住在基布兹边沿上的一间小屋里，是在他又强塞给伊扎克·弗里德里克一张支票之后。按他的说法，那是为了支付他的住宿和可能引起的任何不便。）

泽卡赖亚穿着一件尼龙背心，斜靠在一张折叠床上迎接他的嫂嫂。他瘦而有力的身体闪着汗珠，因为房子里很热。这是布朗卡首次来访。另一方面，埃兹拉却来过几次，来玩多米诺骨牌并进行一般性的哲学谈话。奥伦也于其他时候由于某种目的在这儿消磨过一两个小时。

泽卡赖亚说：

"多么令人惊喜呀。请坐。对不起，我不能按你的身份接待你。除了些干巴巴的饼干和德国杂志，我没什么招待你。"

布朗卡不理睬他的邀请，没有坐在床上。（在那摇摇欲坠的破房子里没有一张椅子。）她的面孔严峻而坚定。她站在门旁，双脚并立，双臂僵直地放在两侧。

"我来是想说你今天的行为令人无法忍受。"

泽卡赖亚同情地点点头。他的眼睛里有理解和关切的一点闪光。为增加布朗卡的困惑，他除了同情的点头外并不回答。

"我说的是今天下午你在草地上的表演。"

泽卡赖亚又一次同意地点点头，仿佛等她继续说下去，仿佛到现在她还没有解释她突然来访的原因。他的沉默使布朗卡的信心有点动摇。她迟疑了。她拼命地想找到什么话能让他结束沉默。

"这是……这是绝对不能忍受的。"

西格弗里德的面孔突然失去了它宽容的同情的表情，取代它的是一个不自然的、幸灾乐祸的微笑。

"嗯。"他粗声粗气地吐出了这单音节的词。

"我坚决要求你向我坦白而公开地解释，你到这里来是为了什么。"

泽卡赖亚的表情立即变了，好似一个面具魔术般地被另一个面具所取代。惊讶展现在他的面孔上。当他说话时，他的声音是一个遭到恶意侮辱的人所使用的声音。

"但是布朗——卡……天哪！多么稀奇古怪的问题。稀奇——古——怪……你知道我来这里是回我可爱的家。此外，在这广阔的世界上我还有什么呢？我是一个孤独的老人，布朗卡。我从寒冷中走来，想在你的炉边取暖。但是当然，如果我妨碍……没问题，立刻，明天上午，甚至今天晚上。没问题。立刻。"

当他说话时，他一下子立起身来，好像已决心立即收拾行李。

布朗卡表示道歉。别这么想。她并不想伤害他的感情。他并没有引起任何不方便。相反，他们都高兴接待他。他们不是常常这么说吗？她想做的一件事就是想问一个特别的问题，即他……他与诺佳·哈里希之间的颇为特殊的关系。

"哦，你来就是为了这。"泽卡赖亚说着宽慰地、大大地叹了一口气，似乎直到现在，布朗卡的真正目的终于揭示了出来，似乎这一发现从他的心上卸下了重负。

"今天下午……在草地上……你……我的意思是，我想知道，你对她的意图究竟是什么。你知道，原谅我，我是作为……作为女主人问你的，如果你愿意这么认为的话。"

"但是当然，布朗卡，当然，这是没问题的，我应该向你解释。这解释很简单，我亲爱的布朗卡。我没有什么要隐瞒你的。远非如此。因此，让我们谈吧。让我们十分坦率地谈吧。同意吗？"

"是的，十分坦率地。"布朗卡应和着，也没深究泽卡赖亚要求的相互坦率。作为交换，他要求她揭示什么秘密呢？

"同意。"她又加了一句。

"好，"泽卡赖亚说，斜靠在墙上，好像准备发表一篇长篇演说似的。"那么，好吧。第一点。我在海外犹太人聚居区工作时，我碰巧遇见一个美妙的女人，我的一位老朋友的妻子。我说的当然是伊娃·汉伯格。她求我利用到以色列访问我的家庭的机会，结识她的女儿，她恰巧与我的亲戚住在同一个基布兹，并给予她她母亲的爱。同时还求我把那姑娘的情况，准确可靠地告诉她母亲。我同意了这请求，见到了女儿，把她的不幸遭遇写信告诉了她母亲。这件事有什么不对吗？"

布朗卡机械地摇摇头。

"第二点。在复信中母亲要求我告诉女儿她的担忧、愧疚和悔恨之情。这个任务我也竭尽我有限的力量完成了。来信还要求我告诉那姑娘，她的母亲热切地恳求她同我一起回去，去与她的母亲和继父艾萨克·汉伯格先生一起生活。他们正急切地盼着见到她。他们俩都深信，鉴于她尴尬的处境，改变环境和生活方式对姑娘是有利的。而且，从社会的和经济的观点看，他们建议的安排比她目前的境况更为可取，她现在的境况可以毫不夸张地描绘为无法忍受的。对吧？你看，我亲爱的布朗卡，我正坦率而公开地向你揭示我的秘密，我期待着你同等的回报。"

布朗卡从他那连珠炮似的谈话中回过神来，然后严厉地问道：

"但是为什么需要中间人呢？或许你能向我解释这个问题。为什么伊娃不直接给诺佳写信呢？为什么必须无视鲁文·哈里希而在他背后接近他女儿呢？毕竟，难道他不是她的父亲，关于这样一个决定，于情于理不应与他商量吗？"

泽卡赖亚快乐地笑了，好像布朗卡的提问是为了帮助他更清楚地说明他的中心思想似的。

"你问了三个重要的问题，我亲爱的布朗卡，而且它们全都直接涉及问题的中心。首先，中间人问题。你知道，人的思想是个复杂的事物。一点也不简单。我们的伊娃感到愧疚和悔恨，我想我已十分坦率地说过。她害怕她的女儿责备她抛弃她。因而她自然便利用她的老朋友来基布兹的机会，她对他的老练和经验有着慷慨的——或许是过于慷慨的——信任。至于那姑娘的父亲，"西格弗里德说到这里，脸上的微笑一扫而光，"他属于我要讲的下一个问题。"

"继续。我听着哩。"

"我现在要利用我们达成的协议，讲得十分坦率，因为我要讲的话可能不那么令人高兴。诺佳的父亲使他的生活……我怎么说呢？……与一个有夫之妇卷入一场爱情纠葛。每个人都有权按自己的意愿把自己的生活卷进去。但是这个自私的人也牵连到自己的孩子。而他的孩子也是伊娃的孩子。是的，伊娃对他也不忠实。但是她离开了她的家，进行了自愿流放，并牺牲了与孩子共同生活的快乐，这一切都为了保护孩子，避免伤害他们敏感的心灵。而那个父亲却并不如此。他，还有那位欺骗了丈夫而满足他们相互欲念的女人，他们都忽视了他们的孩子。他们放纵肉欲而忽视了他们的孩子，他们的亲骨肉。我们——汉伯格夫妇和鄙人——认为，这是一种骇人听闻的罪行。而最主要的受害者是那位少女，她在绝望中毁了自己的生活，并使之达到几乎无法弥补的程度。伊娃，她现在的丈夫和他们最亲密的朋友都认为——尽管心怀忧伤和痛苦——那父亲已失去了决定他女儿命运的道义的和法律的权利。假若父亲没有做那种事，女儿也不会被迫走上这条路。要找证据是很容易的，因为那姑娘用以毁坏她生活的那个男人与她父亲的情人关系密切。原谅我，布朗卡，我把事情如此明白地摆在你的面前。"

布朗卡不由自主地笑了，她说：

"你令我吃惊。你可以成为一位伟大的律师。你认为把黑的说成白的很容易。"

"我是色盲，我亲爱的。色彩在我眼前乱作一团。"

"你说的一切都讲得老练，而在这一切背后我感到一种可怕的粗鲁，好像……好像你在填写正式的表格。"

泽卡赖亚故意不理会她的评论。他向布朗卡俯过身来并细心地斟字酌句地说：

"现在谈第四点。就前几点而言，考虑到母亲交托给我的任务以及父亲的有害影响，我只是个说客。一个使者。但是第四点涉及我自己。现在，如果你原谅我的颇为正式的开场白，我建议免去客套而做一个个人的自白。"

布朗卡睁大了眼睛喃喃地说：

"好。好。"

泽卡赖亚叹了一口气，闭上双眼，然后睁开一只，说道：

"是个很个人的自白。大家都知道，我是个孤独的老人。没有家，没妻室，没孩子。童年时的几段回忆，受苦时留下的几个疮疤，那就是我的全部所有。除了我哥哥和他的家庭外，在这广阔的世界上我还有谁，还有什么呢？我到你们这里来……来捡你们幸福的一点碎屑，我的生命中从未得到过这种幸福。（泽卡赖亚的眼睛那天第二次充满了泪水。）我来……寻找温暖。想从我亲爱的哥哥埃兹拉的满足中吸取某种渴望得到的满意。因而我没有去住在内赫米亚那里，布朗卡，亲爱的：内赫米亚和我一样，是一棵枯萎的树。因此，我到这儿来捡一点幸福的碎屑。我是一个寄生者，一根爬在森林里的橡树上的藤蔓。我不过是我的敌人所指责的那种人。但是当我到来后，却令我恐惧地发现了什么？一场悲剧。在我哥哥的家里的一场骇人听闻的悲剧。我的生命赖以建立的最后一块坚石，支持着我的破碎希望的最后支柱已被取走并被毁坏。我的可爱的哥哥成了一个不忠实的妇人的受害者，一个放荡的小姑娘的玩物，被从他的家庭之中抛了出去。我如何能不感到震惊？因此，我对自己说，你从未曾有过一个家，也永远不会有个家，如果你能重整这个败落的家，那么，在你临死的那天你就可以说：我没有白活。我可能是一棵正腐烂的树，但是我的衰败却丰富了别人的生活。我的意思是——原谅我措辞不当，激情堵塞着我的咽喉——我的意思是，我着手——没有征求你的同意——为了你们做我力所能及的事。多少个晚上我想过这事。我的结论是，只要我能劝说那心理变态的女孩退出我哥哥的生活并永远从这儿消失，那将为你们夫妻的和好铺平道路。到了那时，而且只有到了那时，泽卡赖亚叔叔才能卷起铺盖离开，因为他出色地完成了任务。他并不企盼任何感激。他将回到那寒冷的黑夜中去。但是在他内心深处，无论他走到哪儿，他都会怀着隐隐的骄傲，这是对他全部劳动的报酬。难道这是一种罪过吗？难道我做错了吗，亲爱的布朗卡？我只是在设法帮助你，帮你摆脱那小贱人。把那毒害你的生命和幸福的脓肿带走。并且给那步入歧途的妻子一个教训，使她永远对我哥哥忠实，此外——我公开承认——满足我的谦卑的骄傲。这算罪过吗？"

当他说着的时候，他在布朗卡面前跪了下去，正像他几小时以前对诺佳做的那样，而且脸上带有泪痕。

布朗卡低声地说：

"我一点也不理解这些。我害怕你。你奇怪。狡猾。"

西格弗里德绝望地呻吟说：

"别试图理解，布朗卡，别试图理解，需要的不是理解，是感情。你是对的。我必须走。但是不是独自一人。我一定要带着小诺佳一起走。为了你，布朗卡，为了我哥哥，为了奥伦，为了诺佳，为了伊娃。"

突然，带着激烈的感情冲动，他进一步说：

"你愿意帮助我吗？你愿意帮助我吗？"

也不等她回答，他便把她强行推向门口，卑躬地鞠了一躬，假笑，哭泣，宣称这次他真的揭示了他所有的秘密，再次请求布朗卡予以同情，并砰地一声把她关在门外。

布朗卡怀着沉重的心情步入夜色之中。她设法控制自己并理顺自己的思路。她仍然相信这个人是个流氓和小丑。然而，在她得出这个结论时，她感到她的判断对于他有点不大公平。这种感觉，像她那时的一切其他感觉一样，都十分明确。

泽卡赖亚躺倒在自己的床上，从床垫子下拿出个小酒瓶，喝了几大口。然后他打了两次喷嚏。后来他便慢慢地仔细阅读一本德语杂志。而在那以后，虽然似乎不可信，他却哭了。

第三十二章
来，让我们走

摘自鲁文·哈里希的最后的诗篇：

当绯红的太阳已在西边远远地沉没
而夜幕，像突然的袭击一样，快速地落下，
当心已厌倦了恳求，"不，还没有。"
于是便响起冰蓝的耳语：来，让我们走。

第三十三章
夜色昏暗

夜色昏暗，山坡上传来了敌人士兵的歌声。他们围绕着他们筑垒的阵地点燃了一堆堆的营火。他们微弱的、忽高忽低的歌声从山上传下来，在我们的窗外吼叫。

夜充满了依依的思念。火点在空中盘旋，因为黑暗使人见不到山脉。他们可能在欢唱，而夜却往往歪曲了声音，使它充满了强忍的悲哀。

他们在策划什么呢？秋天快到了。每天早晨身穿白色长袍的工人聚在那里挖战壕并建筑混凝土的防御工事。一个军官手持像是细棍子样的东西站在他们上面。他的命令的片言只语时而传到我们这儿。在骆驼地的边上挖了些深深的坑。新挖的泥土一天天地增高。十字镐在石头上敲出铿锵的声音。经常有一列笨拙的、扁平的卡车车队开过，其中有一辆活跃而傲慢的吉普车急速地开进开出。戴着钢盔的士兵白天每时每刻都看着我们，研究我们的活动。过去常在骆驼地里工作的那些蹲坐的阿拉伯农民再也看不见了。格里沙·艾萨罗夫的富于刺激的诅咒也得不到反应。他们的人似乎接受到新的、更严格的命令。有时他们细长的喷气式飞机出现了，并在山上低飞。它们避开我们山谷的上空。在我们的小平房屋顶的高空，我们自己的飞机一双双地掠过。

在新年喜庆之前八天，一队巡逻兵在傍晚出发，走在一条荒弃的小道上，它就在敌人阵地的鼻子下面。我们很难否认，这是为了诱使他们早点交战。作为辩护我们可以说巡逻队并没跨过有争议的边界线。时间是细心选定的，阳光正好可以直接射入他们眼中。在巡逻队出发之前，我们就接到命令，叫把孩子送到地下掩蔽所。但是这次军事行动并没发生事故。敌人让巡逻队通过而没开枪。他们又在玩什么阴谋？在我们这方面，我们，愿能宽恕我们，却经历着激动的期待。将发生什么事。我们生活的节奏将要改变。

的确，我们之中也有人不免悲伤极了。比如，艾多·佐哈尔。艾多独自爬到水塔顶上的观察站。在那儿他发现一个肮脏的旧床垫，里面的东西都翻了出来。小伙子仰卧在垫上，抬头望着晚秋淡淡的云朵。有时他向它们讲话。他有一个问题要问。但是晚秋的云为什么要逗留不走，听一个爱幻想的青年讲话呢？云看了看他便静静地飘走了。它们看上去好像没有动，因为没有风。但是仔细观察就能发现它们的秘密。实际上它们在慢慢地向东飘去，而其他的云又取代了它们的位置。它们也受到强大自然力的支配。他们没有固定的形状。它们是远古妖怪的鬼魂吗？野兽中哪一个最狡诈？秋天为谁讲话？鸟的使命是什么？

新年前的三天，基布兹聚会选举各个新的委员会。在一些情况下，我们不能避免要对那些不肯接受公职的人使用公众压力。我们的群体既不使用暴力，也不给予物质利益上的许诺。我们的制度使我们只能完全依靠道德的约束力。各个新的委员会在两次大会上形成了。各委员会的成员并不期望得到什么物质利益。正相反，他们得肩负附加的困难和挫折。虽然如此，我们找到了适当的候选人、而且他们同意参加竞选。

赫伯特·西格尔被选为基布兹的书记。这并不是说我们有什么理由反对兹维·拉米戈尔斯基，他已尽他最大的能力完成他的职责。然而，我们对赫伯特的当选感到高兴。人和人是不同的，他们不像造币厂造出的硬币。基于长期与他们两人相识，我们深信赫伯特·西格尔的最大能力优于兹维·拉戈尔斯基的最大能力。顺便提一下，他不逃避承担公共的职责：他要继波多尔斯基之后担任工作花名册协调员的工作，因而使波多尔斯基可以接过伊扎克·弗里德里克的会计工作。芒德克·佐哈尔，当然，继续担任区议会的主席。教育委员会最近失去了两位领导成员，一个是当选为基布兹的新书记的赫伯特·西格尔，一个是已故的弗鲁玛·罗米诺夫，这两个空缺要等新年欢庆后再补上。许多人支持布朗卡·伯杰的候选人资格。我们，由于我们自己最为了解的原因，更喜欢伊扎克·弗里德里克，前任会计。

关于格里沙·艾萨罗夫得作出一个决定。有人建议格里沙离家两年去帮助一个正在兴起的非洲国家建立武装部队。格里沙难以掩盖自己的热情和兴奋。他的一些反对者说，他不能在一个地方连续住上五年。否则，他会展开翅膀快速地从一个冒险活动飞向另一个冒险活动。其他的人因为没有别人能替代他在鱼池的工作而反对这一建议。我们自己的反对是基于不同的考虑。埃丝特·克利格将受罪，如果她被留下来独自教养七个难以管教的孩子。而且一个男人应当承担家庭的责任。

节日的前一天，拉米·罗米诺夫休假回家。艰苦的锻炼使他的脸显出消瘦而饱经风霜的样子。他与某一四脚动物的相似变得非常明显而不再令人感到可笑。

拉米用他士兵的微薄收入为赫伯特·西格尔买了一本书，书名为《以色列社会和我们时代的挑战》，又给诺佳买了一小盒水彩。

拉米把他的背包放在赫伯特的房子里便去餐厅。他绕道而行，避免从母亲的房前走。那天上午一对年轻的夫妇已搬了进去。拉米不愿见到变化，他怕引起悲伤。但是悲伤却从不同的途径爬入。负责照应午餐的妇人给他许多特别的美味珍品。她们极力想使他快乐，但却还是失败了，因为他看透了她们的动机而只感到更加痛苦。

傍晚，就在节日聚餐之前，拉米和诺佳一起进行了一次短短的散步。诺佳对拉米说，他不穿军服显得好看些。拉米同意。他们没有谈部队的生活。她不问，他也不急于讲。谈话转向另一主题：人的性格能不能改变。拉米不否认遗传的影响，但是他相信教育的力量，甚至更相信个人决心的力量。诺佳说，一位她记不起名字的诗人说过，人只是他出生地的风景的映像，她认为他说得对。她把"出生地的风景"这一词组从广义上解释为继承的特性。"出生地"是我们血液中的某种东西，而不仅仅是个地理位置。

拉米倾向于反对，但是却改变主意，并对诺佳说，她不是个普通的女孩子。诺佳感激地向他微笑。她的笑令他震颤，诺佳注意到这一点。一种骄傲之情传遍她全身。她倚着他并吻他，好像他是她的弟弟盖。拉米的脸色苍白。他伸出手来粗鲁地、做作地紧抱她的肩，仿佛他是在心中排练这个姿势一样。突然他声音嘶哑地问，她是否愿意做他的妻子。诺佳抚平了她的裙子。他俩的目光都盯着同一地方。诺佳第一个抬起她的视线。

"为什么？"她问。

拉米撇着嘴喃喃地说：

"你问'为什么'是什么意思？我……那不是回答。我在问你一个严肃的问题。"

"你不该问。"

"我应该问。我必须问。"

诺佳说：

"你真可爱，阿夫拉汉·罗米诺夫。"

在她的声音里响起了那久已忘去的音调，还是小孩的时候她就总是用这音调同比她大得多的人讲话。

餐厅里灯光明亮。桌上铺着白色桌布，还摆着耀眼的彩色塑料菜盘。一个宽大的横幅在写着令人愉快的信息：响老钟迎新岁！艾伦·拉米戈尔斯基（愿上帝为他的灵魂报仇）的肖像从上面望着我们：一个年轻人顶着一抹难以梳平的头发，穿着件开领衫并微微显露出软毛胡子。他的面貌与他的兄弟兹维的面貌相似，只是稍柔和些。艾伦的脸是兹维的脸而没有岁月留下的无情的痕迹。他向下望着我们时，在想什么呢？我们教育我们的孩子要设法对得起对他的怀念。我们也这样告诫我们自己。我们看着他。他毫无敌意地望着我们。人群突然唱起歌来。迟到的人踮着脚尖进来。没有人斜视他们。他们的邻人祝他们新年快乐，他们答以祝新年快乐。耳朵敏锐的人能分辨出一些熟悉的声音：格里沙的低沉的男低音，艾纳芙的女高音，还有我们的客人西格弗里德不害臊地冲在别人前面。从一切外表上看，西格弗里德已变成我们的一员。他已抛弃了他的夹克衫和领带，现在坐在那儿穿着件白衬衫并把袖子卷到胳膊肘上。你可以看出他很快乐，因为他正用杯子在桌子上打着拍子。按我们的习惯，唱歌之后是一连串的朗诵。有些引自传统的经文，有些引自新产生的民间传说。基布兹的新书记赫伯特·西格尔读道："在适当的季节送给我们雨露。"埃兹拉把身子倾向他弟弟低声地说：

"我们的祖先是聪明的农民。你注意没有：他们并不祈求一定数量的雨水。他们请求在适当的季节给予雨。在恰当的时候。那才是至关重要的。"

泽卡赖亚对这令人激动的评注高兴地笑了，并说：

"嗯，嗯，你说得对。"

现在，按照习惯，各农事活动的领头人要轮流站起来报告去年的成绩。

达芙纳精神抖擞地朗诵了我们民族诗人比亚利克的诗《在田野里》。拉米斜眼看看哈里希一家。诺佳正坐在她父亲和弟弟之间。坐在拉米身旁的赫伯特·西格尔挡住了他的视线，使他紧闭嘴唇进行沉思。或许另一只眼正望着赫伯特和拉米。但是不。似乎可以肯定敌人已暂时放弃了设防而在全心全意地欣赏欢庆。

格里沙大声念着稿子说：

"让我们为新年祝酒。让我们为各地劳动的男女祝酒。让我们为丰足的一年，快乐平安的一年祝酒。祝你们健康，同志们。新年快乐！"

一个个瓶子打开了，红酒倒入塑料杯中。

进餐的喧闹声。

赫茨尔·戈德林和他的妻子尼娜很迟才进来。他们要找位子坐下。穿着黑裙子，围着白围裙的格尔德·佐哈尔让他们坐在最后的桌子上。她微笑着。赫茨尔咕噜道：

"嗯，嗯，新年快乐，好，新年快乐。"

室外是一片寂静。

平房和托儿所都沉没在黑暗中。黄色的灯光落入阴暗的水坑。

由于命运的安排，托墨在节日的晚上当上了守夜人，他搔着头，倚枪而立。说他在思索，不大真实，倒不如说他在吐烟更真实。岗哨过去是斜坡。斜坡脚下是游泳池。池水旁边是松树林。松树林后面是墓地。墓地过去是农田。农田的那端是大山。如果群山有眼，那么我们的新年和我们全部的旧年在他们看来肯定就像些蚱蜢。但是在群山之上的空中，星斗却对群山的高傲加以鄙视。在星斗眼中这些山是什么呢？一堆堆移动的尘埃，今天在这里，明天就不见了。星斗傲气逼人。但是当你看它们时，却见不到傲慢。只有宁静。或许是嘲笑的微弱闪光。或许是警觉的假寐。或许是我们无法了解的其他什么特性。疲倦制服我们。我们的手垂下了。我们将随它下垂。我们的生命将倾泻于一个个沟壑之中，最后渐渐消失在沙漠中，只在我们心的深处留下一闪即逝的感觉。如果我们有大山的重量，有星斗宁静的高傲，有凝固的熔岩的镇定，有一把打开无人知晓的花园的神奇钥匙，远离诅咒和祝福，希望和暴怒，那该多好啊。我们的血肉之躯使我们易于遭受残酷的羞辱。我们无法使自身避免羞辱，但是我们却可以自由地抗议。当然，高山将无视我们的抗议。但是它们是山，而我们是什么？

　　我们蜷缩在山脚下。山的那边是什么？广大的沙漠平原，任干燥、灼热的狂风肆虐的曲折的峡谷。东黎巴嫩、豪兰、戈兰、巴显、基列、摩押、亚嫩、艾多姆，长长的、阴森的山脉屏障。在它们那边并没有迷人的花园。只有一块居住着蜥蜴、毒蛇和狐狸的土地。再过去是更多的山，比我们这里的山更为可怕，远远地延伸到东方。再过去是山脉形成的狭长地带中的两河平原。再过去，新的山脉伸向无尽处，山顶上终年积雪，中间隔着用刀切开似的山谷，山谷里黑色的山羊凶猛地撕咬牧羊人饲养的杂种狗，而牧羊人也像山羊一样黑。无情的月亮以它可怕的光专横地统治着一切。我们不属于这里。我们的地方在阴凉的花园里。但是何处是归程？

"新年快乐，哈里斯曼。"节日欢宴后埃兹拉说。年轻人正围着大圈跳舞，年龄大些的人便聚集在窗前。

"新年快乐，埃兹拉。"鲁文说，淡淡地一笑。

"你怎么样，哈里斯曼。保养得好吗？"埃兹拉装出愉快的样子，继续问道。

"还可以。"鲁文回答说，厌烦地摇摇头。突然他生气地喊道：

"何必问呢？我们都是老人呐。没必要问。"

"保重。"埃兹拉最后说，"关照你自己，哈里斯曼。当心。"

"我们是老人呐。"鲁文古怪地坚持说。

埃兹拉转过身去找他的妻子和客人。他有弄糟了什么事的感觉。现在他需要伙伴。他突然回想起他的夜间旅行并回味起道路被飘绕的白雾封闭的情景。

鲁文回到他的房间。他洗漱过后，端上一杯茶，浏览报纸。他模糊地听到跳舞的声音。他听见蟋蟀的嗡嗡声。他站起来打开收音机。一个兴奋的声音用异国语言讲话。不，现在不要荷兰语，上校，不要听你的语言。

他关上收音机，用剩下的茶吞下一颗丸药，不安地在床上翻转。他踢掉毯子，用床单把自己裹起来。更多的声音。他呻吟。想到远处的水。感到肩上有刺痛。最后，他睡着了。他梦见平原上尽是野马。有高大的男人，也有女人。那地方和人们都很奇怪。在梦中他想要阐述什么。远处的一声喊叫破坏了画面和词句。昏暗的夜间传来敌人士兵在山坡上的唱歌声。他们的歌声在鲁文的窗外吼叫并跳进他的梦里。有谁在远处喊叫。鲁文被黑暗淹没，黑暗中被抛弃的船只和断裂的桅杆被洪水冲走。一只鸟发出惊恐的尖叫。然后静了下来。又是一个新的梦，充满了不依附于任何身体的一个白指头，充满了打出模糊节奏的鼓声。

第三十四章
我兄弟的保护人

鲁文·哈里希醒了。鼓声没有停。它们微弱的节奏变得响亮些了。空气中充满了声音。百叶窗打开了,他睁大眼睛,看到了冲锋枪参差不齐的火光。战斗开始了。

阿拉伯农民有几个星期扔下骆驼地不管了。他们不再穿着他们的黑色长袍从上面下到地里来。在傍晚,当落日射入他们防御工事的枪眼时,我们的巡逻队曾在它的边缘巡逻过。工事里的人克制着没有开火。两边的士兵都紧张地、深深地吸着气。如果雨早来几天,骆驼地将继续抛荒。到春天,它就会长出野草、荆棘和斑斓的野花。或许连尸体上也会抽出嫩芽。但是雨偏偏来得迟。

事情就发生在那天早晨。

格里沙·艾萨罗夫的高大形象大跨步地走在鲁文·哈里希的窗子的对面,他穿着橄榄绿的军装和巨大的军靴。一把沉重的黑手枪漫不经心地挂在他的武装带上。

"到下面掩蔽所去。"格里沙喊道,"马上。快。这可不是吟诗作曲的时候。"

早晨五点钟,当山顶仍被迷人的紫色光圈环绕时,拖拉机已开动了。驾驶室已用钢板严密地装甲过。一支大犁与它连在一起。犁铧闪闪发光。发动机发出隆隆的声音并粗哑地吼叫着。

在阳光冲出山屏之前二十分钟，拖拉机已穿过那看不见的界线，压倒了界标，并把犁铲插入骆驼地的土壤中。当太阳升起的时候，冲锋枪的猛烈炮火开始给拖拉机的钢肋搔痒痒。鲁文·哈里希探身窗外，并对窗外的爱神木树丛说：

"欢迎，上校。我知道你会再来的。你果然来了。"

此刻，他半睡半醒。

这是一个清澈的蓝色早晨。鱼池接受了阳光，湖水改变了它，然后送出灿烂的闪光。

拖拉机移动它的路线，开始挖另一垄沟，与第一条沟平行。冲锋枪的火力对它没有影响。它不屑于理会这些小动作。它庄严而坚定地进行着它直直的行程。鲁文继续站立在窗前。他咬了一口苹果，做了个鬼脸。又有谁喊他到掩蔽所去。鲁文问为什么。芒德克大声喊道，大家都在掩蔽所，孩子、妇人和没有任务的男人。

"你在等什么？"他又加上一句。

鲁文问他自己同样的问题，却找不到明确的回答。他大声笑了，并把剩下的苹果扔进爱神木树丛中。

游客伯杰先生打扮得漂亮华丽，戴着礼帽，系着花点领带，拿着手杖，站在书记办公室的外面，观看他四周的情景。

他们两人——鲁文从他的窗中，西格弗里德从他的有利位置——先后看到两个火球在骆驼地熊熊燃烧。一个落在那无动于衷的怪物的鼻子下，另一个飕的一声飞过并落在我们的葡萄园的边缘，并立即响起了呼的一声。白光在对面山上闪烁。现在我们把被抑制的愤怒发泄出来。在他们的战壕里升起了浓浓的黑色烟柱，而且由于风力的影响，斜向东北方向飘去。

拖拉机好似沉溺于哲学的沉思,漫不经心地继续它的行程。它的步子既没加快,也没放慢。它仍像以前那样庄严而坚定。

火力变得更快更猛。那个装甲的爬行动物的四周,闪着耀眼光芒的炮弹一个个地爆开来,掀起了阵阵的泥土、烟雾和石块。难道那高傲的机器被一个看不见的、有魔力的包围圈保卫着吗?

事情到了严重关头了,鲁文心头涌起一阵激动。看到敌人的炮弹远离目标地狂轰滥炸,他感到身心不安。傲慢的不在乎使他充满了乐观的预感。

世界被碎裂成一声巨大的惊叫。一个炮弹落进鱼池并掀起一团污水。另一颗炮弹选中了松树,炸毁了树木并燃起红黑黄橙色的熊熊大火。第三颗炮弹在近处炸开,削去了拖拉机房的屋顶。一股糊焦味袭击了鲁文·哈里希的鼻孔。他倾身窗外,扶着头在爱神木中呕吐。他仍然感到高兴。身体虚弱的人突然近距离地观看到激烈的战斗,就会像他现在这样兴奋不已。让战斗进行到最后一刻吧。

鲁文站在窗前,他的嘴大张着在喊叫或在歌唱。但是他的内脏受不了,于是一再呕吐。伯杰先生听到了他呕吐的声音。他走过来站在爱神木的那一边。他镇静而有礼貌地问,是否需要他帮忙。枪炮止住了风的呼啸。炮弹在这里,也在敌人阵地尖叫。松树燃起了熊熊大火,敌人的堡垒也在燃烧。又一发炮弹使拖拉机房燃烧并发出橡胶着火的臭味。受伤的母牛吼叫着,它的声音令人毛骨悚然。

鲁文·哈里希说:

"进来,我亲爱的先生。我一直等着你来。"

西格弗里德仍旧镇定而又礼貌地说:

"我来了，我就来了，马上和你在一起。"

山坡上升起了尘柱。浅黑肤色的人们跳出掩体，举着手跑来跑去，好似牵线被拉断的木偶。

像一根细绳贴近耳鼓断裂的声音，然后是一声吓人的呼啸。炮弹打穿了弗鲁玛房子的墙壁，那是弗鲁玛过去住过的房子。屋顶倾斜，摇晃，用它的指甲紧紧握住橡木，最后还是撑不住，然后带着空洞的一声呻吟塌了下去，掀起蘑菇状的尘雾。

从另一个角度看，这战火的嚎叫和狂暴只是幻觉。是不可靠的感觉的欺骗。这些蹦蹦跳跳的小人有什么必要跑来跑去呢？他们怕什么呢？那山还像往常一样屹立着。

最后一颗穿甲弹射穿了拖拉机的防御并粉碎了它趾高气扬的骄傲。一个样子模糊不清的人体跳了出来，盲目地弯弯扭扭地走过田野，跌倒又爬起，紧抱着肚子，用拳头捶打胸部，好像在发可怕的誓言，他又跳又鞭打空气，好像地心引力暂时消失了似的。他掉进一个弹坑便瘫在地上了，他的脚仍在空中乱踢，仿佛整个世界都反对他似的。然后，认识到踢空虚的空间徒劳无益，他把腿伸了出来，休息，和解，静静地躺下。

鲁文面对来访者坐下。他们中间放着一碗玫瑰色脸盘儿的苹果。房间有点儿零乱。书不该放在地板上。丸药包应放在抽屉里。呕吐的酸味令人感到不快。

西格弗里德说：

"我来了。"

鲁文说：

"我知道了。"

西格弗里德：

"你身体不好。"

鲁文（为什么?）：

"谢谢你。"

西格弗里德：

"你不愉快。"

鲁文：

"我已准备好。"

西格弗里德：

"是的，你已准备好。你以洁白的灵魂和纯真的心智已准备好让一颗叙利亚人的子弹把你变成另一个拉米戈尔斯基，另一个石膏圣人。"

"我亲爱的先生，设法告诉我点新东西吧。你的聪明有一股腐朽味。你在表演大歌剧的死刑执行人角色。你是个死人。我不怕你。嘀，你在笑，伯杰先生。但是你笑错了地方。你头脑发昏。你不该在这里笑。你为什么笑呀？快去学好你的角色吧。你笑的地方不对。"

"够了，哈里斯曼。你没有劲了。你累坏了。你脸发红。你脸苍白。不，不要看窗外，你没有托辞。你真的脸红。你真的苍白。你的手在抖。你坐在椅子里背全弯起来了。你已失去她了。你因为羞愧而不愿啼哭。你强忍着眼泪。你在咬着嘴唇。不必否认。你在咬牙切齿。不要害羞。哭吧。让泪水流出来。她是我的。你是我的。你却丧失了一切。那是不对的，我亲爱的拓荒者，诚实的人不该做出如此表现。你希望我消失。成为一个梦。一场噩梦。摸摸我。碰碰我。我不是鬼魂。我在这儿，与你在一起。在你之中。我是真实的。我是你谦卑的仆人。你的女儿的陪伴者。你的兄弟。你最好的朋友。吻吻我的手，哈里斯曼。乞求仁慈。

你是我的。”

“走开，先生，走开。别待在这儿。”

“我会好好照料她的。我会温柔对她。我也会代你爱她。”

“告诉我，先生，她很美，是吗？美，安静，如梦——是吗？她是……她是奇迹，先生。不是吗？”

“噢，我们多么爱她呀，哈里斯曼，你和我。对她我们就像一个人。你为什么站起来？坐下。或者不如躺下吧。别动。现在动会有生命危险。静静地躺在地板上。别试图起来。那样是危险的。静静地躺着。放松。完全安静。我来给你拿点水。这是你的丸药。不，你一定不要挣扎。放松。我说过。别用力。休息。就会过去的。医生现在忙着看伤员，但是等一切了结后，他也会来看你的。我现在在你身边。你没有被抛弃。你在可信赖的人的手中。不，别拉长脸。闭上眼睛。你是个漂亮的男人。高而清晰的额头。别害怕。身边有一个朋友。你还能听见我的话吗？一个亲密的朋友。别动。别紧握拳头。别咬嘴唇，倔强的人呐。当心。放明白点。别给心脏增加负担。停止那样咯咯的响声。嗨，我来坐在你的身边。在地板上。把你的手给我。脉搏太快。或许我该抚摸你的头发。我来给你唱支德国歌，如果你爱听。一首可爱的、悲伤的儿歌。我还要给你讲一个古老的故事。或许你会入睡。想想水吧。石山边的小小泉水。穿过森林的涓涓溪流。一个天真的小女孩遇到一只狼。现在是一条宽宽的黑河。水凉，无变化，滑入海的怀抱。海。小浪花。黑黑的防浪堤。白白的泡沫。一个男人和她的女儿一同驶向海的尽头。去吧，纯洁的人，安静地去吧，平安地去吧。别想歌剧中的死刑执行者。别想黑暗。黑暗是从光明通往光明的隧道。过渡并不困难。到另一个地方去。跨过山谷并越过大山。看那些不让我走近的路。现在你是谁，纯洁的人。你是不再活着的我。我爱你。我在你女儿身上爱着你。我们是兄弟。我很爱你。"

新年喜庆后的次日黎明，麦茨塔特·拉姆基布兹的一辆装甲拖拉机开始去犁一块以前由敌人非法耕作的土地。晨曦初露，敌方大炮开火。工作继续，没有回击。敌人进而用无后坐力炮不加区别地轰击平民居住区。居民躲入掩蔽所。我们的军队以猛烈的炮火进行反击。当有争议的土地的大约三分之一犁好后，拖拉机受到直接打击，驾驶员丧命。交战延续了大约八十分钟，直到敌人阵地经受大量直接打击并完全安静下来后我们才停止开火。除了拖拉机驾驶员外，我们的军队没有伤亡。麦茨塔特·拉姆的一个成员，米沙·伊沙松，四十四岁，被弹片划伤了一条臂膀。他的伤口当场被包扎好，他继续执行指挥基布兹民防的职责。据报道，炮轰期间，一位基布兹成员死在他的房间里。大家都知道他当时有病。房屋、农场建筑和农用设备遭到严重损失。

在调查以后，葬礼之前，埃兹拉、布朗卡与赫伯特·西格尔及其他人一致同意，决定叫西格弗里德离开。没人怀疑他，也没人指责他，但是对悲剧发生时他待在鲁文·哈里希的房间里这一情况，我们没有得到清楚的说明。诺佳平静而坚持地要求他立即离开，使力量对比于他不利。

人们坚决而礼貌地向西格弗里德提出这一要求，他的反应是近乎温顺的满不在乎。赫伯特·西格尔出于教育的和其他的原因不允许他去见诺佳。西格弗里德回答说，他理解而且同意了赫伯特所讲的原因。他给赫伯特相当数目的钱，打算为纪念鲁文·哈里希而建一幢以他的名字命名的图书馆。当赫伯特拒绝后，他突然大哭起来。当他与他哥哥及其家人告别时，他又大哭了一次。

他乘夜航班飞离这个国家。在机场，他打电报给麦茨塔特·拉姆基布兹的书记表达他的感谢和同情。

西格弗里德走了，雨下来了。无情的雨滴。单调的诉苦。咕哝哝的水沟。干燥的尘土变成了厚厚的泥浆。西风吹打着百叶窗。被炮火破坏过的树顶不断地呼啸。

在一个阴沉多雨的早晨，人们安葬了鲁文·哈里希和拖拉机司机，司机名叫毛德凯·格尔伯。因为下雨，悼辞很短。赫伯特·西格尔说，正如稍具敏感的人都会感到的一样，这两人的死之间有着一种象征性的联系。鲁文·哈里希是一位纯洁的人。我们哀悼他的逝世。

此 后

三个月过去了。

诺佳·哈里希还有三周就要分娩了。在仲冬的一个暴风雨的日子里，她嫁给了阿夫拉汉·罗米诺夫。没有庆典。赫伯特·西格尔吻了两位遗孤。拉米吻了诺佳。有个人，是哈西亚或尼娜或格尔德，或她们三个人一起，忍住了哭泣。奥伦·盖瓦用指甲在墙上的灰泥上划了一波浪形的线条。艾多·佐哈尔逃避到空荡荡的娱乐厅，写了一首诗。布朗卡为一对新人的房间制作了窗帘。格里沙在他们的窗外挖了一条沟，排除雨水。

两周过去了。盖·哈里希得了感冒。一些好心女人照看他。晚上，他从孩子们的住房搬到伯杰家。布朗卡给他喝蜜茶。诺佳和拉米过来陪伴他。布朗卡抚摸诺佳的头发。拉米与病人下跳棋。然后他与伯杰下国际象棋。而后年轻夫妇离去。布朗卡便熄了灯。盖的温度在夜间升高，第二天早上又退下去了。

传闻艾纳芙又怀孕了。丹尼现在能爬了。他玩积木。托墨喜欢把儿子抛向空中，再用他的大手把他接住。丹尼高兴地大叫。艾纳芙恐惧地喊叫。

埃兹拉需要戴眼镜了。晚上，他用粗哑的声音朗读《圣经》的选段。布朗卡坐在他对面织毛线，在听又不在听。

赫伯特·西格尔在自己的房间里，开开电唱机，独自聆听管弦乐队的演奏和风雨交加的声响。有时他泡一杯茶，并像许多孤独的人一样，喃喃自语。有时他拿出小提琴,拉一两首简单的曲调。

伊斯雷尔·奇特朗、赫茨尔·戈德林、门德尔·莫拉格、兹维·拉米戈尔斯基、伊扎克·弗里德里克、他们的妻子,还有基布兹的其他成员,他们都怎么样了?现在是冬天,要干的活儿少,他们便睡得多。其中有的人用读书来开阔思想。有的人参加由文化委员会组织的学习小组。其他人则满足于独自待着。我们也会这样,在幸运的时刻,当没有磨难也没有冷酷的死亡迎面走来的时候。

雨来了又去了。乌云在头上翻滚然后向山猛扑过去,却没有击败它。山坡上的野生植物发芽了。混浊的流水倾注在沟渠里。渔民们已从暴风雨的湖里取走了渔网。我厌倦了化装舞会。我将摘下假面具。或许我也要走进阿布希迪德的餐馆,蜷缩在一个黑暗的角落,呷一口咖啡并凝视潮湿的四壁。

在春节那天,诺佳生下了她的女儿。她给取名英巴尔,意思是铃锤。婴儿体重不足,她的头在难产中变得扁了点。看看她的脸。是否别的脸都汇集在这里,斯特拉外婆的,伊娃的,诺佳的,西格弗里德的,拉米的,埃兹拉的,鲁文的?可是她的面貌还没有形成,虽然她有蓝色的眼睛,但是,这颜色很可能在几天之内就改变。

山还像过去一样。我把目光转开去。我将在一个星期五的晚上在伯杰家的房子里与大家告别。外面可能风吹雨打,而房内像一口钟。埃兹拉坐着,戴着眼镜,这使他显得年老而和善。布朗卡和诺佳在烹饪间谈话。她们之间有友情。斯特拉·马里斯。一只煤油炉燃烧着,发出蓝色的火焰。在地毯上像往常一样,有两个婴儿,丹尼和英巴尔。托墨与拉米安静而又和气地谈论着新闻。前来访问的赫伯特·西格尔喝着茶,把自己的想法放在肚子里。艾纳芙用一张报纸盖着自己的脸，低头睡着了。盖和奥伦也在这儿，站在埃兹拉的书桌前，头挨着头，黑头发碰着黄头发，他们合集的集邮簿展开在面前。

　　角落里的扶手椅被灯光包围。没有人坐在里面。不要让该去别处的人坐它。你们必须听听这雨打窗玻璃的声音，你们必须看看在这儿，在这温暖房间里的人们。你们必须看清楚。消除一切障碍。吸收这大家庭的不同的声音。鼓起劲来。或许闭上眼睛。并试着把这一切称之为爱。